漱石作品を読む

――「二七会」輪読五十年――

二七会編集委員会 編

溪水社

まえがき

昭和二十七年に広島大学教育学部高等学校教員養成課程国語専攻入学の人たちが、卒業年次の昭和三十一年（一九五六年）五月に夏目漱石の作品を輪読する会として立ち上げた「二七会」は、その後実践・研究の報告も行われるようになり、今年（平成二十年）で五十二年になります。その間に二七会に所属した会員は旧・現会員を合わせて百名近くに及び、読んだ作品も延べ三十一になります。そして、現在、三回目となる「三四郎」を読み合っていますが、私たち会員は二七会の輪読会で漱石作品について報告し合うことを通して、漱石作品のすばらしさを中心に多くのことを学んできました。

そこで、二七会では、発足五十周年の記念事業の一つとして、漱石作品の読書会の歩みの成果（集大成）として、『漱石作品を読む――「二七会」輪読五十年――』を刊行することにしました。

また、この二七会が半世紀にわたって続いたのは、漱石作品の汲めどもつきない魅力とともに、なんといっても五十年間、六〇〇回にも及ぶ二七会輪読会・研究会に、ご多忙の中を一度もお休みになることなくご指導くださった野地潤家先生のお力によるところが大きいと考えます。先生は本年十一月に米寿をお迎えになります。本書の刊行は、二七会発足五十周年記念とともに、先生の米寿を祝し、長い間のあたたかいご指導への感謝の気持ちを捧げるものです。

本書は四つの章からなります。第一章「漱石作品の輪読」は、二七会例会での担当部分についての具体的な読み取りや、検討したこと、学んだことなどについての報告です。第二章「漱石作品の教材化・実践」は、漱石作品がどのように教材化され実践されたか、漱石作品の学習指導に関する報告です。第三章「漱石作品の考究」は、漱石作品に登場する人物像や漱石文学の特質について考察したものです。第四章「漱石文学への誘い」は、漱石（作品）の魅力を、漱石ゆかりの地のことや、漱石をとりあげた新聞記事、二七会そのものへの思いなどについて、随想風に記述したものです。

本書は、豊かな学びの場である二七会の歴史をえがいたものとも言えます。ご多忙の中、玉稿をお寄せくださった方々に心から感謝申し上げます。

本書の出版に当たっては、溪水社の木村逸司社長のご高配をいただきました。厚くお礼申し上げます。

平成二十（二〇〇八）年八月二十日

中谷雅彦
（編集委員代表）

序文

前掲「まえがき」（中谷雅彦氏稿）に記されましたように、昭和三十一（一九五六）年五月に発足しました、「二七会」は、毎月一回、日曜日に、夏目漱石の作品の輪読をつづけ、ことし（平成二〇〈二〇〇八〉年）、五十二年目に入りました。二七会では、発足五十周年の記念事業の一つとして、『漱石作品を読む――「二七会」輪読五十年――』を刊行することになりました。本書は、左のように四章から構成されています。

第一章　漱石作品の輪読（寄稿者、[1]福伊利江、[2]白川朝子、[3]梅下敏之、[4]大西道雄、[5]安宗伸子、[6]西　紀子）

第二章　漱石作品の教材化・実践（寄稿者、[1]橋本暢夫、[2]中洌正堯、[3]三浦和尚、[4]伊東武雄、[5]中谷雅彦、[6]小川満江、[7]飯野知恵子、[8]白石寿文、[9]野宗睦夫）

第三章　漱石作品の考究（寄稿者、[1]広瀬節夫、[2]植山俊宏、[3]川野純江、[4]安宗伸郎、[5]小田迪夫、[6]世羅博昭）

第四章　漱石文学への誘い（寄稿者、[1]宇根聰子、[2]坪井千代子、[3]脇　康治、[4]北岡清道、[5]井上孝志、[6]平野嘉久子、[7]大田トミ子、[8]中西一弘）

それぞれの章には、それぞれ全力を傾注してまとめあげられた論稿が収められ、二七会メンバーとして精進を重ねられ、十分納得のいくまとめ方がなされております。

二七会では、世話係の企画によりまして、今までに、会誌「松籟」（1～6）が刊行されています。「松籟」6号（平成一八〈二〇〇六〉年六月、二七会刊）は、二七会五〇周年記念特集号として、会員二五名もの方々の寄稿があり、「二七会の歩み」（昭和三一年からの歩み）も収録されています。

二七会は発足以来、会務担当者（幹事）が例会の企画・運営はもとより、会運営のすべてにわたって献身的に尽くしてくださいました。また会員有志は、いつも会務担当者を助けられ、会務はいつも順調に営まれてまいりました。――歴代の幹事（会務担当者）（[1]北岡清道、[2]橋本暢夫、[3]脇康治、[4]世羅博昭、[5]中谷雅彦、[6]三浦和尚、[7]坪井千代子）の皆様に改めて心からお礼を申し上げます。二七会を真に支えつづけてくださいました。

二七会としては、「研究旅行」も独自に企画され、県外・県内とも、ごく自然に行われました。この研究旅行でも、漱石ゆかりの地が選ばれ、出かけましたが、いつも豊かな稔りに恵まれました。心から感謝しております。

――私が発足した二七会にぜひ参加してほしいと頼まれましたのは、昭和三一（一九五六）年五月のことでした。お受けするに当たって、私は例会が毎月、第何番目の日曜と決められていますと、公務等のため出席ができなくなるおそれもあると思い当たりました。それで私は当初の幹事さんに、三、四ヵ月前に、何月は第○日曜にしてほしいと前もって連絡をするようにしますから、そのことを認めてほしいと申し出ました。「はい。いいです。」と、受け入れていただきました。二七会発足の時点で認めていただけたおかげで、私自身、二七会例会への出席をずっとつづけることができました。

共に学び合うことの喜び、学びつづけることの意義と価値と、二七会は私にとりましてほんとうにありがたい研究会になりました。どんなに感謝しても感謝しきれません。広島に学び広島で共に学び合うことのできた、己が身のしあわせを感謝せずにはいられません。

平成二〇（二〇〇八）年八月二八日

広島大学名誉教授
鳴門教育大学名誉教授
野地潤家

目次

第三章 漱石作品の考究

第四章　漱石文学への誘い

漱石作品を読む――「二七会」輪読五十年――

第一章　漱石作品の輪読

1　『三四郎』の三つの世界

――二七会輪読会を担当して――

福伊利江

二〇〇六年一二月例会で私が担当した箇所には、三四郎の三つの世界が描かれていた。輪読会の担当を申し出た際には、この箇所を担当できたのは幸運だったと考えていた。しかし、報告資料を作成する過程で、その考えがどれほど甘いものだったかを思い知らされることとなった。

第一の世界については、難なく読み取れた。すなわち、自分を育んだもの、母、ふるさとである。旧式で、なつかしい香のする世界である。

第二の世界が「学問の世界」であることは疑いの余地もない。しかし、「積つた塵」は何を指しているのか、「静かな明日に打ち勝つほどの静かな塵」とはどういう意味なのか。すでに、第二の世界で行き詰まってしまったのである。さんざん悩み考えた末、報告資料には、「大学の歴史ということだろうか。」と疑問形で書いた。二七会では、私の疑問に対して、「『静かな月日』は書物のことを、『静かな塵』は人間の努力、学問的蓄積を指しているのだろう。」「『貴とい塵』とあるのは、貴い学問が他の世界の人から見れば価値がない『塵』のように見えることを表している。」というご意見をいただいた。私一人では及びもつかない考えであり、感銘を受けた。

第三の世界を読み取るのは、さらに困難であった。何度も何度も読み、何日も考えあぐねた上で、私が報告資料に書いたことばは、「第三の世界は、恋愛である。」という乱暴とも取れるほど端的なものであった。例会では、予想どおり、異見をいただいた。「第三の世界は、第一の世界の対極にある、上流社会を表現している。」というものである。また、翌月の担当者は、「前回のあらまし」の中で、「第三は、美しい女性がいて、電灯が輝き、銀の匙がきらめき、歓声と笑語の湧く世界、燦として春のごとく輝く青春の世界である。」とまとめて下さった。私の心の中で形にならず蕩いていたものに、言葉を与えられたような思いがした。第一の世界と対照的な、新しく都会的な世界、学友との交友や美しい女性との恋愛、それらすべてをない交ぜにした、大学生活そのものが、「燦として春の如く盪いてゐる」第三の世界なのだと氷解した。

しかし、この原稿を書くにあたり、もう一度本文を読み返してみると、第三の世界については、次のように記されている。「此世界は三四郎に取つて最も深厚な世界である。」「此世界は鼻の先にある。たゞ近づき難い。」「自分は此世界のどこかの主人公であるべき資格を有してゐるらしい。」また、三つの世界を、「要するに、国から母を呼び寄せて、美くしい細君を迎へて、さうして身を学問に委ねるに越した事はない。」とまとめており、続けて、「たゞかうすると広い第三の世界を眇たる一個の細君で代表させる事になる。」「なるべく多くの美しい女性に接触しなければならない。」と書かれている。野地潤家先生からは、「漱石の叙述をきちっと受け止めたい。」というご助言を常にいただいている。つまり、これらの漱石の筆致からすると、やはり、「第三の世界は、恋愛である。」ということに尽きると思えてきた。

二七会での漱石作品の輪読会は、本当におもしろい。一つは、もちろん、漱石作品の奥深さによるものである。そして、もう一つは二七会の持つ雰囲気に由来する。漱石作品の魅力に関しては、安宗先生をはじめ、他の多くの先生方が熱く語って下さると思うので、私は、二七会の空気について、少しだけ触れておきたい。二七会の場は、静謐であり、しかも、温かいのである。私のように未熟な読みであっても、真摯に取り組んでいるということとを汲んで下さり、みなさんが貴重なご意見を出して下さる。野地先生は、私の報告資料をご覧になって、「『意味がわからない』と率直に書き、それでも、『～という意味だろうか。』と自分なりの考えを書いているのはよい。」と励ましの言葉を下さった。私は二七会の会員としては若手の方で、経験も浅く、力も劣る。けれども、決して軽視されることなく、一人の読み手として尊重される。

三四郎に三つの世界が出来たように、私にも三つの世界がある。三四郎のものとは、かなり趣を異にするが、第一は家庭、第二は教師、そして、第三は、研鑽の場、すなわち二七会である。そして、第三の世界は、私にとって「燦として春の如く」きらめく、心が湧き立つ世界なのである。

2　漱石作品の叙述の深さ
——『三四郎』の七の一〜七の三の中で——

白川　朝子

はじめに

輪読会で担当報告する度に、漱石作品の叙述の緊密な響き合い・意味の深さ・おもしろさといったことにはっとさせられ、作者はどこまで考え尽くしているのであろうと驚嘆する。真剣に、繰り返し読んで報告に臨むが、その都度、野地先生のご指導の中で、また、会員相互の討議の中で、自分の読みが如何に浅いか、漱石作品が如何に奥深いものを持っているかを悟らせていただいている。

ここでは、最も近い時期に報告した『三四郎』の七の一から七の三までを私がどのように読み、先生初め会員の皆様からどのようにお教えいただいたか、そのあらましを記したい。

七の一

裏から回つて婆さんに聞くと、婆さんが小さな声で、与次郎さんは昨日から御帰りなさらないと云ふ。三四郎は勝手口に立つて考へた。婆さんは気を利かして、まあ御這入りなさい。先生は書斎に御出ですからと云ひながら、手を休めずに、膳椀を洗つてゐる。今晩食《ゆふめし》が済んだ許の所らしい。

七の一はこう始まる。まことに巧妙な書き出しである。

美禰子の真意が判らないで苦しんでいる三四郎は、広田先生を訪ねて、悠揚な気持ちになりたいと思っている。しかし、そのことはまだここでは判らない。七の二で初めてはっきりする。今日の三四郎は、与次郎には用事がない。与次郎が留守であるという設定、しかも晩食が済んだばかりという時間設定、その上「まあ御這入りなさい」という婆さんの言葉で、三四郎はすんなり広田先生の書斎に行くことができるように整えられている。

三四郎は茶の間を通り抜けて、廊下伝ひに書斎の入口迄来た。戸が開いてゐる。中から「おい」と人を呼ぶ声がする。三四郎は敷居のうちへ這入つた。

三四郎が書斎の入口まで来ると、また都合よく戸が開いていて、中から「おい」と声を掛けられる。広田先生は、与次郎が帰ったと思って声を掛けたのであるが、広田先生と話したいと思っている三四郎にとっては、好都合の呼びかけである。自然に広田先生の部屋に入ることになる。考え抜かれた叙述に感嘆する。

机の上には何があるか分らない。高い脊が研究を隠してゐる。

これは、四の七以後数回出てきた、与次郎が広田先生を評する「偉大なる暗闇」と響き合った表現である。「高い脊が研究を隠してゐる。」は、広田先生の研究の大きさも示しているように思われておもしろい。

先生は顔丈後へ捩ぢ向けた。髭の影が不明瞭にもぢや〳〵してゐる。写真版で見た誰かの肖像に似てゐる。

「髭」は、広田先生の象徴の一つである。この表現で、読者は自分の見たことのある髭の肖像写真をイメージすることができ、顔を後ろに捩じ向けた広田先生の風貌が印象的に顕ち上がってくる。

「やあ、与次郎かと思つたら、君ですか、失敬した」と云つて、席を立つた。

ここで、広田先生が「おい」と声を掛けた理由が明らかになる。広田先生が席を立ったことで、さっきは見えなかった机の上が見えてくる。筆と紙があり、何かを書いていたことがはっきりする。そのことから、三四郎は与次郎の広田先生評を思い出す。

　何を書いてゐるんだか、他の者が読んでも些とも分らない。生きてゐるうちに、大著述にでも纏められゝば結構だが、あれで死んで仕舞つちやあ、反古が積《たま》る許だ。実に詰らない。と嘆息してゐた事がある。

この部分は、四の六の「時々論文を書く事はあるが、ちつとも反響がない。あれぢや駄目だ。丸で世間が知らないんだから仕様がない。先生、僕の事を丸行燈だといつたが、夫子自身は偉大な暗闇だ」、また四の十四の「何でも読んでゐる。けれども些《ちつ》とも光らない。もう少し流行るものを読んで、もう少し出娑婆つて呉れると可いがな」といった表現を踏まえている。

続いて、広田先生と三四郎の会話が続くが、三四郎の「お邪魔なら帰ります。」を受けて、広田先生は「帰つてもらふ程邪魔でもありません。」と応じ、「別段の用事でもありません。」を受けて「此方《こつち》の用事も別段の事でもないんだから。」と応じる。落語でも聞いているようなおもしろさがある。三四郎にとっては思いがけない言葉がかえってきたので、すぐに言葉が出てこない。それが「一寸挨拶が出来なかつた。」という表現になる。

　此人の様な気分になれたら、勉強も楽に出来て好からうと思つた。

この表現は、三四郎の願望を示しており、七の二の初めの、三四郎が広田先生の家に来る意味を示している次の部分と符号する。

　此人の生活其他が普通のものと変つてゐる。ことに自分の性情とは全く容れない様な所がある。そこで三四郎は何うしたらあゝなるだらうと云ふ好奇心から参考の為め研究に来る。次に此人の前へ出ると呑気になる。（中略）広田先生は太平である。先生は高等学校でたゞ語学を教へる丈で、外に何の芸もない―と云つては失礼だが、外に何等の研究も公けにしない。しかも泰然と取り澄ましてゐる。其所に、此呑気の源は伏在してゐるのだらうと思ふ。

続いて「実は佐々木君の所へ来たんですが、居なかつたものですから……」という三四郎の言葉から広田先生との会話が始まる。この会話は広田先生が与次郎の評をする流れになっている。「時々漂白して困る」は、この章の初めの「与次郎さんは昨日から御帰りなさらない」という婆さんの言葉に呼応するとともに、七の三の露悪家の生き方に繋がっている。

「用事は決して出来る男ぢやない。たゞ用事を拵へる男でね。あゝ云ふ馬鹿は少ない」

これは、ある意味で人のよい与次郎の姿を写しており、六の一で描かれていた「偉大なる暗闇」を書いて、広田先生を大学の先生にする運動を起こす姿と重なる。そういう人のよさを「あゝ云ふ馬鹿は少ない」と広田先生に言わせている。

「与次郎のは気楽なのぢやない。気が移るので――例へば田の中を流れてゐる小川の様なものと思つてゐれば間違はない。浅くて狭い。しかし水丈は始終変つてゐる。だから、する事が、ちつとも締りがない。縁日へひやかしに行くと、急に思ひ出した様に、先生松を一鉢御買ひなさいなんて妙な事を云ふ。さうして買ふとも何とも云はないうちに値切つて買つて仕舞ふ。其代り縁日ものを買ふ事なんぞは上手でね。あいつに買はせると大変安く買へる。さうかと思ふと、夏になつてみんなが家を留守にするときなんか、松を座敷へ入れたまんま雨戸を閉てて錠を卸して仕舞ふ。帰つて見ると、松が温気で蒸れて真赤になつてゐる。万事さう云ふ風で洵に困る」

「田の中を流れてゐる小川」の比喩は、始終動いてはいるが、浅くて狭く、ちっとも締まりがない与次郎をみごとに表現していておもしろい。そんな与次郎を具体例をあげて示し、「万事さう云ふ風で洵に困る」と広田先生に言わせている。これは六の六で、「万一煩ひが広田先生に及ぶ様では済まん事になる」と気遣いをしながらも、結局「広田先生が大変な不徳義漢の様に」新聞に書かれてしまい、大変な迷惑をかけることになる十一の二に繋がっている。

広田先生のこうした与次郎評を聞いて、三四郎は「此間与次郎に弐十円借《ママ》した」ことが心配になってくる。このことは、八の一で「三四郎が与次郎に金を借した顛末」が語られることに繋がり、八の二で三四郎が美禰子からお金を借りることになるという新たなできごとに展開していく。「事理《わけ》を聞いて見ると、気の毒であつたから、国から送つて来た許《ばか》りの為替を五円引いて、余りは悉く借して仕舞つた。」は三四郎の人のよさを示している。また、そういう貸し方をしているから、借金を余儀なくさせられることにもなる。三四郎は与次郎にお金を貸したことが心配になるが、「先生にそんな事は打ち明けられない」。これは、与次郎が友人であるということの他に、広田先生から野々宮さんに返すようにと預かったお金である、しかも、それを馬券を買うのに使い込んだ（八の一）というのだから、どんなことがあっても打ち明けられない。そこで「佐々木君は、大いに先生に敬服して、蔭では先生の為に中々尽力してゐます」と、与次郎を弁護することになる。

「どんな尽力をしてゐるんですか」と広田先生に聞かれても、口止めされている三四郎は「話を外らして仕舞う。六の四で、「偉大なる暗闇」を読んだ後の三四郎の気持ちが、「悪く解釈すると、政略的の意味もあるかもしれない書方である。」「読んだあとで自分の心を探つて見て何所かに不満足がある様に覚えた。」と、少々不安材料が示されていたことと思い合わせると、何か起こりはしないかと読み手には思える。「話を外らし」たことは、七の二で、野々宮さんの話に移るための巧妙な場面転換である。

教わったこと

○「此人の様な気分になれたら、勉強も楽に出来て好からうと思つた。」の部分について

「帰つてもらふ程邪魔でもありません。此方の用事も別段の事でもないんだから。」という言い方には、大し

た仕事をしていない印象を受ける。ところが、それに続く言葉は「さう急に片付ける性質のものを遣つてゐたんぢやない」である。この言葉には、簡単には片付かない大きな仕事をしていたという感じがある。その落差の大きさに三四郎は驚いたのである。三四郎は驚きながら「此人の様な気分になれたら、勉強も楽に出来て好からう」と思う。広田先生の大きさというか、太平さというか、そういうものに惹かれている三四郎である。それが七の二の初めの部分と響き合っている。

七の二

七の二では、前半に、三四郎が広田先生のところへ来る三つの理由が示されている。

一つは、前述したように広田先生に惹かれ、どうしたら広田先生のようになれるだろうという好奇心から、参考のために研究に来る。

二つ目に、女に囚われた忌々しい気持ちから脱け出し、悠揚とした気持ちになるために来る。「三四郎が今夜出掛けて来たのは七分方此意味である。」と述べられて、ここに力点が置かれていることが示されている。

三つ目は、「野々宮さんに尤も近い」先生に、野々宮さんと美禰子のことを聞いてみたいと思って来る。

こうした思いでやってきた三四郎であるが、その思いは、いずれも叶えられない。

三四郎は、「野々宮さんは下宿なさつたさうですね」と切り出す。広田先生は野々宮さんと美禰子、三四郎と美禰子の間に気付いているようでもあり、そうでないようでもあり、この会話は微妙なニュアンスを感じさせる。

「当分あゝ遣つて御出の積《つもり》なんでせうか」

「分らない。又突然家を持つかも知れない」

「奥さんでも御貰になる御考へはないんでせうか」

「あるかも知れない。佳いのを周旋して遣り玉へ」


三四郎が「余計な事を云つた」と思った時に、「君はどうです」と聞かれる。三四郎としては美禰子のことが胸の内にあるので、「私は……」と言葉を濁していると、「まだ早いですね。」と先に決められてしまい、「今から細君を持つちやあ大変だ」と言われる。


「国のものは勧めますが」

「国の誰が」

「母です」

「御母さんの云ふ通り持つ気になりますか」

「中々なりません」

広田さんは髭の下から歯を出して笑つた。


この会話は、次の七の三の偽善家と露悪家の話につながる。広田先生の笑いもそこに繋がるもので、思ったとおり自己本位の生き方だね、といった気持ちの表れと見ることはできないだろうか。

広田先生の「奇麗な歯」を見て、三四郎は「急になつかしい心持」になっている。何がなつかしいのかは書かれていないが、「其なつかしさは美禰子を離れてゐる。野々宮を離れてゐる。三四郎の眼前の利害には超絶したなつかしさであつた。」とある。すると、なつかしいのは、例の三つの世界の中の「母親のいる世界」ではないだろうか。十一の三の末尾に「三四郎は床に這入つてから度々寝返りを打つた。国にゐる方が寝易い心持がする。」とある。また、十一の四に、故里の母からの書信の中に「此冬休みには帰つて来いと、丸で熊本にゐた当時と同様な命令がある。（中略）たゞ三輪田の御光さんも待つてゐると割註見た様なものが付いてゐる。……」とある。

これらを思い合わせると、三四郎は二の一で、母のいる世界を「古ぼけた昔の世界」のように感じていたが、母のいる世界から離れられないことを暗示しているのではないだろうか。

教わったこと

○　三四郎のなつかしい心持について

①　広田先生の最初の言葉は「囚われては駄目だ」という言葉であった。この会話を見ていると、一方に囚われない広田先生の姿勢が鮮やかに描かれている。そういう姿勢であるだけに物事がよく見えている。野々宮さんの下宿にしても、「また家を持つかも知れない」ということにしても、囚われない見方からすれば、確かにそのとおりである。広田先生はああしろ、こうしろと指示を出す人間ではなく、非常に客観的に、その人の存在を大切にしながら見守っている。ここのなつかしい心持は、そうした母親的な、温かく包み込む広さということとつながっているのではないか。

②　「三四郎の眼前の利害には超絶したなつかしさ」とあるから、人間の根源的なものに戻るときのなつかしさ、広田先生のような存在に対するなつかしさではないか。

七の三

七の三は、前章の「御母さんの云ふ通り持つ気になりますか」「中々なりません」の部分を受けて「御母さんの云ふ事は成べく聞いて上げるが可い。……」と始まり、偽善家と露悪家の話を展開していく。昔の青年は他本《ひと》位に生きる偽善家であり、今の青年は自己本位に生きる露悪家である。

「教育を受けるものが悉く偽善家であつた。その偽善が社会の変化で、とう〳〵張り通せなくなつた。」

この「教育」は、儒学思想による教育を意味し、「社会の変化」は、西洋の近代思想が入って人々が自我に目覚めたことを意味すると思われる。自己本位の生き方が極限に達すると利他主義が復活し、利他主義が形式に流れて腐敗すると利己主義に帰参するという広田先生の考え、つまり作者の考えは現代にも当てはまる新鮮なもので、説得力がある。

広田先生は、三四郎・与次郎・美禰子・よし子を表現は異にしながらも、露悪家と定義している。中でも与次郎は露悪家の「最たるもの」「露悪党の領袖」と言っている。野々宮さんだけ評されていないのは、広田先生同様世外の趣のある人物だからであろう。

そこには英国に対する見解も述べられている。

「英国を見給へ。此両主義が昔からうまく平衡が取れてゐる。だから動かない。だから進歩しない。イブセンも出なければニイチエも出ない。気の毒なものだ。自分丈は得意の様だが、傍から見れば堅くなつて、化石しか、つてゐる。」

と辛辣な批評をしている。自我に目覚める人物を登場させるイブセンや、人間個人の主体的存在性を強調する実存主義の先駆者とされるニイチェのような人物は、イギリスには出てこないと言っている。作者漱石は、紳士の国と言われた英国をこのように見ていたのだと言えよう。

三四郎は内心感心した様なものゝ、話が外れて飛んだ所へ曲がつて、曲がりなりに太くなって行くので、少し驚いてゐた。

おもしろい表現である。結婚の話が偽善・露悪の話になり、それが英国批評にまで及んだことをこのように述べている。「すると広田さんも漸く気が付いた。」と太くなった話を収束し、再び結婚の話から偽善・露悪の話を展開していく形になっている。

「与次郎の如きは露悪党の領袖だけに、度々僕に迷惑を掛けて、始末に了へぬいたづらものだが、悪気がない。可愛らしい所がある。」

と、広田先生は言っている。先に述べたように与次郎の書いた「偉大なる暗闇」のせいで、やがて広田先生は大なる迷惑を蒙ることになる。けれども、与次郎との関係は崩れない。その理由が前もってここに示されていると見ることができる。

広田先生の話の後、

此所迄の理屈は三四郎にも分つてゐる。けれども三四郎に取つて、目下痛切な問題は、大体にわたつての理窟ではない。実際に交渉のある或格段な相手が、正直か正直でないかを知りたいのである。三四郎は腹の中で美禰子の自分に対する素振をもう一遍考へて見た。所が気障か気障でないか殆んど判断が出来ない。三四郎は自分の感受性が人一倍鈍いのではなからうかと疑がひ出した。

のように述べられている。三四郎は、広田先生の話の理窟は判るものの、美禰子の自分に対する素振の理解はできない。広田先生を訪ねて悠揚な気持ちになりたいと願った三四郎の思いは叶わない。どうやら三四郎はこれからも悩み続けるのではないであろうか。

教わったこと

「腹を抱へて笑ふだの、転げかへつて笑ふだのと云ふ奴に、一人だつて実際笑つてる奴はない。親切も其通り。お役目に親切をして呉れるのがある。僕が学校で教師をしてゐる様なものでね。実際の目的は衣食にあるんだから、生徒から見たら定めて不愉快だらう。」

例えばこの部分のように、三四郎に対して語られる広田先生の言葉の一つひとつに、実感を持って、説得性を持って迫ってくるものがある。それは、漱石が自分の生きてきた時代の生き方を客観視できていることによるのであろう。

おわりに

七の一から七の三の部分は、三四郎が広田先生を訪ねて話を聞く場面で、広田先生の話が大半を占めており、登場人物の動きはない。けれども、「偉大なる暗闇」事件や、三四郎が美禰子からお金を借りることになることなど、今後の展開に大きくかかわってくる大切な箇所である。

文中に現れる社会批評も現代社会に通ずる新鮮なもので、百年前に書かれた小説とはとても思えない。読む度に新しい発見があり、読むほどに味わいが深まる。そうして、作者漱石が描いている世界を読み尽くすことは容易ではないという思いに駆られる。しかし、それだけに楽しみも大きい。

『三四郎』の引用部分は、『漱石全集』（岩波書店　一九九四年版）によった。ただし、ルビは難解と思われるものだけに施し、他は省略した。

3　『三四郎』における美禰子と野々宮の態度

梅下敏之

一、美禰子と野々宮の一貫した態度

二七会で『三四郎』を読むのは今度で三度目である。二度目までは、どこか判然としない所が残り、すっきりした読後感が湧かなかった。今回の輪読でもある担当者が、そのような感想を洩していた。それは三四郎と美禰子との仲、及び美禰子と野々宮との仲が曖昧と思われるからである。それが今回読み返して見て、美禰子と野々宮の態度に一貫したものがあることがわかり、爽やかな読後感を持つことができた。この論考で二人の一貫した態度を明らかにしたい。

小川三四郎は帝大に入学するため熊本から上京し、いろいろな人から影響を受けて成長する。広田先生からは日本人の考え方とその欠点を、友人佐々木与次郎からは大学生活の送り方、処世術、野々宮からは学究生活者の生き方、里見美禰子から近代女性の魅力と考え方を学んだ。美禰子は三四郎に惹かれたが、彼の世間体を気にする古い体質を知って彼への興味を失った。これが三四郎に対する美禰子の態度である。同時に、かねて尊敬していた野々宮の気を惹こうと動き始めた。そのため時には三四郎を利用したりした。しかし、野々宮は一貫して美禰子を結婚相手とは思わない。三四郎は美禰子と野々宮との仲を疑いながらも、結局は自分に都合がよいように解釈し、美禰子の心を確めようともがく。美禰子への愛を告白する三四郎を前にして美禰子は自分のとった曖昧な態度が三四郎を迷わし、傷つけたことを知り反省する。

美禰子と野々宮の態度に焦点をあてて、もう少し詳しく見てみよう。美禰子は初対面の時から三四郎に興味・関心を抱いた。それは大学の池の端で三四郎の前に白い花をわざと落していることでわかる。その後、広田先生の引越の手伝いで二人切りで話す機会があって急速に親しくなる。しかし菊人形展を観に行った時、気分が悪くなったので二人は一行から離れて郊外の小川の傍で休んでいた。そこへ紳士が通りかかり若者の逢引きと見て憎しみの眼で睨みつけた。三四郎はその世間の眼に耐えられず帰ろうと言う。（美禰子は）「『ぢゃ、もう帰りませう』と言った。厭味のある言ひ方ではなかった。ただ三四郎にとって自分は（筆者注・美禰子のこと）興味のないものと諦める様に静かな口調であった。」この淡々とした表現が美禰子の三四郎に対する態度の変り目である。この三四郎を見放した態度が以後一貫して現われてくることになる。

先に三四郎は美禰子の言動を自分に都合がよいように解釈したと述べた。それは何度かあった。一度目は二匹の羊を描いた絵葉書の解釈である。美禰子は三四郎が世間体に弱いという意味で彼を迷える子としたのに、三四郎は美禰子が迷羊《ストレイシープ》であり、自分もその仲間だと見てくれた、だから二匹描いているのだと解釈して安堵している。二度目は美禰子が野々宮の心を惹こうとしてして、三四郎との仲がよいように振舞ったことがあった。その時、三四郎は美禰子の瞳を見て三四郎のためにそのような振舞をしたと解釈した。三度目は三四郎が受け取りに来るなら金を渡すと美禰子の言ったことばの解釈である。三四郎は美禰子が自分に好意を持っていると受け取った。このように三四郎が自分に都合がよいように解釈するため二人の仲は真実が見えにくくなっている。

一方、美禰子が気を惹うとした野々宮は一貫して、美禰子との間に距離を置く態度をとっている。その野々宮の心を計るとき二箇所迷う所がある。一つは野々宮が小間物屋で買ったリボンのことだ。三四郎が、よし子の入院を見舞いに行った時、そのリボンを美禰子が頭につけていた。しかし、野々宮が美禰子にリボンを渡したということは全く書いてない。リボンのことは読者の想像に任しているのだ。もう一つは野々宮が美禰子の結婚式に出席した後、ポケットに残っている招待状を見つけた野々宮は引き千切って床の上に棄てた。この動作から野々宮は美禰子に執着心があったとも解釈できる。しかし招待状を千切って棄た時の心境は書いていない。用を果した招待状は不用とばかり捨てたともとれる。従って他の場面から美禰子に対する野々宮の心を探る必要がある。

二、三四郎に対する美禰子の態度

三四郎に対する美禰子の態度は前半と後半とで異っている。前半は彼に興味・関心を持ったが、後半は彼の世間の眼に弱い古い体質を見つけて失望し関心を失った。以下場面ごとに美禰子の三四郎に対する態度を追ってみる。

1、出合いの場面（第二章）

三四郎が上京して、初めて大学に出向いた。郷土の先輩野々宮に逢うためである。彼に逢った後、構内の池の端で孤独を感じていると二人の女性が逍遥していた。そのうちの一人が里見美禰子である。団扇《うちわ》を右手に、左手には白い花をもっている。一間ばかり近づいた時、三四郎を一目見た。三四郎は何とも言えない或物に出逢ったような感じがした。それは汽車の女に「あなたは度胸のない方ですね」と言われた時のショックに似ていた。それは美禰子の魅力が三四郎の心をいかに強く把えたかを示している。美禰子は白い花を三四郎の前に落して行った。三四郎はその花を拾って嗅いで見た。このことは美禰子と三四郎がお互いに興味・関心を持ち始めたことを示している。

2、病院の廊下の場面（第三章）

野々宮の妹よし子が入院した。三四郎は野々宮から頼まれて衣類を病室に届ける。帰りの廊下で美禰子に出会い、よし子の病室を尋ねられた。三四郎は、後姿を見守っていて、振り返られ赤面してしまった。美禰子はにっこり笑う。三四郎に好意を抱いていることがわかる。しかし、三四郎は美禰子の結んでいたリボンが気になって気が重くなる。リボンは野々宮が買ったものと同じものであると思い出した。嫉妬の始まりである。

3、広田先生宅の引越手伝いの場面（第四章）

広田先生が引越することとなり、三四郎は新居の掃除を頼まれた。美禰子も同じ役を頼まれていた。荷物が届く前、二人は力を合わせて掃除をする。三四郎は美禰子の眼付をオラプチュアス（肉感的）と見る。掃除を通じて二人は親しくなる。白い雲を見ていた美禰子は荷車が来ると「早いのね」とこのまゝの雰囲気でいたいようであった。それに反し三四郎は美禰子を残して荷車を迎えるため二階から駆け下りた。

荷物の中の書籍を本棚に並べる作業の中で美禰子は三四郎の肩を一寸突っ付いたり、頭を擦りつけて画帖を見ながら「人魚《マーメイド》」と唱和したりして、親しさは一段と進んだようである。

特に、美禰子が与次郎と話し合う時、言葉に淀みがなく、緩くり落付いているので三四郎は敬服していた。

以上ここまでは美禰子が三四郎に対して親しみを深めていく過程である。

4、菊人形展見学の場面（第五章）

美禰子は菊人形を見物していて人込みの中で気分が悪くなった。それで美禰子と三四郎は広田先生ら一行から離れ郊外の小川の傍で休息をとる。

美禰子は三四郎と二人で坐っている状況を楽しんでいるようであった。

そこへ洋服を着て髯を生やした男が通りかかって正面から二人を睨みつけた。その眼には若い男女の逢引きを憎悪する気配があり、三四郎は坐っていにくい束縛を感じた。三四郎は帰りましょうかと誘う。美禰子は動かない。三四郎は世間の眼に弱い点を美禰子に見抜かれたと思った。そこで三四郎を見た侭で此一言を繰返した。「『迷子《まひご》』女は三四郎を見た侭で此一言を繰返した。」迷子とは三四郎を指しているのだ。美禰子の気持ちを計りかねて三四郎は黙って見つめていると、「私そんなに生意気に見えますか」と美禰子が言う。弱さを見せた美禰子を見て、三四郎は今迄通り正体のわからない方が魅力的だと思う。美禰子は三四郎に向って「『ぢゃ、もう帰りませう』と言う。厭味のある言ひ方ではなかった。たゞ三四郎にとって自分は興味のないものと諦める様に静かな口調であった。」この「自分」とは美禰子をさし、あなたから見て私（美禰子）は興味がない者と諦めよと言っているのだ。この一言は美禰子が三四郎を諦める重大な発言である。世間体を気にする男性に興味・関心はないと言っているのだ。以後美禰子の三四郎に対する一貫した態度となっている。ただ三四郎は美禰子の心を察知できなかったので以後、三四郎の苦悩が始まる。

5、二匹の羊を描いた葉書（第六章）

デビルを模した男の下に二匹の羊を描いた葉書を美禰子から三四郎はもらった。しかも宛名に添えて「迷へる子」と書いている。三四郎は、二匹というところから美禰子が世間体に弱い人間であると自覚し、三四郎もその仲間と考えてくれていると解釈し喜んだ。「のみならず、端書の裏に、迷へる子を二匹書いて、其一匹を暗に自分に見立て、呉れたのを甚だ嬉しく思った。迷へる子のなかには、美禰子のみではない、自分ももとより這入ってゐたのである。」とあるのがそれだ。

しかし、美禰子は迷える子はあなた（三四郎）が主ですよ、（宛名の添書き）、私も同じ弱い人間ですねと反省をこめている書き方である。小川の傍で「迷子」と美禰子が言った時、その意図が十分理解できなかった三四郎に改めて補足説明したつもりであろう。

葉書に込めた美禰子の思いと、三四郎の受け取り方の違いが出ている所である。この葉書の意味を三四郎は自分に都合がよいよう解釈している。

6、大学の運動会（第六章）

三四郎は大学の運動会を見物に行ったが、やがて退屈して池の傍の岡の上に登る。そこへ見物に来ていたよし子と美禰子が通りかかる。「美禰子も留った。三四郎を見た。然し其眼は此時に限って何物をも訴へてゐなかった。丸で高い木を眺める様な眼であった。三四郎は心の裡で、火の消えた洋燈を見る心持がした。」美禰子の三四郎に対する冷ややかな態度がよく出ている。三四郎は美禰子と二人切りになった時、美禰子と野々宮が話していたことを話題にする。「女は『え、』と云った侭男の顔を凝《じっ》と見てゐる。少し下唇を反らして笑ひ掛けてゐる。」これは三四郎が野々宮を嫉妬していると美禰子は疑ったのであろう。

その後、美禰子は絵葉書の返事について言及してきた。美禰子は私があなたをどう見ているかあの絵葉書に書いていると言いたいのであろう。

野々宮がよし子を美禰子の家に預けたということを美禰子から聞いた。それならば野々宮は一層美禰子と会う機会が増すであろうと三四郎は危惧する。そこへよし子が帰ってきて三人で帰途につく。美禰子は、野々宮が偉大な学者であることを力説する。三四郎は美禰子との会話を振り返ってみて、馬鹿にされたような思いを抱いた。

7、借金（第八章）

三四郎が美禰子からお金を借りるようになったいきさつは次の通りである。広田先生が引越する新居の敷金の足《たし》にと野々宮から二十円借りる。その返却金を広田先生から与次郎が預ったが、馬券で失った。三四郎が一時立替えの積りで与次郎に二十円貸す。与次郎は三四郎に返すため美禰子から借りることになったが、三四郎が受取りにくるなら渡すという。三四郎は近頃の美禰子の態度を疑っていたが、「自分に逢って手渡したい」という美禰子のことばに己惚《おのぼれ》を抱いて出かけた。またも三四郎は自分に都合がよいように解釈してしまった。

美禰子は三四郎が馬券でお金をすったと誤解していた。そして「あなたは索引の附いてゐる人の心さへ中《あ》てて見様となさらない呑気な方だのに」と美禰子は三四郎に言う。「索引」とは二匹の羊を描いた絵葉書である。この絵の意味を詮索すれば私（美禰子）の心もわかるのに、それもしない呑気な方だと美禰子は批判しているのだ。このことばの意味を三四郎は考えず、美禰子の本心を知るチャンスを又逃してしまった。結局、お金の受け渡しはなく、二人は連れ立って家を出た。

8、原口の展覧会（第八章）

美禰子の家から出て三四郎は美禰子と一緒に歩きながら考えた。美禰子は俗礼に拘わらない所だけがイブセン流なのか、或は腹の底の思想までもイブセン流なのか、すなわち美禰子の進み具合を計りかねている。二人で歩いていると多くの学生と出合った。三四郎は「池の端へ出る迄の路を頗る長く感じた。」とある。やはり世間体が気になる古い体質の三四郎である。

原口の展覧会場では三四郎の絵に対する無知に美禰子はあきれた。「『随分ね』と云ひながら、一間ばかり、ずん〳〵先へ行って仕舞った。」この行動は美禰子が三四郎を日頃どう思っているか表している。

ところがそこへ野々宮が現われると、美禰子の態度・行動が一変する。野々宮を見るや否や、三四郎の耳もとで何かささやいた。野々宮が「妙な連と来ましたね」と言うと、美禰子は「似合ふでせう」と答えた。原口と野々宮が会場から去った後、三四郎は先程のささやきは何と言ったのかと美禰子に聞いた。美禰子は内容を言わず「私、何故だか、あゝ為《し》たかったんですもの。野々宮さんに失礼する積ぢゃないんですけれども」と言った。すなわち、さゝやきの内容は答えず、野々宮に対し美禰子と三四郎が仲が良いことを見せつけようとしたのだと言う。それは野々宮を愚弄したともとれるが、また、三四郎のためにとった行動ともとれる。「女は瞳を定めて、三四郎を見た。三四郎は其瞳の中に言葉よりも深き訴を認めた。――必竟あなたの為にした事ぢゃありませんかと、二重瞼の奥で訴へてゐる。三四郎は、もう一遍、『だから、可いです』と答へた。」三四郎は美禰子の瞳を見て野々宮を愚弄するためではなく三四郎のためにしたのだと解釈した。今の度も三四郎は美禰子の本心を見抜くことができず、またもや自分の都合のよいように解釈してしまった。そして三四郎は、お金を美禰子から借りた。

9、原口の家で美禰子と会う場面（第十章）

美禰子が原口の家でモデルをしていると聞き、三四郎は出かける。途中風車の回っている子供の葬列を見て美しい葬式だと思った。三四郎は葬式を客観的に見ている。しかし、美禰子を客観的に見ることはできなくなっている。「三四郎は美禰子を余処から見る事が出来ない様な眼になってゐる。」とあるのがそうだ。従ってモデルのポーズを取っている美しい美禰子を見て三四郎は「酔った心持」になっているが、美禰子は三四郎を見ると「其眼は流星の様に三四郎の眉間を通り越して行った。」とあるように冷い視線である。

10、原口の家から二人は連立って出る場面（第十章）

今日のモデルの役目を終えた美禰子と三四郎は原口の家を出る。三四郎は借りたお金を返す目的もあって美禰子を散歩に誘ったが応じなかった。そこで三四郎は思い切って言った。「『あなたに会ひに行ったんです』三四郎は是で云へる丈の事を悉く云った積りである。」女はその真意を汲みとらない。そこで「たゞ、あなたに会ひたいから行ったのです」と本心を明かにした。すると「其時三四郎の耳に、女の口を洩れた微かな溜息が聞えた。」美禰子は三四郎の告白を聞いて自分の思いが三四郎に伝わっていないことを知り、ため息をついた。そこへ交際相手と思われる立派な紳士が人力車で現れ、美禰子を迎える。しかも美禰子の兄が公認しているようだ。三四郎はうちのめされたような気になって別れた。

11、教会の前（第十二章）

風邪が治ったので三四郎は美禰子を訪ねた。よし子が教会に行ったというので回る。三四郎は教会から出て来た美禰子にお金を返す。三四郎が「結婚なさるさうですね」と言うと「御存知じなの」と言う。「女はや、しばらく三四郎を眺めた後《のち》、聞兼る程の嘆息をかすかに漏らした。やがて細い手を手を濃い眉の上に加へて云った。『われは我が愆《とが》を知る。我が罪は常に我が前にあり』聞き取れない位な声であった。それを三四郎は明らかに聞き取った。三四郎と美禰子は斯様《かよう》にして分れた。」美禰子は三四郎を恋に導いたのも、迷わせたのも皆自分のとった言動が原因だとわかって聖書のことばを借りて謝罪したのである。二人の仲はこれで終わった。三四郎にとって美禰子との付き合いは青春時代のほろ苦い経験となったであろう。

三、美禰子に対する野々宮の態度

美禰子と野々宮との仲は初め頃は判然としない。しかし、美禰子が野々宮を科学者として尊敬していたことは間違いない。菊人形展を見に行った時、美禰子は三四郎に対する関心を失った。その代りに野々宮の気を惹こうと動き始める。しかし野々宮は終始美禰子に応じず超然たる態度を持ちつづける。従って美禰子の片思いに終わってしまう。一方三四郎は美禰子の動きから野々宮を絶えずライバルと見て心が落ち着かない。美禰子と野々宮との仲を場面ごとに追って野々宮の態度を検証してみる。

1、封筒の上書（第二章）

三四郎が大学の池の端で初めて美禰子と出合った後、野々宮が三四郎の前に現われた。「野々宮は少時《しばらく》池の水を眺めてゐたが、右の手を隠袋《ポケット》へ入れて何か探し出した。隠袋《ポケット》から半分封筒が食《は》み出してゐる。其上に書いてある字が女の手蹟らしい。」この場面で野々宮の周りに女性がいるらしいと臭わせている。やがて美禰子から三四郎宛に菊人形展への誘いの端書が届く。「其字が、野々宮さんの隠袋《ポケット》から半分食み出してゐた封筒の上書《うはがき》に似てゐるので、三四郎は何遍も読み直して見た。」とある。野々宮のもっていた封筒の上書に字が似ているというだけだが、美禰子に惹かれ始めた三四郎はひどく気になった。

2、リボン（第三章）

大学からの帰りに野々宮は蝉の羽根の様なリボンを買った。そのリボンを頭につけた美禰子が出てくる場面がある。美禰子と三四郎が二回目に出合った時だ。よし子が入院したので兄野々宮に頼まれて三四郎は病院を訪れる。その帰りに見舞いに来た美禰子と廊下で会う。その時の美禰子の動作・服装などは詳細に述べられている。ところが二人が離れて後、三四郎はリボンが美禰子の頭についていたことを思い出す。「三四郎の頭の中に、女の結んでゐたリボンの色が映った。其リボンの色も質も、慥に野々宮君が兼安で買ったものと同じであると考へ出した時、三四郎は急に足が重くなった。」この後、三四郎は野々宮と美禰子との仲を疑って落ち着かず学校を休んでいる。ここで問題点が残る。先述したように美禰子の動作・服装は詳細に描写されているのに、リボンだけは思い出しになっていることだ。三四郎の思い違いかも知れないという余地が残る。また封筒の上書やリボンは嫉妬しはじめた三四郎の一人相撲の感があって、野々宮の態度が直接書かれているわけではない。しかし、リボンを思い出しての三四郎のショックは大きいものがあった。

3、広田先生宅の引越（第三章）

広田先生の引越先で広田先生・与次郎・三四郎・美禰子が片付けも一通り終わり、休憩している所に野々宮がやって来た。野々宮は家の中の四人を覗く様に見渡したが、特に美禰子を探す視線はない。三四郎は野々宮の態度と視線を注意する。野々宮は暫く雑談した後、失礼しようかと腰を上げると、美禰子が「あらもうお帰り。随分ね」と言う。野々宮が折戸の外へ隠れると、「美禰子は急に思ひ出した様に『さう〳〵』と云ひながら、庭先に脱いであった下駄を穿《は》いて、野々宮の後を追掛けた。表で何か話してゐる。三四郎は黙って坐ってゐた。」野々宮と美禰子との会話の内容はわからない。しかし、野々宮の美禰子に対する態度に特別なものは見当らない。ただ、美禰子の行動を見て三四郎の心は騒いでいる。

4、菊人形展（第五章）

人込みの中で、お互いに離ればなれになりそうになった時、美禰子は「首を延ばして、野々宮のゐる方を見た。野々宮は右の手を竹の手欄《てすり》から出して、菊の根を指しながら、何か熱心に説明してゐる。美禰子は又向《むかふ》をむいた。見物に押されて、さっさと出口の方へ行く。」野々宮は美禰子に注意しないが、美禰子は振り返って野々宮を見ている。三四郎は美禰子が気になって後をつけて行く。気分が悪くなった美禰子と、心配してついて来た三四郎は小川の傍で休む。この場で美禰子は三四郎の世間体に弱い所を見てしまう。

5、大学の運動会（第六章）

三四郎は大学の運動会を見に行った。そこに美禰子とよし子が来ていて野々宮と話をしている。野々宮は運動会の計測掛をしていた。（野々宮が）「低い柵の向側から首を婦人席の中に延ばして、何か云ってゐる。美禰子は立った。野々宮さんの所迄歩いて行く。柵の向ふと此方《こちら》で話を始めた様に見える。美禰子は急に振り返った。嬉しさうな笑に充ちた顔である。三四郎は遠くから一生懸命に二人を見守ってゐた。」あとからわかるが、野々宮は二人に原口が来ているからポンチ画に描かれないように注意せよと言っていたのであって、いつもの態度にすぎない。しかし美禰子は野々宮から話しかけられたことを喜こんでいる。

6、原口の展覧会（第八章）

三四郎は美禰子に誘われて原口の展覧会へ行く。絵を見る力のない三四郎に美禰子は呆れて先に歩を進める。その時、原口から声をかけられる。美禰子は原口の背後にいる野々宮を見つけると、すぐ三四郎の耳に口を寄せ何かささやいた。三四郎は何と言われたのかわからなかった。野々宮は三四郎に向って「妙な連《つれ》と来ましたね」

と言った。三四郎が何か答えようとすると美禰子が「似合ふでせう」と言う。野々宮は何も言わなかった。美禰子のささやきや「似合ふでせう」と言ったりすることはすべて美禰子が野々宮の気を惹こうとしてとった言動である。それに対して野々宮は何とも言わず、くるりと後を向いたのは美禰子に対する日頃の態度そのままである。美禰子は少し焦っているようだ。三四郎を利用する美禰子の言動を自分に都合がよいように三四郎は解釈したと先に述べた。美禰子に対する野々宮の象徴的な態度が次の叙述にも見られる。（展覧会場を）「原口は野々宮と出て行った。美禰子は礼を云って其後影を見送った。二人は振り返らなかった。」美禰子は二人を見送ったが、野々宮は振返っていない。美禰子の積極的な働きかけに対して、野々宮は一定の距離を置く態度が出ている。

7、美禰子の依頼（第九章）

三四郎が野々宮の下宿に行き、母からの送金を受け取った場面がある。その際、よし子も居て、ヴィオリンの良い物を買ってくれとねだっていた。その時、よし子が突然美禰子さんの言伝《ことづて》があったと言う。「『嬉しいでせう。嬉しくなくって?』野々宮さんは痒《かゆ》い様な顔をした。」野々宮としては別に嬉しいわけでもなく、その上伝言の内容もわからないので、中途半端な反応しかしていない。また作者としては野々宮と美禰子の仲を曖昧にしておいて、三四郎の心を揺さぶりたい、そこで「痒《かゆ》い顔」という微妙な表現をとったのであろう。伝言の内容は「美禰子さんがね、兄さんに文芸協会の演芸会に連れて行って頂戴って」というものであった。美禰子としては精一杯のアプローチである。それに対して「野々宮さんは行くとも行かないとも答へなかった。」とある。野々宮の美禰子に対する態度は変っていない。

8、美禰子の肖像画の展示（第十二章）

やっと美禰子の肖像画が出来上ったので展示されることになった。広田先生・与次郎・野々宮・三四郎が見に来た。美禰子が結婚したことは皆知っている。展示室に入る時、三四郎は「一寸躊躇」したが、野々宮は「超然」として入った。野々宮の美禰子に対する態度はここでも変っていない。実は三四郎が熊本に帰っている間に結婚披露の招待状が三四郎の下宿に届いていた。その結婚披露宴に野々宮は出席していた。野々宮は美禰子の肖像画の展示会場でポケットに残っていた招待状を見つけ、その「招待状を引き千切《ちぎ》って床の上に棄てた。」とある。この場面を野々宮は美禰子に惹かれていたが、振られたので腹いせにちぎって棄てたという見方もあろう。ここだけ読むとそうもとれるが、今迄の野々宮の美禰子に対する態度から考えると不用になった物は捨てた、特に美禰子に対する思い入れはないのだから他の不用品と同じ扱いであったと理解する方がよいと言えよう。

四、まとめ

以上、三四郎に対する美禰子の態度と、美禰子に対する野々宮の態度を明らかにしてきた。繰り返すと、美禰子は初めは三四郎に強い関心を持ったが、途中で、世間の眼に弱い三四郎を見て失望した。以後、三四郎には内面冷たい態度をとりつづける。代りにかねて尊敬していた野々宮の心を惹こうと美禰子は動き出し、時には三四郎を利用したこともあった。

一方、三四郎は初めから美禰子に強く惹かれたが、途中から美禰子がわからなくなり、疑ったり、野々宮に嫉妬したりする。しかし、何かにつけて自分に都合がよいように解釈して美禰子に執着した。

野々宮は美禰子の働きかけにも応じず、超然たる態度を持ちつづける。遂に、三四郎は耐え切れず、美禰子に思いを打ち明けるが、既に他の男との結婚が決まっている美禰子は、自分のとった行動・態度が三四郎を惑わしたと気づき罪を詫びる。

『三四郎』を読む時、三四郎の恋の面が曖昧だと思っていたが、以上のように美禰子と野々宮の態度を整理すると、登場人物の言動が理解でき、作品の構成や表現のすばらしさまで眼が及んで、読む楽しさが一層増してきた。

（本文は岩波書店新書版「漱石全集」第七巻『三四郎』一九八一年六月五日第九刷発行による。）

4　『明暗』を読む――一六二章～一六六章・一六七章前半を担当して――

大西道雄

1

『明暗』のこの部分を担当したのは、平成一七年五月二九日、第四二回定例会のときであった

わたしが、担当するにあたって、常に心がけていたのは、この読書会を通して読みの方法を磨き、深くするとともに、文学の本質に迫りうる新しい方法も身につけたいということであった。もちろん、輪読方式による読書会であるから、前回の担当者が提起された問題を受け継ぎ、展開させることも必要である。この度の担当に際しても、あとに示すような「読みの課題」を設定して取り組んでいる。因みに担当部分は、作品の終わりに近づいているかの感のあるところである。ストーリーを簡略に掲げておく。

津田は、外地に仕事を得た小林のために、送別の会をもち、餞別をおくるために、東京で一番賑やかな大通りを少し横に入ったところのレストランで会う約束をする。意図的に遅れて行って見たところ、小林は、津田の見知らぬ青年と話し合っていた。彼は、貧窮に苦しみながら画業に取り組んでいる原という人物であった。小林は、売れなかった原の絵の購入方を慫慂する。津田は、言下に拒否する。小林とできるだけ早く別れたいと思っている津田は、用意していた三十円の餞別は、すでに渡しているので、何度も腰を上げようと

する。それをとどめて小林は、懐から長文の手紙を取り出して津田に読むように言う。内容は、叔父の世話になりながら、津田とは全く真反対の境遇にある青年の苦悩に満ちたものであった。その手紙について津田は、「同情心」が起こるだろう、と小林に感想を求められて同意する。小林は、同情心が起こると言うことは、金をやりたいという意味であるが、津田の心中では、本音ではやりたくないのだから、そこに良心との闘いからくる不安が生じているはずである。「僕の目的はそれでもう充分達せられているんだ。」と手紙を読ませた意図を語る。その後に、小林は、三十円のお札を並べて原青年に必要なだけ取れという。青年は、苦渋に満ちた躊躇の後に十円だけ受け取る。小林は、それを見て、何らの義務を伴わない金――余裕が、下から上へ流れた。やっぱり君（津田）へサンクスだと、謝意を述べる。

一五九章～一六一章までの担当者は、安宗伸郎氏であった。その提案内容のまとめは、「『明暗』を読む――輪読提案レジュメ集」（平成一八年　溪水社　写真版）の一九五頁に記されている。その結論部分を引用する。

小林は、すれっからしで人の厭がることを平気でする「無頼漢」のようであるが、その人間の根幹には思いやりと純なものを持っており（これは次第に明らかになってくるが）、津田やお延に代表される、体面と打算に明け暮れて、虚栄のために「腰が始終ぐらついている」近代人（ブルジョアジー）の生き方を、厳しく批判する視点人物として『明暗』の世界に登場してきている。そこに作者漱石の小林像創出の意義があったのである。漱石は小林をも相対化して描いているが、彼を見つめる眼は時代を見据えて鋭く、温かい。

今回担当する範囲にも、小林が登場するが、『明暗』という作品における小林像という点については、右に尽くされている。今回担当の部分でさらに追求しなければならないのは、主として施線の部分であると考える。

右の課題を追求、解明するために、次の問題を設定する。

（1）小林が、長髪の青年画家・原を、津田に引き合わせた意図は何か。また、この青年は、本作品では、ほんの一刻登場するだけである。小林と直接関わりのある存在で、この青年と似たような登場の仕方をするものに、小林の妹のお金さんがいる。小林登場とその意義に関連づけて考えてみたい問題である。

（2）小林が、自分宛の「手紙」を津田に読ませた意図は、どこにあるか。また、この「手紙」の内容は、小林の言葉で、会話の形で述べられてもよいと考えられるのに、手紙形式で叙述されているのはなぜだろうか。『明暗』の構造は、バフチンがドストエフスキーの作品に対して用いた『ポリフォニー小説』の定義にそのまま当てはまる。」（島田雅彦『漱石を書く』（岩波新書））という見解、「多声的（ポリフォニック）世界を実現している。」（柄谷行人『漱石論集成』）という見方がある。これらは、安宗氏から紹介のあった大石泰蔵氏の手紙に対する漱石の返事（注）の内容と深い関係があるように思われる。さらに、安宗氏の「漱石は、小林をも相対化して描いている」という意見についても関連づけて考えてみたい。

（3）小林が、自分への餞別としてもらった三十円の中から、「余裕が空間に吹き散らしてくれる浄財だ。」と言って原に十円を渡し、「珍しく余裕が下から上へ流れた。」と津田に言っていることには、どういう意味があるか。「お金」の問題は、漱石の作品において重く扱われている。特に、『道草』では、重要な意味を持つものとして描かれている。その問題意識の流れに位置づけて理解するとしたら、小林の「余裕」が「吹き散らしてくれる浄財だ。」という論理は、原青年を納得させる、単なる言い訳の論理ではないと考えられる。どう解釈するべきであろうか。

2

担当範囲の詳しい分析は、「『明暗』を読む―輪読提案レジュメ集」の一九九頁から二〇六頁までに記載している。ここには、「読み取りと気づき」ということで、「読みの仮題」の観点から、二十一事項にわたって内容の要点と読みを通して発見した意味を記している。章ごとに、幾つかの例を上げておく。一六二章＝1青年画家の登場のさせ方の巧みさ、2津田の目に映った青年のイメージ、3津田の目に映った青年像を通して津田が想像した青年の内面的反応、4津田の青年に対する心情的反応、など。疑問点として、小林が原を津田に引き合わせた意図？一六三章＝7津田を小林と原との会話の外においた小林の意図、10小林が「一通の手紙」を津田に示すまでの経緯が、動作・会話・心理描写を通してリアルに表現されている（該当部分の具体的な指摘）など。疑問点として、津田を引き止めた小林の意図？一六四章＝12手紙を津田に読ませた理由、13手紙の内容の読み取り―津田の境遇と手紙の主の境遇との対比性、14小林が津田に手紙を読ませた意図の中心に据わっていることなど。疑問点として、「会話」という方法でなく、「手紙」という叙述形式をとったことの意味はどこにあるのか。一六五章＝15手紙についての津田の読後感、16小林が津田に手紙を読ませた目的・意図の説明論理など。一六六章＝17小林が、原に紙幣を並べて「要るだけ取り給え」と言った行為に対する津田の反応、18津田の目を通して捉えられた「青年芸術家」の十円紙幣への反応の様子、19小林が原を説得する論理など。疑問点として、「余裕」がくれる「浄財」という所有者個人から引き離した述べ方をしている理由？一六七章については省略。

3

第一節で「読みの課題」として提示した三項について考察したことを述べる。

(1) 青年画家を登場させ、小林をして青年画家に引き合わせた意図及びそれに関する問題

小林が津田に説いてきた「助言」は、前回のところまでで完了していると考えられる(一五九～一六一章)。にもかかわらず、自分と似た境遇の青年に引き合わせたのは、彼の描いた絵を周旋する意図もあったかと思われるが、(2)で取り上げた「手紙」を読ませることに通じるという思いもあったかと推察される。すなわち、小林が、三十五章で、津田に「露西亜の小説、ことにドストエウスキの小説を読んだものは必ず知っているはずだ。いかに人間が下賤であろうとも、時としてその人の口から、涙のこぼれるほどのありがたい、そうして少しも取り繕わない、至純至情の感情が、泉のように流れ出して来ることを誰でも知っているはずだ。君はあれを虚偽と思うか」と言っていることに関わっているのではないか。つまり、貧しい境遇にありながらひたむきに画業に勤しんでいる青年画家に、この言葉を照応させようとしているのではないか。

一刻しか登場しない小林の直接的関係者である、お金さん(小林の妹で津田の叔父のところでお手伝いのような仕事をしている)と原は、単なるワキ役ではなく、お金さんは、その結婚のありようを通して、津田が世話になっている叔父の娘(従妹にあたる)継子の縁談、津田とお延との結婚のあり方と対比され、ひいては、男女、夫婦の愛のあり方の問題を浮かび上がらせる役割をしている。原は、この場面で「お金」に困窮している存在として登場している。経済的に逼迫しているのは、小林も「手紙」の主も同じである。原は、津田――小林――原の相

互間における「お金」の授受を通して、「余裕」のある階層から「逼迫」している階層への「お金」の流れのあり方の問題を提起しているのではないか。世の中の陰にあって目だたず、人々に無視されているような存在が発信している意味を考えさせようとしている漱石の社会観にはっとさせられるのは、わたしだけであろうか。

（2）小林が自分宛の「手紙」を津田に読ませた意図と、手紙という叙述方法をとった理由。また、「ポリフォニー小説」と言われていることと「相対化して描いている」（安宗氏）ということとの関連性

この手紙の差出人は、津田と同じように叔父の世話になりながら、その待遇のされ方は、津田とは全く異なる。貧しく虐げられた境遇にあっても希望をもって行きたいと願っている。特に、手紙の末尾に書かれている、「僕は貴方の境遇を知っています。物質上の補助、そんなものを貴方の方角から受け取る気は毛頭ないのです。僕はただこの苦痛の幾分が、貴方の脈管の中に流れている血潮に伝わって、其所に同情の波を少しでも立ててくれる事が出来るなら、それで満足です。僕はそれによって、**僕がまだ人間の一員として存在しているという確証**を得る事が出来るからです。この悪魔の重囲の中から、広々した人間の中へ届く光線は一縷もないのでしょうか。僕は今それさえ疑っているのです。そうして僕は貴方から返事が来るか来ないかで、その疑いを決したいのです。」という部分には、小林が、津田に青年画家を引き会わせ、手紙を読ませたことについての意図をくみ取ることのできる手がかりがある。すなわち、小林は、世間的には青年も手紙の主も津田には無関係で、何ら義務を感じる必要のない存在だが、同情心は起こるということを納得させ、「それで沢山なんだ、僕の方は、同情心が起こると言うのはつまり金が遣りたいという意味なんだから。其所に良心の闘いから来る不安が起こるんだ。僕の目的はそれでもう充分達せられているんだ」と、原と会わせ、手紙を読ませた目的と意図とを述べている。すなわち、富裕階層に属する津田のような人に、貧しいが懸命に努力して生きている人々に対する「同情心、そのような人々への強い関心（良心の闘いから来る不安）を抱かせることを意図している」と言っているのだと理解される。　手紙という叙述手段をとった理由について。手紙の内容を小林が語ったのでは、すでに小林自身が述べていることの繰り返しになる。特に、引用した手紙文の［　］で囲んだゴシックの部分には、小林が、津田の留守宅を訪問し、お延に語った「奥さん、僕は人に厭がられるために生きているんです。わざわざ人の厭がるような事を云ったりしたりするんです。そうでもしなければ苦しくってたまらないんです。生きていられないのです。僕の存在を人に認めさせる事ができないんです。」（八十五章）、「奥さん、僕は世の中から無籍者扱いにされている人間ですよ。」（八十六章）という言葉に通じるアイロニカルな含意を読みとることができる。

ポリフォニック（多声的）な叙述は、対話的（ダイアローグ）であるとされる。それに対するのは、独話的（モノローグ）な叙述である。大石泰蔵氏への返事に書いた漱石の小説観は、独話的小説構成から多声的対話的小説構成への変換を遂げていることを示しているのではないか。会話でなく手紙で叙述することによって、独話的でなく多声的対話的であることを表しているのではないか。すなわち、中心人物の人間的変革の描写を通して作品のテーマを暗示する十九世紀的な小説からの脱却を図ろうとしているのではないか。

（3）小林が津田にもらった餞別の中から、十円を原に渡し、「余裕」がくれる「浄財だ」と言っていることの意味。社会における「お金」の流れの問題。

小林が原に言ったこの論理は、直接的には、小林が原に負担感なしに十円を受け取らせるためのものとも解釈できる。しかし、このように小林に話させた語り手の意図には、もっと深いものがあるのではないかと考えられる。

『明暗』中の、お金の授受、貸借の関係が述べられているのは、次の通りである。

①　京の父→津田……生活扶助のための送金差し止め
②　岡本の叔父→お延……叔父がお延を泣かせた賠償金、夫婦和合の妙薬として
③　妹のお秀→津田……父からの送金差し止めの肩代わりとして
④　津田→小林……餞別として
⑤　小林→原……「余裕」がくれる「浄財」として

⑤番目は、固有名詞でなく、抽象的な「余裕」があるところから、「余裕」のないところへ流れたという認識に立っている。つまり、特別な関係においてお金の授受、貸借がなされるのではなく、特別な前提条件なしに豊かなところから貧しいところへ、お金はながれていくべきものであるという見解を見いだすことができるのではないか。漱石作品における「お金」の問題は、「道草」から続く重い課題となっているように考えられる。

4

冒頭に述べたように、本読書会で担当するに際して心がけていたのは、文学作品の読みの力を高めるためには、どのような読みの方法を身につけたらよいかということであった。学生時代に西尾実先生の著書から学んだ、叙述→構想→主題という読み深めの方法、解釈と鑑賞の違いとその方法などを適用しながら教材研究したり、読書に応用したりしていた。漱石作品の読書会においても、当初はその域を越えられなかった。読書会の仲間の人の担当、発表を聞いているうちに、だんだんと文学の読み方は、如何にあるべきかということを意識するようになった。

そこで、担当にあたって、自分にとって新しい文学の見方や読み方について説かれていると考えられる文献を

入手して、担当部分の読みに適用することを試みるようになった。『明暗』に入って担当したのは、①二八章〜三二章、②七〇章〜七三章、③一三七章〜一三九章、④一六二章〜一六六章（前半）の四回である。

①の部分の担当にあたっては、読みの視点として、「1 流れとして読む」「2 まとまりとして読む」という二つを設定し、その構えで読み進むことを通して、担当部分を全体の分節としてかつ、この五章の内実とその表現の姿をイメージの重層化されたものとして受容することを意図した。表現論的読み方の方法の適用を試みたものであった。イメージの、語・文・段落（場面）レベルの読みを重ねながら作品を受容していくという方法は、大江健三郎氏の『小説の方法』（岩波書店）に学んだところがある。

②の部分の担当に際しては、読みの視点として、「1 会話と地の文との叙述のされ方に着目して、お延の津田との結婚についての考え、結婚観を読み解くとともに、人物像に及ぶ。」「2 担当範囲に認められる漱石の会話表現法について考察する。」の二点を掲げた。この読みにおいても、表現論的な方法を用いた。文章の叙述は層をなしているという説を立てられたのは、土部弘氏と松永信一氏である。叙述のありようの観察には、松永氏の説に基づいて行った。文学的文脈を形成するのは、描写・説明・対応の三層であるとする考え方である。

③については、「読みの課題」として「吉川夫人と津田との間に交わされる対話には判断内容の落差が著しい。落差の目立つ部分について、語り手の作中人物への焦点の当て方、対話の進展のさせ方に着目して追跡し、ヤマ場への接近の様相を読み取る。」と設定している。これは、「語り論的読み（ナラトロジー）」に学んでその考え方を適用したものである。ジェラール・ジュネットの『物語のディスクール』（花輪光ほか訳・水声社）で説かれている「焦点人物」という考え方に基づく人物描写の方法と、人物の内面の理解の仕方について啓発され、登場人物相互の関係のとらえ方、作中人物の作品における働きを幅広く捉えることができるようになった。

④についての詳細は、前節において述べた。ポリフォニー小説のことは、島田雅彦氏の『漱石を書く』（岩波

新書）、柄谷行人氏の『漱石論集成』（第三文明社）によって知った。さらに、ポリフォニー小説論を創説したと言われる、М・バフチンについては、同氏著の『小説の言葉』（平凡社ライブラリー）や阿部軍治氏編著の『バフチンを読む』（ＮＨＫブックス）を読んだりした。

漱石作品の奥深さには、計り知れないものがある。漱石を読み始めたのは、おそらく十代半ばであったと記憶する。現在、七十代半ばでなお汲み尽くせないものを感じるのは、読書会のメンバーの中でわたしだけであろうか。

（注）大正五年七月十九日付け　大石泰蔵氏宛の返信

5 『明暗』五十五～五十八章の読解――お延の眼を通して見る『明暗』の小説世界――

安宗伸子

はじめに

今回の報告は、二〇〇二年十二月二十九日の二七会の輪読会十二月例会において、私が担当した『明暗』第五十五章から第五十八章までの読み取りをまとめたものである。二七会では、夏目漱石作品を年代順に読んでおり、年代を追って読んでいくと、作者漱石がどのように作品世界を広げていったのか、また前作には見られなかった視点による作品の深化がどのように進んでいるのかなどといった点において、作者漱石の軌跡をたどることもできる。

今回、視点人物のお延の人物像や心情に注目し、作者論的な観点では、視点人物の転換の狙いに触れたいと思う。

『明暗』について

『明暗』は作者夏目漱石の死によって未完に終わった作品である。主人公津田とその妻お延を中心に、エゴイズムに振り回されている人間を容赦なく描いている。

新聞連載という形式で書かれたため、一回一回の掲載にはそれぞれ山場と、次回を心待ちにさせる展開や表現が見られる。一回の掲載分は『明暗』という作品を構成する一つのパーツに過ぎないが、考えようによっては一つの作品ともいえるのではないか、と思われるほど研ぎ澄まされた文章で綴られている。

『明暗』作品全体を俯瞰するだけでなく、一回の掲載分をつぶさに読むという視点で読んでもそれに耐えうる作品であると思われる。

登場人物について

お延

半年ほど前に津田と結婚している。この結婚は自分で決めたものでそのことに自信を持っている。しかし津田の、お延には見せない部分（素直な気持ちや嘗ての恋人清子の存在など）を感じ取り、絶対の自信が揺らいでいく。（ただし清子の存在をこの時点ではお延は知らない。）津田がお延に対して自分をさらけ出さないように、お延自身も津田に対して本心を見せず、技巧を用いたりはぐらかす態度をとったりする。自尊心が強く、周囲からは「怜悧《りかう》」だと言われ、実際そつのない行動をとるが、今回の担当箇所ではそれが上手く行かず、動揺が見られる。

岡本夫妻・継子・百合子

お延の叔父、叔母。従妹。お延は子供の時から岡本の家で世話になっていたため、彼らとは親密な関係にある。

吉川夫人

津田の勤め先の上司吉川の夫人。津田とお延の結婚では吉川夫妻が媒酌人をつとめた。世話好きであり、津田をよく調戯《からか》ったりもする。彼女の言葉はお延や津田を翻弄することが多い。お延に対する評価を津田には「まあ老成よ。本当に怜悧な方ね、……大事にして御上げなさいよ」と述べるが、津田には「大事にしてやれ」が「能く気を付けろ」と変りなく聞こえた（第十一章）。津田と清子は吉川夫人の紹介で知り合った。『明暗』におけるトリックスターのような存在か。

これまでのあらすじ（手術の日の描写は第三十九章から始まる）

お延が津田の手術に付き添ったその日、彼女は叔母の家族に誘われて芝居に行く。それは実は芝居よりも従妹・継子のお見合いに主眼がおかれたものであった（しかしこの時点ではまだ明らかではない。六十三章で明らかになる）。お延は他者からの視線によって継子と自分の違いを意識し、比較する。そこには継子への嫉妬や侮蔑、羨望などが入り乱れる。またこの会食の場面で、津田と懇意の吉川夫人と同席する。この席でお延は吉川夫人との談話が思うように出来ず、何時もの自分らしからぬ自分に（第五十三章）苦い思いを味わう。また夫人はお延を眼中に置いておらず（第五十四章）、夫人に認められないことにお延は不本意なものを感じ、自らの内面に沈んでいく。

夫の手術に付き添ったその日に芝居に行くというお延の行動は、京都で倒れた漱石の看病に駆けつけたはずの妻鏡子が、京都見物をし、その後芝居見物にまで行こうとして漱石の怒りを買ったエピソードと重なり合うと思われる。

第五十五章の展開

吉川夫人とお延のやりとりが中心。二人の共通の話題である津田と津田の手術について語られる。吉川夫人の言動に心乱されるお延の、吉川夫人に対する観察や批判、相手の意図を測りかねている様子などが丁寧に描写されている。例えば、思いがけない夫人の問いかけにお延はペースを乱されたりする。その際に吉川夫人の言動をお延が批判、解釈するのである。このことにより、物事の意味を受け手の側から理解し説明することになり、視点人物お延の心情に読者はより近寄りやすくなると思われる。

また会話表現が生き生きとしており、短い会話の中に人物像を浮き上がらせる力がある。

例として津田の手術が今日であったと語るお延に対する吉川夫人の言葉、それに対応するお延の言葉を挙げてみる。

「今日？　それであなた能く斯んな所へ来られましたね」

「大した病気でも御座いませんものですから」

「でも寝てゐらつしやるんでせう」

「寝ては居ります」

会食の場面はこの章で終わる。吉川夫人はお延にとって謎の人のままであった。

まとめ

吉川夫人は津田を気にかけている。しかし、お延に対してはぞんざいな態度をとる。これがお延にとっては理解しがたいことであり、苦痛でもある。お延から見た吉川夫人は、お延のことなど考えず、時として予想のつかない言動をする人物として描かれている。その影響か、お延の吉川夫人に対する言葉も失礼にならない程度ではあるがそっけない。吉川夫人の態度は視点人物の眼から見ると、謎であり、不可解である。それが伏線になり、お延は津田との関係に思いを馳せていく。

第五十六章の展開

前半で吉川夫人に侵食されたお延の内的世界が描かれる。叔母の家族とともに舞台を見ているが、お延の脳裏に津田の面影が不意に出て来る。その幻影はお延に対して冷たく、お延は苦い気持ちを味わう。その幻影は三度現れるのだが、お延の態度も津田のそっけなさに対抗するように漸層法的に硬化していく。勿論この津田像はお延の心の中の存在であるのだが、「いや疳違《かんちが》ひをしちや不可《いけな》い、何をしてゐるか一寸覗いて見た丈だ。お前なんかに用のある己《おれ》ぢやない」という意味を、目付で知らせる津田を想像しうる材料がお延の中にあったのだろうか、ずいぶん冷たいように感じる。

津田を想起することになった「源因は全て吉川夫人にあるものと固く信じてゐた」というが、彼女のどういった点が原因なのかはお延にも判然とはしていない。ここまで冷たい津田を想像しうる材料が既に夫婦間に存在したのではないだろうか。そしてそれを表出させた人物として、吉川夫人の存在がお延の中でクローズアップされていると考えられる。

吉川夫人はお延の津田への不信感を喚起する存在であるが不信感の芽は既にお延の中に存在していたと思われる。しかしお延の中ではあくまでも原因は吉川夫人であるようだ。第五十八章の「昨夕吉川夫人から受け取つたらしく自分では思つてゐる、夫に対する一種の感情」という表現からもそれが見受けられる。

「芝居が了《は》ね」た後、お延は吉川夫人に会いたいような会いたくないような気持ちになる。その揺れる心情、矛盾した相反する心は「お延は其所で又夫人に会ふ事を恐れた。然し会つてもう少し突ッ込んで見たいやうな気もした。」「さうした好奇の心が、会ひたくないといふ回避の念の蔭から、ちょいちょい首をだした」と表現されている。

後半部分は岡本夫婦とお延の会話が中心となる。彼らはお互いに気兼ねをしない間柄であることが伝わってくる。叔父がお延に「宅に泊まっていかないか」と言い、その後「前よりはもつと真面目な調子で繰り返した。」の部分は、お延に対する叔父の思いやりを感じる。

この会話で、お延も津田（由雄）も外泊をしたことがないことが話題になる。それにより津田夫婦の外面上は品行方正、お堅い二人であるが内面は穏やかとはいえず、しかもそのギャップが他者には伝わっていないことが浮き彫りになる。

この章の最後の部分

「オー、ライ」

四人の車は此英語を相図に走《か》け出した。

ここには、場面の変換や、明日（新聞連載時を想定）への期待、明るさなどが感じられ、新聞小説らしい結びになっている。

まとめ

津田の面影がお延の心に浮かんでくる。その原因は吉川夫人であるとお延は考える。しかし吉川夫人は単なるきっかけに過ぎず、むしろ津田との日常でのしっくりいかないことが原因ではないかと考えられる。津田の面影の冷たさは、お延が津田から日常受け取っているものが一つの形になったものと捉えることができる。重苦しい内面を見つめる前半とは対照的に後半での叔母の家族との会話は生き生きと描かれている。人物の特徴を表す無駄の無い会話である。

第五十七章の展開

お延帰宅。津田の不在によって孤独感、淋しさが彼女をとりまく。「今朝見たと何の変りもない室の中」を「今朝と違つた眼で見廻した」とあるが、同じものを見ても見る者の心によって全く印象が異なる、見るものの心を反映して印象が変化していることを表現している。

表現では、お延に呼ばれて、下女「時」が転た寝から目覚めたときの驚きや焦りといったものが、揺れる電灯の光と相まっているような描写が素晴らしい。

下女の時を先に寝かせた後、お延は津田の姿を想像して懐かしむ。ここでは津田の存在はお延の中で大きな部分を占めており、お延の素直な感情が表現されている。しかし同時に津田のそっけない様子も想像してしまい、不愉快な感じを抱く。

「二人の間に何だか挟まつてしまつた」「中間にある其邪魔もの」とはお延の津田に対する不信感であろうか。お延の方では懸命に寄り添おうとしているのに津田はそれに応えていない、とお延は受け取っていることがわかる。第五十六章で、お延が津田の面影を思い浮かべる場面でもこの印象は共通している。意識的に反復されているのかもしれない。

また夫への不愉快な感じの原因を吉川夫人に求め、自分達夫婦に求めていないことも描かれている。

そうした様々な思いをもてあましたため、その心を里へ遣る手紙を書くことで、気持ちを落ち着かせようとするが、自分の心情を正直に表現することが出来ない。手紙を書くことを諦めたお延はそのまま眠りにつこうとするが、なかなか果たせない。

まとめ

帰宅したお延は何時もとは異なる印象を与える家の様子に孤独を感じ、津田の不在を強く意識する。下女への対応にもその孤独感が読み取れる。お延にとっての津田は「夫の姿を、懐かしさうに心の眼で眺めた」「矢つ張りあなたが居らつしやらないからだ」「最愛の夫」などといった表現からもわかるように、大切な存在である。しかしその思いに水を差すような気持ちもお延の中に存在している。このまとまらない気持ちがお延を苦しめる。

第五十八章の展開

なかなか眠れなかったお延は次の日、寝過ごしてしまう。そのことは眠る時に聴覚が刺激され続けたこと、視覚が受ける光によって起きる時間が何時もより遅いことで表現されている。

起床すると、津田が居ればしなかったであろうだらしない自分の様子（昨晩脱ぎ捨てた着物など）に呆れる。お延は目に入るものから自身の内面へ視点を移していく。この部分ではお延の心の変化が丁寧に表現されている。最初に感じた「済まない」という思いが、段々と変化し、逆に夫の不在によって自由を感じる自分を意識するまでになる。その心の変化は「然し偶発的に起つた此瞬間の覚醒は無論長く続かなかつた」とあるように、お延の行動は「何時も遣《や》る通り」に戻っていく。表現も心理描写から行動の描写へ転換されている。

起床したお延は津田に電話を掛ける。

彼女は其所で別々の電話を三人へ掛けた。其三人のうちで一番先に択ばれたものは、やはり津田であつた。

この一文にはお延の津田への思いが表れている。しかしこの電話では、お延は津田にそれを素直に伝えることなく、寧ろ津田とかけひきをするようなやりとりをする。つまり津田を試すような、技巧的なお延の言動がここで見られる。

「何の位津田が自分を待ち受けてゐるかを知るために」お延は「今日は見舞に行かなくつても可《い》いか」と尋ねる。この「行かなくつても可いか」の問に対して「いいよ」「いや、困るよ」という答えでなく、「何故か」と聞き返す所に、津田の自分の意志を簡単には明かさない点が見受けられる。

お延は津田に「来て欲しい」と言ってほしいし、自分が行った時に、喜んでほしいのであろう。しかしながら津田はお延が望むような態度をとる人間ではないことがお延の眼からみた津田像には詳しく表現されている。この津田像は第五十六章や第五十七章の、お延に冷たい態度をとる津田像にも共通する。

まとめ

第五十六章から続いていたお延の内的世界の描写が、津田に対する一つの行動として示される。前半は心理描写、後半は行動の描写が主である。行動の理由が内的世界の描写によってよくわかる構造になっている。

担当箇所のまとめ――津田とお延の関係について――

お延の望みは、津田にお延の親切に見合うものを返してもらいたい、というものではなかろうか。それゆえ「其三人のうちで一番先に択ばれたものは、やはり津田であつた」のであるし、津田はお延にとって「最愛の夫」（第五十七章）であると表現されているのであろう。しかしながら津田がお延を自分の心の奥深くまで踏み込ませないところが、第三章で見られる「雀を見ていた」というお延の技巧を引き出し、第四十四章の二人のやり取りを生み出していると考えられる。

また両者はお互い相手の出方を観察しているようであり、お延にとって、津田は自分から歩み寄ろうとせず、お延から近付いてくるのが当然だと思っているように描かれていることが、視点人物がお延に変わってからはっきりとしてくるところが面白い。

「然し次の瞬間には、お延の胸がもうぴたりと夫の胸に食付《くっつ》いて居なかつた。二人の間に何だか挟まつてしまつた。此方で寄り添わうとすればする程、中間にある其邪魔ものが彼女の胸を突ッついた。しかも夫は平気で澄ましてゐた。半ば意地になつた彼女の方でも、そんなら宜しう御座いますといつて、夫に背中を向けたくなつた。」（第五十七章）という部分も其のことがよく伝わってくる。

第一章から第四十四章の津田から見たお延像と、お延からみた津田像を考えてみると、互いに相手を理解し難いものと思っており、かといって理解を深めるために自分の手の内を見せようとはしない者同士のように見受けられる。

お延が視点人物になることによって、津田にとっての謎の女でもあるお延の心情が明らかにされていく。夫婦間の「中間にある其邪魔もの」「二人の間に何だか挟まつてしまつた」ものが何か、どうしてこの夫婦はうまい具合にいかないのかという謎を追っていくと、第二章での「どうして彼の女は彼所へ嫁にいつたのだらう。」という言葉で登場する清子の存在がクローズアップされていく展開になっていく。

読みの視点および気付き

小説を読む時、「この登場人物はなぜこんな行動をとるのか」「なぜこんな言動をするのか」という疑問は、その作品を理解しようとする過程で必ず起こるものであると考えられる。言動はその人物の考えや思想を表す材料となるわけであるから、小説を読む視点というだけでなく、現実社会を生きる際にもその人物を理解しようとする場合、まず初めに注目する点であろう。そのことを踏まえて、今回の担当箇所ではお延から見た吉川夫人の言動と津田の言動が、お延の眼にはどのように映っていたかという視点で読んでみた。

ただし津田の言動は担当箇所ではほとんどお延の頭の中でのことでしかない。リアリティのある津田像を描くお延の心中には、それだけ強く津田が存在しているのであろうと興味深いものを感じる。

勿論、視点人物の判断に読者が左右されてしまってはいけないが、他者の言動をお延がどう受け止め、それがどのような内面の変化をもたらしたのかという点に注目してみた。

また、お延が他者を描くことによって、お延の視点、考え方、ひいてはお延自身が炙り出されていくように感じた。人と人との関係性の中で、他者を見つめる眼は、実は自分を映し出すものでもあるのだと思われた。

『明暗』では視点人物の転換が第四十五章で行われている。視点人物の転換は、これ以降も津田とお延双方に振り分けられ、八回ほど行われる。視点人物の転換により、時間的な推移はあるが、読者は二つの視点から登場人物を（特に津田とお延であるが）多角的に捉えることができる。つまり津田が視点人物であった時に語られた、津田から見たお延の言動の裏側に隠されていた心情が、お延が視点人物になったことにより段々と明らかになっていくのである。この二人のかみ合わない心が、両者の視点の錯綜によってより浮き彫りになってくる。そこが今回大変面白いところであった。

また、人間の心の機微の微妙なところが、さまざまな表現によってまるで本当に生きている人の心を覗いているように感じられたことは不思議な感じがした。百年近く前の作品であるのに登場人物の心情に共感できることが驚きであり、その表現の素晴らしさに感心した。

6 「事実其物に戒飭《かいしょく》される」津田
――『明暗』一六七〜一七〇章の担当を通して――

西　紀子

一

平成一三（二〇〇一）年一二月から四年一か月をかけて読んできた『明暗』の輪読会で、私は六回の担当をすることができた。その中で最もおもしろく、かつ重要なポイントを秘めていたのは、最後に担当した一六七〜一七〇章であった。

この四章は、主人公津田の友人である小林が、朝鮮へ落ちていくことになって送別会をした翌日、津田が術後の療養をするという名目で、かつての恋人清子に会うために温泉場へ出かける場面である。三度乗り継いだ乗物の旅は、「ベランメー」調の愉快な同乗者二人と連れになり、軽便では、脱線した列車を人力で押すという滑稽もあったり、『吾輩は猫である』のような、落語的会話を交わすという楽しい場面だった。作品全体の構成からいえば、東京が舞台であった前半部から温泉場が舞台となる後半部へと転換するつなぎの部分に過ぎない箇所で、前回までの小林との重苦しい議論から解放されて、ほっとする場面であった。

この範囲の中、前章（一六六）送別会の場面の続きである津田と小林のやりとりが、なぜか一六七章の冒頭に設定されている。これは前章に納まり切れなかったからやむを得ずずれ込んだのではなく、特に際出たせたいために章を改めて、ここに置かれたものと解釈した。

「立つ前にもう一遍此方《こっち》から暇乞《いとまごい》に行くよ」（一六七）という小林に、津田は旅行に出るからと断る。「飽く迄も僕の注意を無意味にして見せるといふ気なんだね」と小林がつっかかると、「まあ其所《そこ》いらだらうよ」と答える。「よろしい、何方《どっち》が勝つかまあ見てゐろ。小林に啓発されるよりも、事実其物に戒飭《かいしょく》される方が、遥かに覿《てき》面《めん》で切実で可《い》いだらう」（一六七）という捨てぜりふを残して、小林は去った。

この小林の最後の言葉について、「意地にも小林如きものの思想なり議論なりを、切って棄てなければならな」（一六七）い津田には、「考へる余地」がなかった。しかし、この言葉は、今後の津田にとって、何か起こることを予言した重要なポイントとなる言葉ではないだろうか。「事実其物に戒飭される」津田――。「事実其物」とは一体どういうことだろうか。そのことで、津田はどう戒められ、変革していくのだろうか。残念ながら、漱石はそれを語ることなく、幕を閉じてしまった。

二

ここで、主人公津田とその妻お延との夫婦の関係について、あらまし辿ってみたい。

津田とお延は、結婚六か月の新婚でありながら、その間柄はギクシャクとしている。津田は、かつて相思相愛を信じていた女性清子から不意に去られ、気持ちの整理がつかないまゝお延と結婚した。そんな彼を、養い親だった叔父藤井の妻お朝は、「色々選《え》り好みをした揚句、お嫁さんを貰った後でも、まだ選り好みをして落ち付かずにゐる」（三〇）と評し、「真面目さが足りない人」（二七）という。また、お延の養い親である叔父岡本からも、

「あの男は日本中の女がみんな自分に惚れなくつちやならないやうな顔付をしてゐる」（六二）と見られている。その上、月々生活費の足しを京都の実父から受けていながら、盆暮に賞与で返すという約束を実行しないばかりか、そのことを妻にかたくなに隠すという見栄を張る男でもある。一方お延は、愛についての虚栄心が強く、「自分の斯《か》うと思ひ込んだ人を飽く迄愛する事によつて、其《その》人に飽《あく》迄自分を愛させなければ已《や》まない」（七八）という信条の持ち主で、自らの意志で選んだ結婚であったにもかかわらず、どうしても夫の心をつかみきれないでいる。津田の過去を知らないだけに、「良人《おっと》といふものは、たゞ妻の情愛を吸ひ込むためにのみ生存する海綿に過ぎないのだらうか」（四七）と悩んでいる。しかし、気位の高いお延はそのことを胸に秘め、岡本夫妻にも実家の両親にも「夫婦和合」を装っている。いわば、津田とお延は性格が似かよっており、お互いに自尊心が強く、自我がぶつかり合って、「毎日土俵の上で顔を合せて相撲を取つてゐるやうな夫婦関係」（四七）であった。

私は読み進むにつれ、自我がはっきりしている新しいタイプの女性お延に魅力を感じながらも、この夫婦は、なぜお互いに一歩譲り合えないのだろうかと、いらいらすることがしばしばであった。

三

目下津田は痔の手術で入院中である。その留守にお延の所を訪れた小林や、病院に見舞いに来た津田の妹お秀から、津田の過去をほのめかされ、また、いつか庭先で一束の手紙を焼いていた夫の姿も思い出されて、お延は不安と焦躁に駆られるようになる。一方津田は、清子との関係をお延に隠し通そうとして、あらゆる卑屈なごまかしをやり、また「慰撫」（一五〇）することが上策と考えた。それはいわば、夫の秘密を探り当てようとするお延と、それをごまかそうとする津田との自我と自我の相克であった。ここまでくると、お延に同情してしまう。

津田は自己中心的で己惚れが強いばかりでなく、打算的で、「腹の中で、嘘吐《うそつき》な自分を肯《うけ》がふ男」（一一五）でさえあった。行き詰まると、「女は慰撫し易《やす》いもの」（一五〇）と機嫌を取って丸め込んでしまう。こういう津田の病根をどうすれば除いて救済することができるであろうか。

二人のこうした関係を見ていた、津田の上司の妻吉川夫人は、逃げられた清子に会って「男らしく未練の片《かた》を付けて」（一四〇）来るようにとたきつける。そして、清子が流産後の静養をしている温泉場を知らせる。その上、お延には自らが「もっと奥さんらしい奥さんに屹度《きっと》育て上げて見せるから」（一四二）といって、津田に承諾をさせてしまう。

津田は漸く退院した。小林の送別会に出かける前、小林への餞別をめぐってお延と話し合った。「お前は見掛に寄らない勇気のある女だね」（一五四）と言った津田に対して、「貴方のために」「何時か一度このお肚《なか》の中に有《も》つてゐる勇気を、外へ出さなくつちやならない日が来るに違ない」（同）と「真剣に」言ったお延。この言葉こそ、「事実其物に戒飭される」津田に関って、今後の展開に重要な鍵を握っているのではないかと思われる。

四

清子を追って温泉場に来た津田は、風呂から自分の室《へや》に戻ろうとして迷ってしまう。廊下は人の気配が全くなく静まり返っていた。側にある洗面所の蛇口から流れる水が、金盥《かなだらい》に渦を巻いている様子を見たり、姿見に映る気味の悪い自分の顔を見つめていると、自分が「夢中歩行者」（一七七）のような「常軌を逸した心理作用」（同）となる。その時、階段の上に突然清子が現われる。津田を認めるや身体は硬くなり、顔面蒼白となって、くるりと背を向けて自分の室へ入ってしまった。

しかし、翌朝清子の室を訪れた津田は、落ち着き仏った清子を見た。昔と変わらぬ態度で話し始めることができた。昨夕、津田が室の下で「故意」の「待ち伏せ」（一八六）をしていたとかたくなに疑う清子に、その理由を聞くと、「たゞ貴方はさういふ事をなさる方なのよ」（同）という厳しい答が返ってきた。津田は「腕を拱《こまぬ》いて下を向」（一八六）くしかなかった。津田にとっては、思い当たる痛い言葉であったに違いない。清子は、津田の策を弄する性行を嫌っていたのである。さらに、夕べと今朝の態度の違いについて尋ねると、「たゞ昨夕《ゆふべ》はあゝで、今朝は斯《か》うなのよ。それ丈よ」（一八七）という。全く自然体である。

津田の突然の出現を怪訝に思う清子の眼を見て、津田は「あ、此眼だつけ」（一八八）と過去を思い出す。津田を信じ、凡ての知識を彼から仰いだ「信と平和の輝き」（同）――。昔のまゝの美しい眼が今も存在していた。しかし、津田が「それはもう私を失望させる美しさに過ぎなくなつたのですか」（同）という疑問を感じた時、清子はその眼を床の間に活けてある寒菊の上に落とした。「信と平和の輝き」は清子の本質である。今も生きている。だが、心は全く津田の上にはなかった。津田には、厳しい「戒飭」であったに違いない。

そして、「宅《うち》から電報が来れば、今日にでも帰らなくつちやならないわ」（同）と微笑する清子。余裕しゃくしゃくの態度である。「津田は其微笑の意味を一人で説明しやうと試みながら自分の室に帰つた。」（同）というところで、『明暗』は終わっている。

五

『明暗』について、唐木順三氏らは「津田の精神更生記」であるといっている。一、二章ですでに津田の精神的手術が示唆されているという。私もこの考え方に賛成したい。津田を何とかして更生させ、お延との結婚生活を朗らかな、安らぎに満ちた生活にしたいと願って読んできた。「事実其物に戒飭される」津田に期待をしてきた。しかし、未完とあって結論を得ることができない。一体漱石はどういう展開を考えていたのであろうか。

岩波文庫『明暗』（一九三三年版）の解説で、大江健三郎氏は、「いったん力をあたえられた読み手の想像力は、中絶したところにきても、なお動きつづけようとする。その想像力の働きに身をまかせて、テキストがない以上心もとないが、自由な喜びもある続きへの思いをめぐらせる。」と述べておられる。

私もこの思いにかられ、津田を更生させるにはどうすればいいのか、清子とのその後はどうなり、お延はどう関ってくるのか、思いは次々と湧いてくる。津田の病根さえ治療すれば、お延はおのずから津田に順応できるようになるのではないかという気がする。では、どうすれば津田の病根の治療が可能か。今までの伏線をふまえて想像をめぐらし、おおまかな筋書を考えてみた。

六

清子の室を辞した津田は、「微笑」の意味を考えながら、昼食をとる。宅から電報が来れば直ちに帰る――あの「微笑」は、夫を信頼し、余裕に満ちたものであった。しかも、あの「信と平和の輝き」をもった眼ざしから、自らの「虚偽」（一一五）を暴かれたも同然である。それでも、「何《ど》うして彼の女は彼所《あすこ》へ嫁に行つたのだらう」（二）……まだ腑に落ちない節のある津田は、清子と話し合おうと、午後から約束していた「浜のお客さま」との滝への散歩に同行する。

一方、お延の「お肚の中に有つてゐる勇気を外へ出さなくつちや」という「事実」とは、どういうことが考えられるであろうか。

津田が温泉場へ出発した後、「お延の教育」（一四二）をするという吉川夫人は、直ちにお延に会い、津田の過去について話すだろう。清子の居場所までは話さなかったとしても、勘のいいお延はすぐに察しがつく。何が何でも津田の前でその女性と対決し、疑惑を正そう。いよいよ勇気を出す時がやって来たと、温泉場に急行するに違いない。途中で一泊し、翌日の昼には温泉場に着く。宿の女中から散歩の話を聞き、滝の方へ出かける。

滝の下あたりに茶店が見えてきた。近づくと、奥の方に一組の男女が目に入った。物陰から様子を窺う。男はまさしく夫。幸いこちらに背を向けて坐っている。女性はこちらを向いているが、お延には気づかず、夫の顔を見つめて真剣に話している。奥に入ろうとしたその突端、お延は清子の眼の光を感じる。鋭いけれども、優しく、清らかな眼の光――「信と平和の輝き」。何と温かい眼ざしであろう。お延は衝撃《ショック》を受ける。どなり込もうと気負い込んでいた気持ちは忽ち萎えて、津田と同じような「夢中歩行者」のようになって、ふらふらと滝の方へ向かっていく。夢遊病者は岩場に下り、滝壺めざして水の中へ入っていく。丁度その時、浜の夫婦が通りかかった。驚いて救助する。

清子に全く見放された津田は、一人滝の方へやって来た。そこに、浜の夫婦に看護されているお延を発見し、驚愕する。

この後宿に帰って、「二人は何時になく融け合つた」（一一三）。今こそ真の「陰陽和合」（七六）である。「事実其物」は、お延の入水という勇気ある行動だった。この勇気ある行動によって津田は「戒飭」され、津田の病根は浄化されていった。

お延には宿の褞袍《どてら》が着せられ、津田は、お延手作りの「銘仙の褞袍」（一八）を着ていた。「其時二人の微笑は俄かに変つた。二人は歯を露はす迄に口を開けて一度に声を出して笑ひ合つた」（一一一）。こんな場面が蘇った。私が望んでいた明るい津田お延夫婦の誕生である。

ここに至り得たのは、清子の「微笑」と「信と平和の輝き」を秘めた眼ざしがあったからだろう。それは、津田を救い、お延を懲らした。

七

『明暗』のその後については、多くの研究者によって語られているようだ。私は水村美苗氏の『続・明暗』すら読んでいない。

現在読んでいる『三四郎』の六章で、運動会の日、池の端でサッフォーの話が出て、美禰子がよし子に「あなたも飛び込んで御覧なさい」と言った場面を読んだ時、ふとこの発想が生まれた。

『明暗』には水にかかわる表現も所々に見られる。津田が入院していた隣の洗濯屋から時々聞こえてくる「ごしごしという水の音」（一一四）、津田が温泉場へ向かう道すがら聞いた「奔端《ほんたん》の音」（一七二）、宿で清子と初めて会った夜、眠れないまゝ聞いた「庭の小さな滝」と「噴水の音」（一七七）。最も印象に残ったのは、津田が風呂帰りに迷った時の、洗面所に溢れる水の描写である。

きら〳〵する白い金盥《かなだらひ》が四つ並んでゐる中へ、ニッケルの栓の口から流れる山水だか清水だかゞ絶えずざあ〳〵落ちるので、金盥は四つが四つとも一杯になつてゐるばかりか、縁を溢れる水晶のやうな薄い水の幕の綺麗に滑つて行く様が鮮やかに眺められた。金盥の中の水は後から押されるのと、上から打たれるのとの両方で、静かなうちに微細な震盪を感ずるもの、如くに揺れた。（一七五）

これらの伏線が滝への入水と結びついた。また、鏡子夫人の入水という「事実」もあった。『漱石全集　第二十七巻　年譜』には次のような記述がある。

明治三十一年　六月末から七月初旬頃

前年の流産以来のヒステリーが昂じて、妻鏡子が熊本市内を流れる白川投身自殺を企てたが、救助された。

この短絡的な筋書を進めていくうち、かつて読んだ大岡昇平氏の論考や熊倉千之氏の『漱石のたくらみ』の影響を受けてしまった。

「事実其物に戒飭される」津田をめぐって、『明暗』のその後について勝手な想像をめぐらしてきた。漱石自身はもとより、多くの研究者からお叱りを蒙るかもしれない。

（本文の引用は『漱石全集　第十一巻　明暗』一九九四　岩波書店による。）

〈参考資料〉

・「『明暗』の結末について」大岡昇平〈『漱石作品論集成　第十二巻　明暗』〉一九九一　桜楓社
・「『明暗』論」唐木順三〈同右〉
・『漱石全集　第二十七巻　年譜』一九九四　岩波書店
・『岩波文庫　明暗』一九三三　岩波書店
・『漱石のたくらみ』熊倉千之　二〇〇六　筑摩書房

第二章　漱石作品の教材化・実践

1　中等国語教材史からみた漱石の作品

橋本暢夫

一

近代中等国語教育のうえで、夏目漱石の作品は、二十世紀にはいって、わが国に新しい文学運動が高まってくる時期から現代に至るまで、百年以上にわたって教材として採りあげられてきている。それらは、鑑賞活動の媒材としての役割を担うとともに、新しい文体を創り出していこうとした作者の努力と、その平明な文体に盛りこまれた自己覚醒の思想に目を向けさせ、そうした文体を獲得させていこうとする指導者たちの意図をも表している。

漱石の作品が教材として中等学校国語教科書に採録されるようになるのは、一九〇六年ころからである。明治三十九年発行の、「再訂女子国語読本」（吉田弥平・小島政吉・篠田利英・岡田正美共編、明治39・12・29、訂正五版、金港堂）の巻五に、「鼠を窺う」（『吾輩は猫である』）が採りあげられて以来、一九九一年（平成三年）度には、使用されている中学校・高等学校教科書のうちの約三〇種に採録されており、中等学校（旧制中学校・女学校、新制中学校・高等学校）の教材として、国語学力の向上と学習者の人格形成に大きな役割を果たしてきた。

旧制中等学校教材史からみた漱石は、近代日本文学にめずらしい風刺・ユーモアを含んだ作品、『吾輩は猫である』及び、『文学論』によって、小説家・英文学者として登場し、『草枕』によって、東洋的詩境を現出した作家として採りあげられてきた。大正期にはいると、幻想の文学、『倫敦塔』、『夢十夜』などが教材として加えられてくる。一面、漱石は、和漢洋古今の知識をこなした文章家・思索家として――特に新しい散文の開拓者として重く見られ、『永日小品』『思ひ出す事など』『硝子戸の中』『満韓ところどころ』などの随想・紀行作品も採録されるようになっていく。

戦後においては、『吾輩は猫である』及び『坊っちゃん』が、中学校の読書教材として定着してきたとみることができる。戦後の高等学校教材においては、一九五〇年から六〇年にかけての代表的教材であった『三四郎』、『草枕』『硝子戸の中』、書簡文に代わって、一九九一年頃には、『こころ』及び『私の個人主義』、『現代日本の開化』の頻度がきわめて高くなっている。

当時中学校・高等学校の教科書において、漱石の作品は小説・随筆・評論・書簡のジャンルで十二作品、約三五箇所が採録されている。

こうした漱石作品が、近代中等国語教材としてどのように採りあげられ、どういう役割を果たしてきたかを漱石の表現のもつ特性の面から究明していきたい。

二

まず、旧制中等学校の読本中、夏目漱石の作品を採録している教科書は、ほぼ、三〇五種、八七八冊（調査は、国立教育研究所附属教育図書館蔵、中等学校教科書による）である。

その種類をジャンル別にあげると、次の通りである。

（教材の種類）	（採録箇所）	（頻度数）
○小説教材	51	七六八
○随想教材	22	一五三
○紀行文教材	2	一四
○俳句教材	7	九
○評論教材	4	一二
○書簡・日記教材	13	二六
	（計九九）	（九八二）

その採録の範囲の広さ、頻度数は、島崎藤村の作品に匹敵する。藤村の場合は、詩、スケッチ・紀行文、感想・評論文、童話、小説、などの作品を中心に、戦前は、ローマン詩人、エッセイストとして採りあげられてきた。それに対して、漱石は、東西・古今の知識をこなした学者、文章家、思索家、小説家として採りあげられてきたとみることができる。

三

旧制中等学校教材として採られた漱石の作品とその箇所は、ほぼ、次の通りである。

作品名（採録個所）	（作品発表年月日）	〔初採録年月日〕	頻度数	中／女	学年別採録数 1	2	3	4	5	採録時期 明	大正(1)	大正(2)	大正(3)	昭和(1)	昭和(2)	昭和(3)	昭和(4)
『夢十夜』	（明治41・7・25—41・8・5）	〔大正10・10・13〕	34	中 11		2	7		2				2	1	3	5	
				女 23	4	6	9	4				2	9	5	4	3	
『文鳥』	（明治41・6・13—6・21）	〔大正12・10・30〕	65	中 28	15	12		1					5	1	7	15	
				女 37	5	22	7		3				10	3	6	15	3
『永日小品』	（明治42・1・1—3・12）	〔大正7・10・30〕	37	中 14		8	1	5					5	2	4	3	
				女 23	3	14	5	1				1	9	5	1	7	
『思ひ出す事など』	明43・10・29—44・2・20	〔大正14・10・28〕	16	中 6		2			4				1	1	1	3	
				女 10	1			2	7				3			7	
『硝子戸の中』	（大正4・1・13—2・23）	〔大正12・11・10〕	22	中 5	3	1	1						1	3		1	
				女 17	11	1	4		1				4	6	5	2	
『京に着ける夕』	（明治40・4・9—11）	〔大正12・11・13〕	11	中 8			8						2	1	1	4	
				女 3			2	1					2		1		

（採録数・採録時期の欄は、右が中学校、左が女学校の数を示している。採録時期の欄のうち大正・昭和期は五年ごとに区分している。以上抜粋して示した。）

四

教材の中心を占める小説の中でも、『吾輩は猫である』と、『草枕』が高い頻度を示しており、『猫』が一九五回、『草枕』が四〇七回となっている。

『吾輩は猫である』は、採録の箇所が変わっても、中学校87、女学校63の頻度からみて、一年生の教材として適切と考えられていたといえる。多く採られてきたところとして、㋐冒頭部分、㋑「猫の作戦計画」の部分、㋒猫の運動［垣巡り］の部分があげられる。

『吾輩は猫である』を表現面から分析して相原和邦氏は、文語脈の漢語調、候文体、講演に用いられる学理的文体、新体詩、口語脈の言文一致体、二系列の会話体などをあげて、「いわば文体実験の坩堝」と評している。教材として多く採られてきた箇所は、次のように書き出されている。㋐「吾輩は猫である。名前はまだ無い。」㋑「夜はまだ浅い。鼠は中々出さうにない。吾輩は……」㋒「吾輩は近頃運動を始めた。猫の癖に運動なんて利いた風だと一概に冷罵し去る手合に一寸申し聞せるが……」。いずれも、「吾輩」による闊達な語り口と、場面に応じた自在な文体が読み手をひきつけるところである。生命感のあふれる、テンポの早い、歯切れのよい、これらの表現に、学習者はまずひきつけられる。それとともに、猫の視点からの人間批判の的確さに同感し、作品世界にひきこまれていったに違いない。

「草枕」は、中学校読本において一八〇回、女学校読本で二二七回、計四〇七回の頻度で採りあげられている。採録の箇所としては、「峠の茶屋」の場面が低学年に多く（一・二年生の頻度一三二）採られ、「山里の朧月夜に」の箇所が、「春宵漫歩」の課名で、中学年を中心に採録されている。また、冒頭の、「山路を登りながらかう考へ

作品名（作品発表年月日）[初採録年月日]	頻度数	学年別採録数 1	2	3	4	5	採録時期 明	大正	大正	大正	昭和	昭和	昭和	昭和
『吾輩は猫である』（明治38・1—39・8）ホトトギス [明治39・12・29]	195													
	中 95	87	7	1			3	3	1	26	13	28	21	
	女 100	63	16	19	2		10	11	2	12	9	24	30	2
・吾輩は猫……極めることにしたのである。……猫の時節を待つがよからう。	中—32	31	1				3	3	1	5	5	9	6	
	女—33	27	3	3						6	1	12	12	2
・今に胃弱になるかも知れない。	中1													
・吾輩は此の頃……来客であらふ。	中2													
・吾輩は猫であるが…大抵の物は食ふ。…… ……裏へ出た［雑煮の餅］	中—6	5		1						2	1	3		
	女—14	4	7	3			2	2		2	1	1	6	
・僕あ…頭を撫で始めた。	中1女2													
・多々良君は……人間の意地の悪さを感じた。	中2													
・今夜こそ……是から作戦計画だ…… 一休養を要する。 夜はまだ浅い…鼠は…半切程にほそくなつた	中—20	16	4							5	3	5	7	
	女—33	15	3	13	2		8	8	2	1	4	5	5	
・主人は何時になく…に勧めてゐる［パナマ帽］	中1女3													
・吾輩は近頃運動を…… 主人の庭は…縁側へ引上げた。［垣巡り］	中—26	26								7	2	10	7	
	女—15	15						1		3	3	4	4	
・「陶然とは…」…有りがたい。（了）	中1													
・『猫』の中編の序をかくに当つて……（序）	中3	3								1	1	1		
『坊つちやん』（明治39・4・1）ホトトギス **『鶉籠』**明40・1・1春陽堂 [昭和15・7・20]	1													
	中 1	1											1	
	女													
・母がいなくなつてから清は…小さく見えた。	中1													

作品名（採録個所）（作品発表年月日）[初採録年月日]	頻度数		学年別採録数 1	2	3	4	5	採録時期 明	大正	大正	大正	昭和	昭和	昭和	昭和
『草　枕』（明治39・9）「新小説」→【鶉籠】[明治44・10・28]	407	中 180	18	44	32	39	47	1	3	3	27	24	53	62	7
		女 227	41	45	43	46	52	3	10	20	23	19	43	94	15
・山路を……建立してゐる。……一つの酔興だ。……那古井の温泉場だ。非人情がちと強過ぎたやうだ。		中 82			1	37	44				10	10	26	31	5
		女 110	4		10	46	50	1	3	7	9	9	24	46	11
・「おい」と……板庇にからんでゐる。……天狗巌ださうだ。…馬の鈴と書いて見た。		中 52	18	34					2	1	9	7	13	20	
		女 92	34	45	13			2	7	10	12	7	13	37	4
・失礼ですが…地面の上へ転がり落ちた。		中 1													
・旦那え……春風にふかれてゐる。		中 1													
・余は明らかに…幾人あるかしらぬ。		中 3													
・寒い。手拭を下げて…成り済ました。		中 2													
・二間余りを爪先上りに…際限なく落ちた。		中 2 女 8													
・山里の朧月夜に…しかも澄ましたものだ。……仰数春星……鳴き合うてゐる。		中 37		8	27	2		1	1	2	6	6	10	9	2
		女 17	1		14		2			2		1	5	9	
『倫敦塔』（明治38・1・10）→【漾虚集】明39・5 大倉書店 [大正4・10・2]	36	中 28				28				2	11	5	8	2	
		女 8			2	6			2	1	1	2	1	1	
『二百十日』（明治39・10・1）→「鶉籠」明40・1・1 [大正13・9・13]	22	中 18	8	10							3	3	6	5	1
		女 4	4									1		3	
『虞美人草』（明治40・6・23―10・29）[大正12・8・20]	64	中 33		2	23	5	3				11	5	9	8	
		女 31			13	17	1				4	1	8	16	2

た。」の場面が、「東洋の詩境」と題されて、四・五年生に多く採られている。

表現面から『草枕』を見ていくと、『猫』と同じく主人公即私の視点で書かれていることがあげられる。ただし、「吾輩」ではなく、『漾虚集』と同じく、「余」が用いられていて重味が感じられる。

文体は、『猫』と同様に多彩で、冒頭からの採録部分において、「忽ち足の下で雲雀の声がし出した。」と説明すると、すかさずシェレーの雲雀の詩を思い出させ、それに、「前を見ては、後《しり》へを見ては、物欲しと、あこがる、かなわれ。……」と文語調の訳が付けられている。しかし、人情と世間とを離れることのない西洋の詩人に対し、「俗念を放棄して、塵界を離れた心地」になろうとすると、東洋の詩の世界、「採菊東籬下、悠然見南山」が思い出され、さらに、枕元へ馬が尿するのをさえ雅なことと見立てた芭蕉を人間観察の視点として採りあげている。

叙述面では、作者の企図した「美の世界」を展開するため、口語脈の地の文の中に、①人生を達観しきったような警句、「「智に働けば角がたつ。情に棹させば流される。意地を通せば窮屈だ。兎角に人の世は住みにくい。」「苦しんだり、怒ったり、騒いだり、泣いたりは人の世につきものだ。」」や、②機知や、斬新な洒落及び自由な譬喩、「「方幾里の空気が、一面に蚤に刺されて居た、まらない様な気がする。」」、「雲雀はきつと雲の中で死ぬに相違いない。」」、「詩人だから萬斛で、常の人なら一合で済むかもしれぬ。」」、「垣の向ふに隣の娘が……。」」などが、随所に用いられ、詩境の現出に役立てている。

ただし、軽妙と見える文章の基底に、「軒下から奥を覗くと煤けた障子が立て切つてある。向う側は見えない。五六足の草鞋が淋しさうに庇から吊されて、屈託気にふらりふらりと揺れる。下に駄菓子の箱が三つ許り並んで……」といった、精緻な観察があり、描写の確かさがある。

「山里の朧に乗じてそゞろ歩く」の部分は、口語脈の地の文で解説していく形をとっている。「峠の茶屋」の箇所のような軽妙な会話はない代わりに、「仰いで天を望む。寝ぼけた奥から、小さい星がしきりに瞬きをする。句になると思って、又登る。かくして、余はたら〳〵、上迄登りつめた。」といった洒脱な表現が、作者の意図する「美の世界」を現出していて読者をひきつける。

随想教材としては、『文鳥』『永日小品』『思ひ出す事など』『硝子戸の中』などが、中学校読本にも、女学校読本にも、偏ることなく採録されている。これらは、随想としての教材性とあわせて、近代文章の一つの規範として、作文教科書にも採られてきている。

久松潜一氏編の作文教科書（「女子作文」昭和13・1・8、靖文社）二は、第一課　着想と構想（島崎藤村「文章の道」を例に）、第二課　動物（長谷川二葉亭「ポチ」、室生犀星「羽音」など）、第三課　推敲　の順に編成されている。その第九課に写生が設定されており、漱石の「文鳥」、今井邦子の「欅の梢」などが引かれている。「文鳥」については、三重吉が文鳥を置いて帰った翌朝の、「文鳥の眼」の描写のあと、「自分は又籠の傍へしゃがんだ。」から「折々はチョ〳〵とも鳴く。外では木枯が吹いてゐた。」までの嘴の描写の箇所が引かれ、「……文鳥の嘴の描写のあたり啄む粟の飛び散る音さへも聞えてくるやうな気がする。鳥籠中の文鳥の姿を完全に描き出してゐる。」と補説がなされている。

同書「上級用」（全四冊故四・五学年用に当る）の第七課は、「文章の統一」の項目のもとに、1主旨の統一、2文体の統一について留意点が述べられたあと、題材のまとめ方と三つの方法が述べられている。そこには、『草枕』から「木蓮」の箇所が、志賀直哉『濠端の住ひ』、泉鏡花の『お夏』とともに引かれ、「春の夜に寺を訪れて、咲きに咲く木蓮の樹の下に立って、一句を得るまでの精密な描写である」と補説に記し、「題材を順序よくならべ結論に至る」この方法が、文章の本道であると説いている。ここにも漱石の精緻な観察にもとづく、明晰な近代文体を学習者に獲得させようとする編者たちの意図をうかがうことができる。

五

大正・昭和期の中学校における現代文の学習について、井上敏夫氏は、漱石に特定してのことではないが、次のように回想している。

大正一三年、中学に入学した私たちが使用したのは、吉田弥平編『中学　国文教科書』（光風館）であった。（中略）二葉亭の「ポチ」とか、漱石の「猫」とか、白秋の「雀」とか、新しい文学の香のする作品が、所々に編みこまれていて、それを家庭で下読みすることは楽しかったが、学校の教室では、そうした文学作品鑑賞に関する指導はいっさい行われなかった。（中略）大正時代は、すぐれた現代文学作品が競って国語教科書に採択された時代であるが、地方の中学校の国語教室では、ほとんどまだ訓詁注釈一点ばりであって、生徒の文学に対する渇は、何ら医されるところがないというのが一般であった。（以下略引用者）

（井上敏夫他編『国語教育史資料　第二巻』二九一ぺ　昭和56・4・1　東京法令）

井上敏夫氏がここであげている漱石の『猫』は、上の五章「吾輩はとうとう鼠をとる事に極め」、作戦計画をたてる箇所である。

評論家荒正人氏は、大正二年一月の生まれであったので、井上敏夫氏より、一年遅く中学校へ入学したと推察される。荒氏は、

初めて漱石の文章に接したのは、中学一年のときに習つた『吾輩は猫である』の一節であつた。猫が鼠を捕らへる場面であつた。この作品を初めから終りまでよんだのは、中学の上級生になり、肋膜を患ひ、休学してゐたときであつた。病床で、笑ひを抑へることのできなかつたのを覚えてゐる。……ユーモア小説として

読んでゐたのであつた。『草枕』の書き出しもまた教科書で初めて知つた。それを教へてくれた若い国語教師の顔をいまでもはつきりと思ひだす。その教師は、知情意といふやうな心の動きの分け方が、旧い心理学の見解である、といふやうなことを洩らした。中学生の私は、少し愕いた。この小説を収めた文庫本を買つて、読み通したのは、高等学校の入学試験を受けての帰りであつた。（中略）漱石は、戦後になつても私を惹きつけてゐた。私は漱石から離れることができなかつた。たとへば、「私の個人主義」のやうな文章の意味の重さをほんたうに納得したのは戦後になつてからであつた。……

（「深淵の文学」昭和29・10、現代日本文学全集11　月報22）

と、『猫』、『草枕』の学習・享受の状況と、漱石文学との関わりについて記している。

野地潤家先生は、「国語学習個体史稿」において、伊予の大洲中学校における仲田庸幸先生の、『こころ』の語り聞かせによる国語授業をとりあげていられる。『こころ』の構成の機微をみごとにつかんで、作中の「私」に仲田先生が同化して、自分がナレーターをもかねて、我が身の上のこととして、一時間の中に、語り収められたみごとな授業を紹介し、さらに、中学三年生の私たちは、この時間のお話を機として、競うように、『こころ』を読んだと学習体験を記しておられる。

多彩な表現と、構成の機微を内包しつつ、近代人としての行き方を模索させる漱石作品が、どのように教授・学習されてきたかの一端をこうした学習史にうかがうことができる。

六

昭和二十年以後の戦後期を、学習指導要領の改訂を考慮して七期に区分すると、その五期にあたる、昭和五十七年から、平成三年までの高等学校における漱石教材は、次のようである。

1、小説教材

ア『坊っちゃん』　一種　「親譲りの無鉄砲で…小さく見えた」

イ『草枕』　一種　「『おい』と声を…天狗岩だそうだ」

ウ『三四郎』　一種　「三四郎が東京で…アフラ…思った」

エ『夢十夜』　三種　「第一　六　七　十夜」

オ『それから』　三種　「代助は煙草へ…くらいであった」

「代助はまた父から…て着なかった」

「親父は刻み煙草を…と決心した」

カ『こころ』　一七種　「私が書物ばかり…はじめたからです」

「十一月の寒い雨の…見たのです」

「そのうち年が暮れて…」　6種

「Kはいつに似合わない…」　2種

「Kはなかなか奥さんと…」　3種

「ある日私は久しぶりに…」　3種

「Kは低い声で…おいてください」

2、随想教材

ア『文鳥』　二種　「十月早稲田に…書いてなかった」

イ『永日小品』　一種　「山鳥」　「モナリザ」

3、評論教材

ア『私の個人主義』　三種　「私は大学で英文学…」

イ『現代日本の開化』　七種　「現代日本の開化は」5　「西洋の」

4、書簡文教材　一種　「国を出てから…鏡どの」

戦後の教科書においては、単元編成の中で、小説教材が、本格的な作品として採られるようになった。その中で漱石作品は、『三四郎』から、『こころ』へと推移してきている。一九五〇―六〇年代の新制高校生にとっては、『三四郎』の世界が違和感をもたぬものと考えられていたが、文学鑑賞教育が確立されてきた、一九八〇年代には、孤独と苦悩の中に近代人としての生き方を追求する『こころ』が漱石教材の中心におかれるようになっている。そこには、高校生の文学体験に漱石作品を欠くことができないと考える編者たちの意向が現れている。

評論では、「私の個人主義」「現代日本の開化」の二つの講演が、「現代文」の科目を中心に、十社に採録されている。日本の近代が開化し、確立してきた時代に眼を向けさせ、現代社会を見つめさせようとの意図によるものと受けとめることができる。

七

以上のように、旧制中等教材史における漱石作品は、『猫』の風刺・滑稽な表現、『草枕』における東洋的詩境を具現した表現、『文鳥』に代表される精密な描写を中心として、鑑賞活動にふさわしい媒材として、また、学習者に近代の文体を獲得させていく規範として採られてきた。

戦後の漱石作品は、小説が近代人の生き方を追求させる国民的文芸の一つとして、また、評論が時代社会の中で自己確立をはからせる教材として選ばれてきている。さらに、随想・紀行文が、新しい散文を開拓した人々の文章の代表として位置づけられてきている。

〔追記〕一九五七年五月から、私は漱石作品の輪読会に参加させていただいた。二七会における研修は、高校現場での実践・研究、県教委指導課での用務、大学での研究・教育の基盤となったばかりでなく、私自身の国語教育学研究の指針となった。

この会で学ぶことによって「学習指導要領」の改訂ごとに打ち上げられるアドバルーンに惑わされることなく、不易の国語教育の道をひたすらに歩むことができて幸せであった。

この報告（表現学大系28　95年）も野地潤家先生のご指導をえて進めることができた。なお、この小論は、拙著『中等学校国語科教材史研究』（二〇〇二年七月　溪水社刊）の第四章「夏目漱石作品の教材化の状況とその史的役割」につながった。

（07・3・9）

2　表現教本『吾輩は猫である』

中洌　正堯

一　変わり身の上話

綴り方・作文教育史の上で、「自分を第三者にしたてて書く」という実践の意義を確認することができる。たとえば、国分一太郎は、「犬と呼ばれる彼」というかきかたで書くことを教えた太田昭臣の実践をとりあげ、「彼」を「人物」として客観的にとらえる「おれ」、この「おれ」が、「彼」を「客観視」してとらえられていくうちに、ついに今まで気づかなかった「彼の多くの部分」をつかみとれるようになる。表面的にとらえていたものを、内面的にとらえるようになる。……彼から、その「人間」をつかみだすようになっていく。同時にそれをつかみ、それを書く「おれ」は、その「おれ」(自分)に対しても客観的に立ちむかうようになる。自己のせまい主観をはなれ、自分をつっぱなして、自分という「もの」を見るようになるのである。と解説したあと、「中学校以上でのこととして、これは、将来わたくしたちが、ぜひとも考えてみなければならないことだ。」と述べている。(1)

こうした意義に「あそび」の要素も加味して、平成の中学校教科書にコラム教材化したのが「変わり身の上話」である。「変わり身」と「身の上話」を融合したものである。この教材は今もつづいているが、その教材のリード文は、「夏目漱石の作品に『吾輩は猫である』という小説があります。猫の目を通して人間の世界を描いたものです。あなたも何かになり変わって、その立場から身の上話を書いてみましょう。」としている。

拙論の教材解説では、[2] 加えて、猫の運動部分などが参考になるとし、また、応用として、次のような文章（部分）を例示し、社会科の学習との連携なども指摘している。

ぼくは法律である。名前を政治資金規正法という。字を間違えぬように願いたい。政治資金規制法ではない。もちろん、政治資金寄生法なんかではない。けっこう、いい年齢である。生まれたのは一九四八年だった。[3]（以下略）

今回、「漱石作品を読む」ことの一つの在り方として、猫の運動部分にとどまらず、『吾輩は猫である』をまるごと「表現教本」とする読み方を試みようとするものである。以下、作品名は『猫』と略記し、テキストには岩波文庫（二〇〇六・八・四／第二七刷）を使用する。

二 『猫』の構造

『猫』の筋目をどう読むか。『猫』は十一の章で構成されている。内容をほぐして、次のような四つの筋目を捉えてみた。

A 主人（苦沙弥）、迷亭、寒月、東風らが展開する逸民の談話世界。後に、独仙、部分的に迷亭の伯父が加わる。

B 寒月と金田家令嬢（富子）の婚約をめぐって、A世界に絡んでくる鈴木、三平、金田、鼻子、富子などの実業金権との対立、葛藤の世界。部分的に金田の取り巻き、中学生、古井が加わる。

C　主人、細君、子供、御三、下女がいとなむ日常生活の家庭的な内輪の世界。後に、雪江、部分的に泥棒が加わる。

D　吾輩が展開する猫的世界。生態的な猫の側面と擬人的な猫の側面が描かれる。

この四つの筋目は、いずれも、猫の吾輩がX「体感したこと・見たこと・聞いたこと・読んだこと」、Y「読者にはわかる猫語で話したこと・為たこと」、その両方を通じてZ「感じたこと・思ったこと・考えたこと」の統括下に置かれている。

四つの筋目を縦のものとすると、小説の進行にしたがって、ある場面では、AとBが横につながり、別の場面ではBとCが横にわたりあうといった案配になる。Dは、ABCの人間世界に対する猫世界の位置にあって、ABCの縦横をつなぎ、空所を埋めるはたらきをする。

『猫』の中心軸はAの逸民の談話世界にあると見るが、そのAの世界にゆさぶりをかけるのが、Bの実業金権の一般社会という外からの絡みであり、Cの家庭の日常生活という身体生理的なものを含んだ内からの絆である。構造上、AとBを絡ませる話材源として寒月の縁談が設定された。

寒月は、「この男がどういう訳か、よく主人の所へ遊びに来る。来ると自分を恋っている女がありそうな、なさそうな、世の中が面白そうな、詰らなそうな、凄いような艶っぽいような文句ばかり並べては帰る。」として、「二」章で登場した人物である。

じつは、「二」章は、C世界に、A世界の迷亭が飛び込んできてかきまわすという構図であり、「一回読み切りのつもり」(斎藤恵子注) だったらしい。好評で、続編をとなれば、「想」を広げる必要がある。

寒月は、椎茸を噛み切ろうとして前歯を欠いたという状態で登場し、その風采とは不釣り合いながら、さる令嬢二人とヴァイオリンを演奏した話をする。この令嬢の一人が伏線となって、後にBの世界との絡みを起こすことなる。

一方、寒月と外出した主人は三杯の正宗を飲んで、その翌朝、雑煮を六切か七切食って最後の一切を椀の中に残す。主人が胃弱であること、神経衰弱的であることは、全編に繰り返されるほどであるが、この場合の主人の異様な食欲が、D世界での吾輩の「雑煮食い事件」を誘発する。このD世界の筋目は、「一」での「車屋の黒」との出会いを受け、あわせて「新道の二絃琴の御師匠さんの所の三毛子」との語らいという硬軟二極が用意される。しかし、軟のほうの三毛子は風邪がもとで死亡（それも教師の所にいる薄ぎたない雄猫がむやみに誘い出したせいだとされる）し、硬のほうの黒は跛となって消沈、早々と表舞台から消える。

このように、A世界からD世界へと飛び火し、またA世界へかえる。

A世界には、寒月の紹介によって東風が訪れ、その東風が迷亭のトチメンボー注文の一件を語る。東風が帰ると、迷亭からの年始の手紙が届く。こうして、A世界を形成する主要メンバーが登場し、「一」とあわせて、迷亭のかつぎ屋としての性格も明らかになる。

四、五日後に、迷亭、寒月、主人がそれぞれに「霊の感応」というべき体験談を語る。寒月のは、霊の声に引かれて身投げをする話だが、その霊の声というのが先の令嬢のものという設定である。

主人のは、細君を義太夫語りにつれていく約束が急病になってだめだったという話で、ここからはC世界につながる。

これらの話を受けて、吾輩の人物評は主人には特にきびしく、「要するに主人も寒月も迷亭も太平の逸民」だというのである。

「三」章以降の寒月の縁談の筋は、まず、迷亭の来ている苦沙弥邸へ、例の令嬢の母親（鼻子）が、寒月についての人物調査や結婚の条件を言い立てに来るところから展開する。そのやりとりはA世界とB世界相互の誹謗中傷や揶揄嘲笑の応酬である。吾輩もD世界において金田邸の動静の偵察に出かける。それは、「四」章にもつづく。

「四」章では、金田の依頼を受けた鈴木藤十郎が主人の説得にかかるが、後からやってきた迷亭がまぜかえす。

「五」章は、苦沙弥邸へ泥棒が入る。C世界のことである。このとき、多々良三平のくれた箱入りの山の芋が盗まれる。この三平はB世界から金田令嬢に関わる人物である。D世界では、吾輩が鼠取りに挑戦し失敗に終わる。

「六」章の寒月は、結婚の条件になっている博士号をとるために、珠を磨くことに廿年はかかると言い始める。かとおもえば、俳劇なるものを発表する。後から来た東風は、富子（金田令嬢）に捧げるという新体詩を披露する。

「七」章は、吾輩のD世界における健康論・運動論とB世界の洗湯探訪が中心である。

「八」章は、主人に対する私立中学校生徒のいたずら・からかい（B世界の金田のさしがね）と、鈴木による調停が中心である。「三」章を淵源とする。自己の逆上を内省し始めた主人に、珍客（哲学者独仙）が一つの道を示唆する。考え方は似ているようでも、迷亭を不真面目とすれば、独仙は生真面目である。A世界の箍を締める人物として登場せしめた感がある。

「九」章は、迷亭が伯父をつれてき、主人の発言に独仙の影響を見抜く。「五」章での泥棒が捕まり、日本堤分署に出頭する設定で、主人は吉原を覗く。

「十」章は、Cの世界である。子供たちの洗顔・食事の後、妙な人として雪江が登場する（姪であるが、これまで気配もみせなかったので、「妙な人」としたか）。この雪江と細君の談話の中で、鈴木、独仙、三平、金田令嬢、新体詩集、東風、艶書、寒月といったもの・こと・ひとが話題になり、関係に括りがつけられていく。古井武右衛門は、艶書の話題につけられた付箋のようなものである。

「十一」章は、まず、主人、迷亭、独仙、寒月、東風の揃い踏みである。寒月はくどく長いヴァイオリン修業の話の後で、すでに結婚したことを告白する。そこから、主人、迷亭、独仙は探偵論、自殺論、結婚（別居）論、文明論、女性論等を展開する。一区切りついたところへ、三平が現れ、金田令嬢との結婚を告げる。

吾輩は、登場人物たちの総評を行い、「二」章の「雑煮食い事件」との照応よろしく、「ビール飲み事件」を起こして昇天する。

三　『猫』のエピソード叙述の手法

総じて『猫』の叙述は、上品ぶった世界、格好や体裁のよい世界、利口そうな世界を突き崩す諷刺の精神で貫かれているといってよい。ときに、悪口雑言や欠点指摘が過度に進んで今日的には差別や蔑視に相当すると思われるものもある。『猫』が、逸民とされるA世界の一方にBやC世界の世態人情を描き出し、それが好評を博したとすれば、当時の読者層にも、和や妥協よりも、相手を引きずりおろし、けなし合い、皮肉を言い合うことをむしろ痛快とする空気（東京の空気？）があったのであろう。ただ、諷刺や皮肉の矛先は読者にも向かっていたとすれば、自虐の気分もあったか。

ともあれ、その叙述の様相や特色を、二の「『猫』の構造」で指摘した四つの筋目に即して考察してみたい。

A世界で展開されるエピソードにはいくつかの型がある。アンドレア・デル・サルトの言説（迷亭）のように人をかつぐ話、日記（主人）、ヴァイオリン演奏会（寒月）のような叙事、手紙（迷亭）、首懸の松（迷亭）のような体験・懐旧談、首縊りの力学（寒月）のような演舌、外国の逸話の紹介、絵葉書等の小品の発表、文明比較論

（独仙）のような長広舌などである。それぞれのエピソードは、知的遊戯を含めた対話・問答、座談の話脈の上に、話の発展として、あるいは転換として位置せしめられている。A世界の思弁的な分野には、D世界から吾輩も参画する。

「十一」の章のA世界では、主人、迷亭、独仙と寒月、東風との世代差が、年寄り組がおこなう、個性尊重の西洋文明の否定論に現れる。たとえば、個性尊重がもたらす社会関係、親子関係および夫婦関係の行末（別居）を論じ、迷亭は言う。

今はそうは行かないやね。夫はあくまでも夫で妻はどうしたって妻だからね。その妻が女学校で行燈袴を穿いて牢乎たる個性を鍛え上げて、束髪姿で乗り込んでくるんだから、とても夫の思う通りになる訳がない。また夫の思い通りになるような妻なら妻じゃない人形だからね。

畳んでいくようなことば調子がつづくが、底にはべらんめえ口調が認められる。

さて、B世界では、A世界の非・日常、非・常識に対する実業金権社会からの反発、常識が描かれている。ここでは、人物描写の一つの手法に学んでみる。

『猫』においては、特定の人物に対して過剰とも思える身体表現がなされている。たとえば、金田鼻子の顔、とりわけ鼻についてである。C世界では、主人のフケ、痘痕面であり、細君の禿、背たけであり、坊ばの顔である。ところが、B世界の話題の人物である令嬢（金田富子）の容貌は、けっきょくオブラートに包まれたままである。ただ、吾輩の偵察によって、小間使いとのやりとりが報告される。

「……妾しには地味過ぎていやだから御前に上げようと仰っしゃった、あれで御座います」「あらいやだ。善く似合うのね。にくらしいわ」「恐れ入ります」「褒めたんじゃない。にくらしいんだよ」「へえ」「そんなによく似合うものを、何故だまって貰ったんだい」「へえ」……

親から呼ばれるまで、この「剣突は留めどもなく連発される」。その前には、腹立ちまぎれに、寒月のことを「糸瓜が戸迷いをしたような顔をして」と評する、富子はそういう人物である。顔はどうだかわからないが、心は見えている。

C世界では、子供の生活の活写、姪の雪江を交えた談話にも表現の呼吸として学ぶべきものがあるが、ここでは、何か所か出てくる主人と細君の対話のうち、苦沙弥邸に泥棒が入って、盗まれたものを書き留める段の夫婦漫才に学ぶ。

「その風はなんだ、宿場女郎の出来損ない見たようだ。なぜ帯をしめて出て来ん」／「これで悪るければ買って下さい。宿場女郎でも何でも盗られりゃ仕方がないじゃありませんか」／「帯までとって行ったのか、苛い奴だ。それじゃ帯から書き付けてやろう。帯はどんな帯だ」／「どんな帯って、そんなに何本もあるもんですか、黒繻子と縮緬の腹合せの帯です」／「黒繻子と縮緬の腹合せの帯一筋――価はいくら位だ」／「六円位でしょう」／「生意気に高い帯をしめてるな。今度から一円五十銭位のにして置け」

この夫婦問答の滑稽さは、泥棒が入ったときの実況（夫婦の寝様など）を吾輩が報告しているだけにいっそう増大し、夫婦の見栄も建前もおとしめられ、戯画化する。

D世界では、吾輩の終末を予言することにもなった雑煮食い事件の叙述を取り出して考察してみたい。吾輩は、雑煮食いにすんなり挑んだわけではない。逡巡しながらである。この助走は有効である。吾輩は、泥沼にはまり、苦闘し、救済されるまでの現実的には悲惨な状況を、分析的に捉えて余裕のあるところを見せようとするが、あわてぶりの裏返しになる。

もしこの機をはずすと来年までは餅というものの味を知らずに暮してしまわねばならぬ。吾輩はこの刹那に猫ながら一の真理を感得した。「得がたき機会は凡ての動物をして、好まざる事をも敢てせしむ」

以下、第二は「凡ての動物は直覚的に事物の適不適を予知す」。次には、両方の前足でなんとかしようとして後足二本で立って踊ることになり、第三「危きに臨めば平常なし能わざる所のものを為し能う。これを天祐という」。そして救われ、第四「凡ての安楽は困苦を通過せざるべからず」である。
吾輩の弁明スタイルは、車屋の黒との対応、鼠取りへの挑戦、運動論の垣巡りにおける烏との対応などに現れる。吾輩は、人間を批評、諷刺しながら、自身も猫社会の逸民なのである。したがって、口は達者で、漢語表現も自在である。

四　表現教本の付録

『猫』に係わる表現の呼吸は、『猫』本文はもとより以下のような情報においても鮮烈である。楠本憲吉「人をうならせる手紙の書き方[4]」によるものであるが、漱石の猫の死をめぐる、弟子の松根東洋城の弔電と漱石の返電。

センセイノネコガシニタルヨサムカナ　トヨ
ワガハイノカイミョウモナキススキカナ

この即妙のコミュニケーション。そして、哀惜の念やむかたなき究極の死亡通知。

辱知猫儀久々病気の処、療養不相叶、昨夜いつの間にか、裏の物置のヘッツイの上にて逝去致候。埋葬の儀は車屋をたのみ、箱詰にて裏の庭先にて執行仕候。但、主人「三四郎」執筆中につき、御会葬には及び不申候

吾輩の死亡状況とは違っており、ここには現実と虚構の差があるとしても、『猫』の筋目からいって故吾輩と

しては、車屋による埋葬では浮かばれまい。苦沙弥先生はどこまでも分かっていないと言いたいところであろう。

注

(1) 国分一太郎『生活綴方の今日と未来』新評論、一九六五

(2) 拙稿「国語科教育の理論と実践――文章表現の学習指導を中心に――」(姫路獨協大学教職課程研究室編『教職課程研究』第6集、一九九六)

(3) 朝日新聞「天声人語」一九九二・九・二

(4) 鈴木健二他『現代文章作法』講談社、一九八三

3　『それから』における植物に関する一考察

三浦　和尚

広島大学附属中・高等学校国語科の発行する『国語科研究紀要』第十七号（一九八六）に、「漱石『それから』における植物について」という小論を掲載した。これは、二七会での発表を契機に、自分なりに考えたことをまとめたものである。

私的なことを言わせていただければ、まだ「国文学研究」に気分的な未練を残していた時期であったとも言え、内容的には当然未熟なものである。しかし、私の二七会とのかかわりがひとつの形として明確に残っているものであり、私としては愛着の深い小論である。

ここにその内容の概略を再掲しつつ、若干の書き直しを試みたい。

一

漱石は、正岡子規の影響のもと、俳句にも強い関心を示し、生涯にわたって二千数百句を残しており、それだけに「季語」にかかわってか、植物への関心は深かったように思われる。

猪野健二氏は、『日本近代文学大系26　夏目漱石集Ⅲ』の解説で、次のように述べている。

「大きな八重椿の花の色は、かれの生の根源にわだかまる不安の、また同時に「学校騒動」がいいあらわす不安の象徴とも見られ、ここに早くも、この作品全体を貫く二つの主題が開示されている。この八重椿を始め、アマランス、薔薇、百合、鈴蘭、擬宝珠、君子蘭といった多くの花々の色と香や夢の世界を媒介にすることで、内部の暗い意識界と外部の現実世界をつないでゆくこの独白なイメージの駆使は、漱石がこの作品に先立つ「夢十夜」や「永日小品」――とくにたとえば花開く白い百合に神秘な愛の奇蹟を夢見る前者の第一夜、夢幻的な過去の追想を中心にする後者の「蛇」「印象」「声」などの諸小品――の中で、すでにさまざまのかたちで試みてきたものであった。そして「それから」においては、この象徴主義的な手法を随所に生かしてゆくことで、主人公代助の余りに先駆的であるが故に不定形な自我の動向を、その社会的な不安とより根源的な生の不安との両面からはじめて統一的に描き進めることができたのである。またこの冒頭の「赤」という不安の色は、やがて一篇の結末における、あの郵便ポストも風船玉も、タバコ屋の看板も、代助の乗りつづける電車の窓からみるものすべてが赤く、「仕舞には世の中が真っ赤になった」という、ほとんど狂気に近い内情の表現と呼応しているが、なおこの赤は、代助がダヌンチオの書斎の色をいうところで、「せめて頭だけでもその中に漂はして安らかに眠りたい」と希う「緑」の沈静と対比され、それがまたこの作品の互いに矛盾するいわば二つの基調色ともなっているのだ」（同書三一ペ）

二

猪野氏のこの指摘は、主題にかかわる植物の用法というきわめて本質的な指摘であるが、そういう植物の用い方ができる作家としてある意味当然のこととして、季節変化を示す小道具の役割を植物が担っていることも指摘できる。

例えば、展開にそって登場する植物をあげてみると、次のようになっている。

（以下、ページ・引用はすべて岩波新書版『漱石全集』第八巻による）

第一章　椿　（五ペ）
第三章　樹（薄茶色の芽）　（三五ペ）
第四章　アマランス　（四二ペ）
第五章　花（桜？）　（五二ペ）
　芝生　（五五ペ）
第六章　柘榴（若い芽）　（六四ペ）
第九章　君子蘭　（一〇〇ペ）
　芍薬　藤　（一一〇ペ）
第十章　鈴蘭　薔薇　擬宝珠　（一一四ペ）
　白百合　（一二一ペ）

第十一章　躑躅　松　（一一九ぺ）
第十三章　釣忍（つりしのぶ）　（一七七ぺ）
第十四章　白百合　（二〇〇ぺ）
第十六章　梧桐　白粉草　秋海棠　（二一六ぺ）
秋草　（二三一ぺ）

三

小道具としての植物の使用は、とくに「白百合」において顕著である。第十章で、三千代は白い百合を持って代助の所にやってくる。

先刻《さつき》三千代が提げて這入って来た百合の花が、依然として洋卓《テーブル》の上に載ってゐる。甘たるい強い香が二人の間に立ちつゝあった。代助は此重苦しい刺戟を鼻の先に置くに堪へなかった。（一一四ぺ）

「あなた、何時から此花が御嫌いになったの」と妙な質問をかけた。昔し三千代の兄がまだ生きていた時分、ある日何かのはづみに、長い百合を買って、代助が谷中の家を訪ねた事があった。（一一五ぺ）

三千代にとって、百合は昔の代助と自分との思い出であったに違いない。それを忘れている現在の代助がここで描かれている。

この白百合は、第十四章で次のように展開する。

代助は、白い百合の花を眺めながら、部屋を掩《おほ》ふ強い香の中に、残りなく自己を放擲した。彼は此嗅覚の刺戟のうちに、三千代の過去を分明に認めた。其過去には離すべからざる、わが昔の影が煙の如く這ひ纏はっていた。彼はしばらくして、「今日始めて自然の昔に帰るんだ」と胸の中で云った。斬う云い得た時、彼は年頃似ない安慰を総身に覚えた。何故もっと早く帰ることが出来なかったのかと思った。始から何故自然に抵抗したのかと思った。彼は雨の中に、百合の中に、再現の昔の中に、純一無雑に平和な生命を見出した。其生命の裏にも表にも、慾得はなかった、利害はなかった、自己を圧迫する道徳はなかった。雲の様な自由と、水の如き自然とがあった。さうして凡てが幸《ブリス》であった。だから凡てが美しかった。（二〇一ペ）

このようにしてみると、「昔の代助」を想起させ、「自然の昔に帰る」という、この作品のもっとも重大な骨格部分に「白い百合」が重要な役割を果たしていることがわかる。この後、三千代にあった代助はすべてを告白し、局面は決定的に展開する。

「それから」の中で「自然」という言葉は、きわめて主題に近いキーワードの一つとして用いられているが、その「自然」を導き出しているのは、ここでは「白い百合」なのである。

四

前述小論「漱石『それから』における植物について」では、この後、「アマランス」という植物（第4章　四二ペ）について、諸注を引用しつつ考察している。

「アマランス（Amaranth）」は、新書版『漱石全集』では、第七巻で、「原義は凋まざる花を言う。葉鶏頭・三色鶏頭などを含むひゆ属（Amaranthus）の観賞植物。」とあり、「三四郎」のこの部分ではそのままひゆ属植物としての「アマランス」で差し支えない。しかし、「それから」においては、「鉢植えのアマランスの赤い瓣《はなびら》をふらふらと揺《うご》かした。日は大きな花の上に落ちてゐる。代助は曲《こご》んで、花の中を覗き込んだ。」（四二ぺ）、「斬うして、天気のよいときに、花粉を取って雌蕊へ塗り付けて置くと、今に実が結るんです。」とあり、本来花の小さい「鶏頭」あるいは「ヒユ」の仲間の花の描写としてはいかにも不自然である。

小論では、

① 花の大きさが不自然。

② 葉鶏頭の鑑賞時期は秋であり、この場面は春である。

③「雁来紅」の別名がある葉鶏頭は近代以前から栽培されている。

等の理由から、「それから」で描かれる「アマランス」は「葉鶏頭」あるいは「ヒユの仲間」ではないことを指摘した。さらに、次のような理由で、「アマリリス」の誤りではないかと考えることが出来る。

① 花の大きさ。

② 葉鶏頭は基本的に地植えだが、アマリリスは鉢植えが可能。

③　アマリリスは大きく結実する。
④　季節が春。
⑤　アマリリスは在来種ではなく、明治以降花の派手なものが輸入されている。
⑥　音の似かよい。

その後、『漱石全集』第六巻（岩波書店　一九九四）の中山和子・玉井敬之による「注」では、次のように簡略に記されている。

アマランス　amaranth　和名は葉鶏頭だが、大きな瓣《はなびら》、長い雄蕊雌蕊をもつところから考えると、アマリリスと思われる。注⑤五七一　4参照。

末尾の「注⑤五七一　4」とは、前述の「三四郎」で出てくる場面を示している。「葉鶏頭」と「アマリリス」の園芸史を確かめればさらに明確になることと思われるが、すでにその必要はないように思われる。

おわりに

最近、漱石の俳句について関心を寄せている。正岡子規の影響という視点から見られることが多いが、当然のことながら、子規との作風の違いは明らかであり、「漱石における俳句」というテーマは興味深いものである。その中に、「季語の中で重要な位置を占める植物についての漱石の造詣」という問題が、小説の作法とからめて存在するのではないかと考え始めた。

4 『三四郎』（第二章）を読む

――書くことを軸としての実践――

伊東武雄

はじめに

『三四郎』は第二章を授業で五度とり扱った。上京した三四郎が激動する東京に驚き、野々宮さんを訪れ、池の端で美禰子に出会うところである。〈　〉は使用教科書。

1　昭和30年　広島観音高校二年（教育実習）　〈三省堂　新国語・二訂版〉
2　昭和31年　比治山女子高校二年1クラス　〈同右〉
3　昭和55年　高陽高校三年2クラス　〈三省堂　新版現代国語3〉
4　昭和60年　高陽東高校三年2クラス　〈第一学習社　新現代文〉
5　昭和61年　高陽東高校三年2クラス　〈同右〉

教育実習では、導入の一時間を受けもち、巡回して来られた野地潤家先生のご指導を受けることができた。

比治山女子高校では、生徒たちは三四郎という人物に関心を示し、〝三四郎がかわいそうだ〟という同情と〝美禰子はすきになれない〟という反撥の声が聞かれた。

高陽高校では、心に残った教材として、『舞姫』とともに『三四郎』を挙げていた。昭和60年度の高陽東高校では、読解中心の授業に陥り、生徒たちは解答を得ることにのみ汲々として、文学としてのおもしろさを味わうまでには至らなかった。この反省にたち、学習者ができるだけ自分なりに自主的に読みとり、作品の鑑賞を少しでも深めることができるよう、書くことの学習を軸とした授業にふみきった。その実践を報告したい。

一、学習の概要

○指導対象、普通科第三学年2級（A組43名　男19、女24、B組39名　男15、女24）ともに一斉授業が成立しにくい級であった。
○指導時期　昭和61年6月～7月、14時間
○使用教科書　第一学習社　高等学校新現代文（竹盛天雄編、昭60・2・10）
○学習目標　青春の文学として読み味わう。
(1)三四郎の青春について理解し、『三四郎』全編に関心を持つ。
(2)漱石文学への理解を深める。
(3)日本の青春文学への視野を広げる。
配布資料①学研『夏目漱石』（現代日本文学アルバム2）220頁の解説。〈梗概〉と〈鑑賞〉よりなる。↓B5一枚
配布資料②第一学習社指導書〈『三四郎』のあらすじ〉↓B5一枚、プリント集裏表紙裏とした。
配布資料③中央図書『新版新編国語便覧』244頁。漱石の生いたち・年譜・主要作品解説よりなる。「漱石の生涯と文

学」としてプリントB４一枚に、空欄を設け重要事項を記入させるようにして配布した。配布資料④問題作業プリント。第一学習社「新現代文学習課題集」より二枚、評価問題集より二枚、その他一枚配布資料⑤漢字作業プリント。B４一枚（漢字71字・読み42字）

その他、生徒が書いたものはできるだけ教材化し、配布資料とするように心がけた。（後記配布資料⑥〜⑬）

次のような書くことを中心にした学習を試みた。

1　**一読後の感想〝三四郎（第二章）を読んで〟**

一五〇字（25×6）用紙使用（**感想法**）代表的な感想12名分を縮小プリントし、B４一枚に印刷して配布した。（配布資料⑥）↓学習の実態一

2　**〝三四郎（第二章）〟の要約（要約法）**

B５の用紙に、五段に分けた内容を四〜五行分あてでまとめる。次の見出しを板書しておく。思いきって一時間をあてた。

①活動する東京への驚き　②野々宮さん訪問　③三四郎の瞑想　④池の女との出会い　⑤野々宮さんとの散歩

提出したものについては各段を20点として20×5＝100点として返却した。↓学習の実態二

3　**要約への感想・批評（寸評法）**

各クラスの要約文四例ずつをコピーして配布し（配布資料⑦）、次の三点について検討させ、感想メモとして提出させた。

①よいと思う点はどこにあるか。
②自分の要約と比較してどう思うか。
③こうしたらよいと思う点はないか。（大切なところがぬけていないか）
各クラスプリント一枚に印刷配布した。（配布資料⑧）→学習の実態三

4　母の手紙・三四郎の返事（手紙法）

国元からの母のたよりを手紙文にする。「……に始って、……注意があって、……と書いて、……とあって、……訪ねて行って」という表現と欄外に多い追伸に注目して、田舎の母親らしい手紙にしあげる。A組八名、B組五名の手紙文をプリントB４一枚に紹介した。（配布資料⑨）→学習の実態四　A、B

母への返事は、「早く下宿に帰って母に手紙を書いてやろうと思った」という表現に着目して、母の手紙をふまえて書く。①活動する東京のようす　②野々宮訪問　③池の端で美しい女性《にょしょう》に出会ったことを入れる。

A組七名、B組六名の返事文をプリント一枚に紹介、配布した。（配布資料⑩）→学習の実態四　C、D、E、F

5　野々宮さんへのあいさつ（対話法）

次の場面を考え、想像して書く。
①三四郎は初対面のとき、どのように自己紹介してあいさつをしたのだろうか。
②西洋料理を馳走になって別れるときにどのようなあいさつをしたのだろうか。
各クラス八名分を印刷し配布した。（配布資料⑪）〈まとめの作業五（配布資料⑬）〉→学習の実態五

6　三四郎へのたより（はがき法）

第二章学習のまとめとして、次の指示に従って三四郎へはがきを書く。はがき型の用紙を用意する。

①「三四郎（第二章）」を読んだ感想。
②三四郎の人間像について。
③三四郎への助言。
④野々宮さんや池の女（美禰子）について。

各クラス八名分をＢ４一枚に印刷配布した。（配布資料⑫）〈まとめの作業七（配布資料⑬）〉↓学習の実態六

7　登場人物の紹介（人物紹介法）

配布資料②、まとめの作業六（配布資料⑬）・一・二・三を利用する。

㈠上京した三四郎の内的事件（驚いたこと）を理解してその人物像を考えさせる。

①東京の近代化（↕ふるさとの世界）
②野々宮さんの研究（＝学問の世界）
③池の端での女性との出会い（↓愛の世界）

右の三点についての理解を深め　三四郎の心情（不安・寂しさ・孤独感）を読みとって、その人物像にせまらせる。

㈡野々宮さんの人物像について考えさせる。

研究室の場所・部屋のようす、そこで実験する野々宮の生き方と隠袋《ポケット》にあった女文字の封筒、西洋小間物屋で買ったリボン（⇓第三章で美禰子はこのリボンをつけて登場する）などに注意させる。

夏目漱石　『三四郎』（第二章）まとめの作業　61・6・17（火）　三年八組　番（女　　）

一、三四郎について

(1)　上京した三四郎は、どんなことに驚いたか。三つ挙げ解説してみよう。

①まず東京の近代化
②それから野々宮さんの学問・研究
③そして池の端で出会った女

(2)　このような三四郎はどんな青年か、そのような三四郎をどう思うか。

好奇心旺盛で、未来に夢を持っている若者の特権であるこわいもの知らずで活気に満ちている。思慮深く、感傷的だと思う。

二、野々宮君について

①野々宮君の研究室はどこにあったか。どんな所か
〈理科大学の穴ぐら閑静・寒い所〉
②野々宮君は何をしていたか。　〈光線の圧力〉
③野々宮君の実験室にはどんなものが置いてあったか。

長い机の上に針線だらけの機械・そのわきに水の入ったガラスの鉢・やすり・小刀・襟飾り・缶のような穴のあいた機械・望遠鏡？

実験室を図示してみよう。

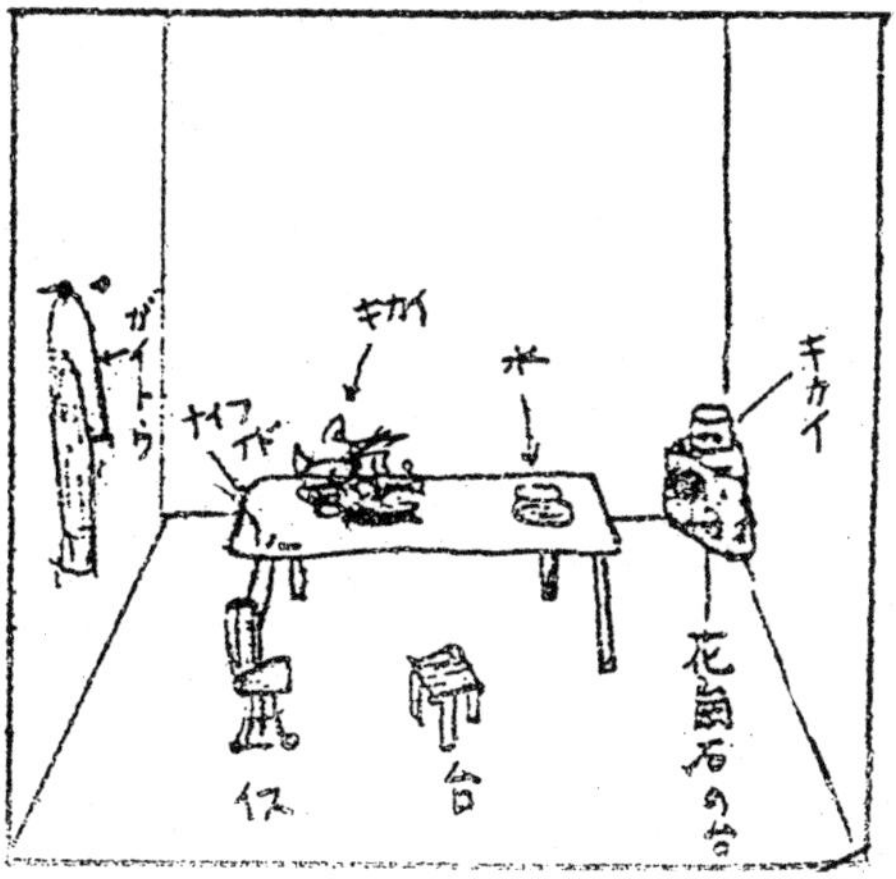

④池の端で出会った野々宮君の隠袋《ポケット》には何があったか。
P31 ℓ2 〈女の筆跡の手紙〉

⑤野々宮君はだれのためにリボンを買ったのであろうか。
P34 ℓ13 〈手紙の女〉

⑥野々宮君はどんな人物か。野々宮君をどう思うか。

背が高く細身の人　温厚そうな人で、思慮深い。研究熱心でねばり強く、鑑賞力が豊か、広い知識の持ち主、奥に何か秘めた物をもっている人だと思う。

三、東大構内での人物の動きについて
下の図を参考にして( )に適切な記号を、『　』に本文中のことばを入れよ。

1	2	3	4	5	6
E	B	A	C	B	C

a	b	c	d
石橋	しゃがん	隠袋	手紙

三四郎は理科大学を出て(1)を通り(2)にしゃがんでいた。二人の女は(3)から下りて(4)の石橋を渡り、(5)を通って行ったのである。野々宮君は(6)の向こうに現れた。そこで「美禰子も野々宮も『a』の向側にいたとすれば、三四郎が『b』でいる間に、野々宮が美禰子と会った公算は大であろう。野々宮の『c』の中の『d』は、

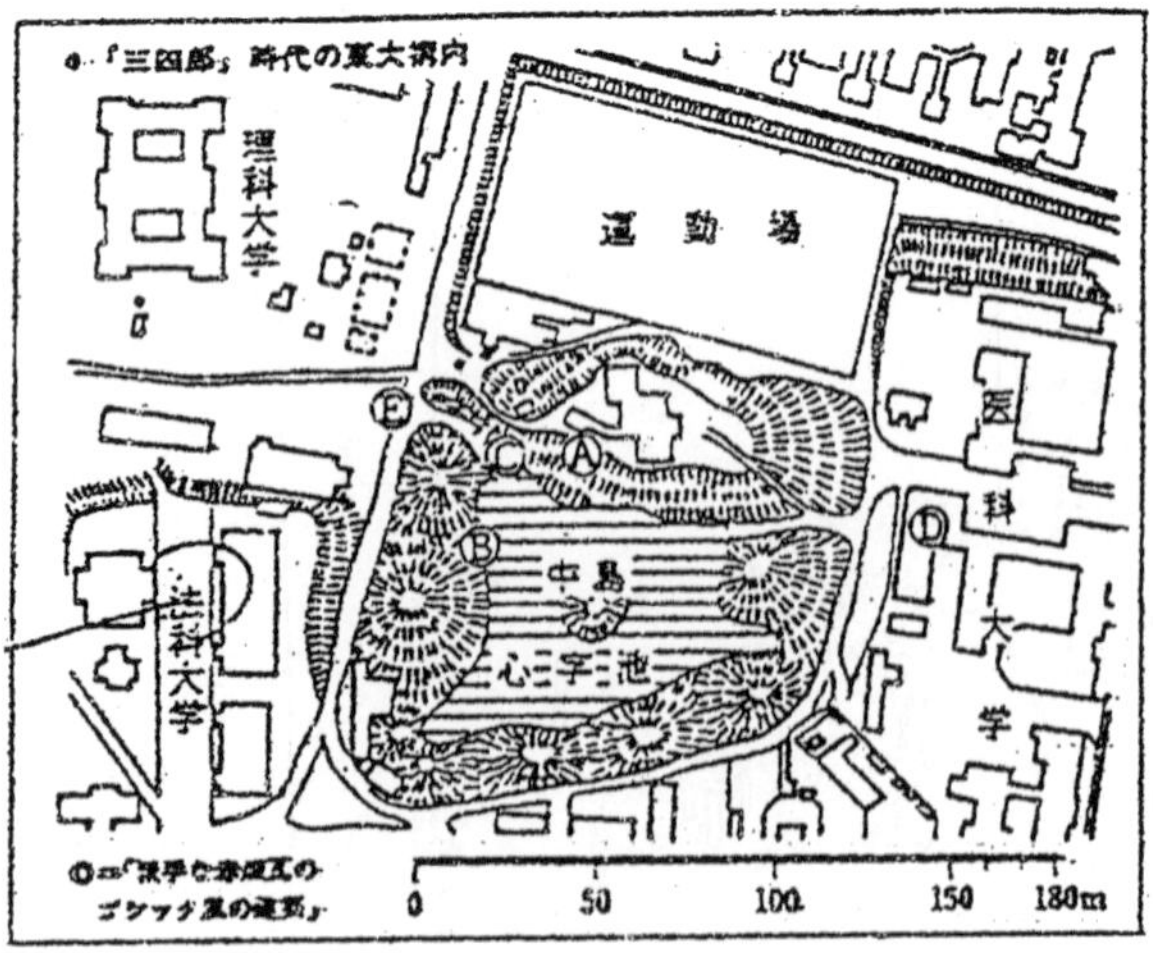

あるいはその時に手渡されたものかも知れない。」ということになる。すると美禰子の行為は、三四郎ではなく野々宮君への挑発だった可能性が大きくなるのである。

四、描写について
　次の場面の中心素材を指摘し、（　）にその色を記せ。
①P23理科大学への道　〈ほこり（灰）〉
②P26池までの坂道　〈夕日（薄赤）〉
③P28岡の上の女　〈足袋（白）〉
　P29―P30　目（黒）髪（黒）薔薇《ばら》（白）
④P32 ℓ8野々宮君との散歩　空（青）薄雲（白）

五、次の場面で三四郎はどのような話し方をしたと思うか。具体的に会話文にしてみよう。（別紙）
①野々宮君との初対面のとき。（P24）
②野々宮君と別れるとき。（P35）

六、登場人物の紹介、プリント「梗概」「鑑賞」「あらすじ」読んで、次の人物を簡単に紹介してみよう。

小川三四郎（主人公）〈熊本より文科大学へ行く。途中、女と名古屋により、女の恐ろしさを知る。〉
野々宮宗八　〈勝田の政さんのいとこ。理科大学で光線の圧力の実験をしている。〉
里見美禰子　〈三四郎が大学の池の端で出会った女性。今後何度か会い、親しくなる。三四郎はこの女性に恋をする。〉
野々宮よし子〈宗八の妹。団子坂の菊人形を見に行く。〉
広田先生　〈高校の先生。「偉大なる暗闇」。三四郎は上京のとき汽車の中で会っている。〉
佐々木与次郎〈広田の書生。広田先生を大学教授にさせようとするが失敗。〉

七、次のような内容を入れて三四郎にハガキを書いてみよう。（別紙）
①「三四郎」（第一章を中心に）を読んだ感想
②三四郎の人がらについて。
③三四郎への助言。
④野々宮君や美禰子さんのことにもふれる。

夏目漱石〝三四郎〟を読む——第二章を中心に——

三年　組　番

氏名（　　　　　　）

㈢池の端で出会った女（美禰子）について考えさせる。三四郎にどのようにとらえられ、描かれているか、どのような行動をしたか、三四郎の動きとともに理解させる。指導書収録の池を中心にした図（重松泰雄「評釈三四郎」雑誌国文学昭54・5）を利用する。

広田先生、与次郎、よし子については配布資料①・②を読んでまとめさせる。

学習プリントは、配布資料①～⑬とともに、表紙を与え、一冊に閉じて提出させた。（冊子法）47頁、表紙、裏表紙をいれて、25枚のプリント集となった。

プリント集の評価は、プリントの量によって、a・b・cの三段階とし、すぐれているものには○印　やや劣るものには'印をつけて返却した。その内訳は次の通りである

評価＼級	A	B
a°		2
a	6	10
a′	17	13
b°		1
b	11	6
b′	2	
c	4	
未提出	3	7
	43名	39名

二　学習の実態

生徒が実際に書いたものの、いくつかを紹介する。

一　―読後の感想――「三四郎　第二章」を読んで――（↓配布資料⑥）

①

三四郎は、東京に上京していろいろな事を見ている様子を良く書いていて面白い。まだ全部読んでいないけどもっといろんな出来事に出会うだろうと思った。

夏目漱石には面白い作品がたくさんあるのでもっと読んでみたいと思います。（男）

②

三四郎は東京に出てきて一ぺんに沢山の経験をしたと思う。路面電車から始まって色々と。特に、池の女の人のことは、印象深かったんじゃないのかと思います。すぐ頭に、あの女のことを思い出すからです。三四郎は、このまま、この居慣れない東京に住み続けるのだろうか。あの池の女とこの後、どうなるのだろうか。（女）

③

私は、この三四郎という男は、とてもおもしろい人だと思った。やはり初めに書いてある、上京した三四郎の驚きは今では考えられないことだ。これはその時代の都会と田舎の差がどのようなものだか、これを読んでわかってきたような気がした。（女）

④

三四郎の感じ方にとても共感を覚えました。たとえば生きた世の中と関係のない生涯を送ってみようかと思ってみたり、そうしているうちに孤独を感じたり、矛盾だと思っても何がどう矛盾なのか、自分でつかめないところなど、私にも覚えのあることばかりでびっくりしました。それと、三四郎の観察力に感心しました。（女）

⑤

野々宮君は不思議な人なんだなぁ、と思った。半年も穴倉の中でくらして光線の圧力を調べるなんて。三四郎との会話のやりとりも、おもしろいなぁと思いました。この後、野々宮君は、光線の圧力を調べるのに成功したのかな。（女）

⑥

白いバラを落として、女の人がさっていく……というドラマチックでキザっぽいところがすごいなぁと思った。完璧にメロドラマの世界、青春小説ならではの出来事や場面転換がなんともいえないです。でも話の一部を読んだだけで、完全な感想なんて語れないのでは?ないかと思った。（女）

二　要約（→配布資料⑦）

夏目漱石　三四郎（第二章）要約　90

第一段

東京へ出てきた三四郎は驚いた。電車がちんちん鳴る間に多くの人間が乗ったり降りたりすることや東京の広さに驚いた。この現実世界に接して自信を四割方減却した。国元の母から手紙がきて、理科大学に行っている野々宮さんを訪れて行ってくれと書いてあった。

20

第二段

野々宮さんのいる理科大学を訪れ、穴倉に案内され野々宮さんと対面した。野々宮さんは光線の圧力を試験していて、三四郎に望遠鏡をのぞいてみろと進めるが、三四郎にはよくわからない。

20

第三段

野々宮さんのいる穴倉を出て家に帰ろうとする。野々宮さんはいっしょうけんめい研究に専念しているので偉いと思う。しばらくして孤独感を感じた。

20

第四段

岡の上に女が二人立っているのに気がつく。そして三四郎のいる方へやってきて、左手に白い花を持っている女がこれはなんでしょうと言い、看護婦が椎だと言った。その二人の女は※そのまま通り過ぎてゆく。三四郎はすべてが矛盾に思えた。

15

第五段

野々宮さんとまた再会し、しばらく話をする。三四郎は野々宮さんの鑑賞力に驚く。そして電車通りに出て、小間物屋に行こうと、野々宮さんがいい、いっしょに三四郎もついていった。※それから野々宮さんに西洋料理を御馳走になった。野々宮さんと別れた後で下駄屋をのぞいて女を見て、女の色はあれでなくてはいけないと断定した。

15

※は重要なことが欠けているところ

三　要約への感想（→配布資料⑧）

——夏目漱石〝三四郎〟（第二章）要約を読んで——

①（男）

四人とも良く読んで内容をつかんでいると思う。各段落ごとに起きた出来事などうまくまとめていると思う。僕の要約のしかたは、まだちゃんと読んでなく要点をつかんでいなかった。もっと本を何回も読むようにしてみようと思う。

②（男）

AとBの要約はとてもわかりやすかった。長い段落を、みじかく、わかりやすくまとめている。この人たちの要約と私のをくらべてみると、私のは余計なことが多く書いてあった。それと、AとBはみじかくまとめてあるだけあって、重要な所が同じように書いてあった。

③AさんとBさん（女）

私は2人の要点を見てとてもすばらしいと思いました。私は、自分の要点と二人の要点をくらべると、自分の要点とぜんぜんちがう所をかいてしまっている。やはりもっと本をちゃんと読まなくてはいけないような気がしました。

④（女）

1．BとCの人で、三四郎の様子が、よくわかるように、書いてあって良かったと思う。
2．自分のよりも、詳しく、よくわかるように書いてあったので、見習いたい。
3．段落分けとしては、すっきり、まとめてあると思うけど、もう少し要約を短めに、まとめたらいいと思う。

四　〝母の手紙・三四郎の返事〟〈(三年八組61・6・9(月))〉(→配布資料⑨・⑩)

A

暑さの中にも虫の音に秋を感じる今日この頃、元気でやっていますか。お前が無事東京についたか、心配していましたが、たよりのないのはよいたより、と思って毎日を暮らしています。

　さて、こちらは今年、どうやら豊作のようでみな、喜んでいます。また別便で新米を送りますので、御近所の方々にでもおすそわけしてあげなさい。他にも、干物やら何やら送りますので、栄養をとって、体にはくれぐれも気を付けなさい。それと、東京の人はりこうで人が悪いときくから、用心しなさい。かと言って、頭っから疑ってかかってはいけませんよ。本当に良い人もいるはずですからね。学資は毎月末に届くようにしますから安心しなさい。

　ところで、勝田の政さんのいとこに当たる人が大学校を卒業して理科大学とかに出ているそうだから、訪ねて行って、万事よろしく頼むといいでしょう。

　それでは、体にだけは気を付けて。

かしこ

明治四一年九月

母より

三四郎殿

追伸　「野々宮宗八殿」
作の青馬が急病で死んだので、作は大弱りでいるんですよ。それと、三輪田のお父さんが鮎をくれたんで東京へ送ってあげようと思ったんですが、途中で腐ってしまうので、家内で食べてしまいました。

B

三四郎へ
　お元気ですか。熊本は、残暑が厳しく、まだせみが、鳴いています。

今年は豊作で、村中祭の準備で大騒ぎです。ところで、ちゃんと三食食べてますか。お前は、落着《ママ》だから心配です。それに、東京の人はみんなりこうで人が悪いから、気をつけなさい。

　もう大学へ行きましたか。学資はちゃんと毎月月末に届くようにするから安心しなさい。そういえば、勝田の政さんのいとこさんが、理科大学とかに行っているそうだから、その人にいろいろ聞きなさい。

　それでは、体に気をつけて……

さようなら

母より

追伸
　大切なことを書くのを忘れていました。
理科大学に行っている政さんのいとこさんの名前は、野々宮宗八殿です。よくあいさつしときなさい。それと、作の青馬が急病で死んだのだそうです。作さんは、弱っているようです。
　三輪田さんが鮎をくれたのだけど、東京まで送るとくさるので食べてしまいました。他に何か送りましょう。

C

拝復　母上殿
今はやっと東京の生活にもなれて来ました。無事東京について元気にしています。母さんも体に気をつけているかい。
東京では電車がちんちん鳴るのや人が多いこと、どこまで行っても東京がなくならないこと、破壊と建設がめざましく行われていることに東京では驚いたんだ。
野々宮君は背が高くて好感を持った。研究室に入って光線の実験をみせてもらったが僕には全然わからなかった。話をして研究室を出ると池の端へ行った。そこで思ったのは、この静かな理科大学は社会と全然離れていると感じた。電車の音もしないのだ。
母さんの手紙はなつかしく2度もくり返えして読んでしまった。明日9月11日から大学が始まります。お元気で　明治41年9月10日　三四郎
母上様
僕は女性に恋をしてしまった。

D

拝復
おたより拝見してみんな元気そうでなによりです。東京は近代化が進んでいて、ぼくはほんとうに驚きました。口に表わせないほど、文化が発達しているので一度母に見せてあげたい気分です。さて、手紙をもらってさっそく野々宮さんを訪ねてみました。ところが彼は穴ぐらの様な研究室で熱心に何かわからない研究をしていてぼくはそんな野々宮さんを尊敬してしまいました。大学のそばにある池へ彼と散歩をした。その池に来ると回りがとても静かなのでぼくは、熊本のことがなつかしく物思いにふけってしまいました。
明日から大学が始まります。勉強にまたはげもうと思っています。それでは、体に気をつけて
早々
明治四十一年九月十日
三四郎
母どの
追伸　池のそばで出会った美しい女が心の中に残っています。みなさんによろしくお伝え下さい

E

拝復
おたより拝見しました。無事東京に着き元気で過ごしています。東京はとても広いので驚いています。
先日、野々宮さんのところへうかがいました。野々宮さんという人はとても勉強熱心な人で研究室には、いろいろな実験道具や機械があってとても驚きました。その後、池の端でいろいろ考えているうち寂しくなってしまいました。
明日、九月十一日から大学が始まります。これから、一生懸命がんばります。母上も体に気をつけて下さい。それでは、作によろしく、さようなら。
明治四十一年九月十日
三四郎
母上様
追伸　池でとても美しい女性に会いました。

F

拝復
おたより拝見しました。母上様もお元気で過ごしていらっしゃいますか。私は東京に上京して、激烈な活動や破壊と建設をくりかえしていることにとても驚きました。それはそうと野々宮さんのところへ訪問しました。野々宮さんの印象は仏教に縁のあるような顔つきで着る物はどうも無とん着みたいで研究一筋のようでした。野々宮さんの研究室はいろいろな実験道具や機械があってごったがえししています。私は野々宮さんに望遠鏡をのぞかせてもらい、それをのぞいてとても驚いてしまいました。野々宮さんを訪問した後、池の端にしゃがみいろいろなことを考えているとふと寂しくなってしまいました。明日、九月十一日にいよいよ大学が始まります。それでは体に気をつけて、政さんや近所のみなさんによろしく言っといて下さい。お元気で…。
草々
明治四十一年九月十日
三四郎
母上どの
追伸　とても美しい顔の色を持つ女性に出会いました。私はその女性の顔の色を忘れられないでいます。

五　野々宮さんへのあいさつ（→配布資料⑪）

①野々宮君との初対面のあいさつ

初めまして小川三四郎です。このたび文科大学に行くことになり熊本から上京しました。野々宮さんが勝田の政さんのいとこにあたるときいて、あいさつに来ました。東京のことはあまりわからないのでお世話になることがあると思うのでよろしくお願いします。

②野々宮君との別れのことば

今日は突然訪ねてきたのでごめいわくだったと思います。そして西洋料理を御馳走になったりしてとても楽しい一日でした。これからもよろしく。

①野々宮君との初対面のあいさつ

はじめまして。私は小川三四郎です。熊本から上京してきました。母から勝田の政さんのいとこの方だと聞きましたので、あいさつにまいりました。東京ははじめてで何もわからないので、いろいろよろしくお願いします。

②野々宮君との別れのことば

今日はいろいろとありがとうございました。研究室を見せていただいたり、御馳走をいただいたり、大変楽しい一日でした。また、ごめいわくをおかけするかもしれませんが、これからもよろしくお願いします。それでは、失礼します。さようなら。

①野々宮君との初対面のあいさつ

初めまして
僕は熊本の勝田の政さんの知り合いで小川三四郎といいます。

勝田の政さんとはいとこだと聞いたので訪ねてみました。

このたび、文科大学に入学しました。

何分、東京は初めてなのでご迷惑でしょうがいろいろ教えて下さい。よろしくお願いします。

②野々宮君との別れのことば

突然訪ねてきてすみませんでした。これからも実験頑張って下さい。一日も早く実験が成功するようにお祈りします。それから色々とお世話になると思うのでよろしくお願いします。ごちそうどうもありがとうございました。

①野々宮君との初対面のあいさつ

初めまして、小川三四郎です。今度東京大学に入学することになり熊本から上京してきました。野々宮さんが、勝田の政さんのいとこにあたる方だときいて、あいさつにまいりました。東京にこれといった知り合いもなく、まだ不なれでもありますので、なにぶんよろしくお願いします。

（野々宮）「はぁ」「はぁ」

②野々宮君との別れのことば

（三四郎）

「それではこれで失礼します。おいそがしいあいまをぬって会って下さって、どうもありがとうございました。また、機会がありましたらおうかがいさせて下さい」

（野々宮君）

「はぁそうですか。それぢゃお気を付けて」

六　三四郎へのハガキ（→配布資料⑫）

第二章を読ませていただきました。

東京での生活はいかがですか？私はあなたの現実世界への考え方がとても新鮮に思えます。

これからも野々宮さんや美禰子さんの他にもっと沢山の人との出会いがあると思いますが、その出会いを大切にして下さい。

　ではお元気で……さようなら
三四郎さんへ

前略
三四郎様　その後、変わりなくお過ごしでしょうか。まだ第二章しか読んでいませんが、とても興味深く読ませていただきました。当時の東京の様子・野々宮さんのこと・池の端で会った女性のこと等々、私の方でもいろいろと想像したりしてとても面白かったです。特に三四郎様が東京で途方にくれている様子は、私にも何となくわかるような気がして少しうれしかったです。
　これからも、前途多難なようですが、前向きな姿勢で生きていって下さい。最後に野々宮さんやその他多勢の素敵な人達にもよろしくお伝え下さい。お体を大切に。
かしこ

第二章を読んで、とてもおもしろかったです。

いろいろな人との出会いで、あなたは東京の生活を充実させていることでしょう。

あなたは、繊細な方だと思いました。

里見美禰子さんへの恋心は忘れないで持っていてもらいたいものです。

それでは、勉強にはげんで、夢を持ち続けて、がんばって下さい。

三四郎様
初めまして。第二章読ませて頂きました。

あなたの人柄……素朴で優しく、悪く言えば田舎っぽいところ……がとても気に入りました。これから失恋もあるでしょう。が、あんな人の事は早く忘れて下さい。はっきり言ってあの人は素朴なあなたには、似合いません。失恋なんかに、くよくよしないで、これからまちかまえているであろう悲劇につねに前向きに対処し、なおかつあなたの田舎くさいそのすばらしい人格を保ち続けるよう、これからもがんばって下さい。

私もかげながら応援します。

それでは　さようなら

三　学習の考察

(一)　一読後の感想――〝『三四郎』第二章を読んで〟

十分にはわからなかったけれどおもしろかったとする者が多かった。おもしろかった点は、上京した三四郎の驚き方・野々宮との会話のやりとり・三四郎という人物などが挙げられている。三四郎の驚きに共鳴している者が最も多かったが、三四郎の不安・あせり・孤独感に共感している者もいた。

三四郎に対しては、そのうぶな人柄に関心をもち、好意的な受けとめをしている。第二章以後の三四郎はどうなるのかと、その生き方に興味を示している者も多く、〝がんばれ三四郎〟と激励している者もいた。

野々宮の研究や生き方に驚く生徒もいた。野々宮という人物を「わけのわからない変った人だ」「不思議だ」「おかしな人だ。えらいと思う反面、変な人だ」とも言っている。研究の成果について、「成功したのかな」と気にしている者もいた。学問一途に生きる野々宮は生徒には理解できなかったのであろうか。

『三四郎』という作品を「面白い」とし、漱石作品をもっと読みたいと、漱石の文学への関心を示しているものもあった。

一読後の感想を検討した限りでは、生徒の読み込みは十分であるとは言いがたく、きらりと光る一読後の感想は少なかった。

(二)　要約と要約への感想

要約作業は、本気でとり組み、苦労をしながらも、懸命に書いている姿が多く見受けられたが、一時間で最後まで書ききれないもの、ポイントをいくつか落したもの、くわしすぎて焦点がしぼりきれないものが多かった。
要約文を読んでの感想は、楽しく書いているものが多かった。よくまとまっている。わかりやすい、自分のと比べるとすばらしいとするのが大多数であった。くわしすぎる、重要でないことを書いている、たいせつなポイントが落ちていると具体的に指摘しているものは少なかった。
要約文を読むことによって、三四郎第二章のおもしろさを確認できたとする者もいた。

私は、この話は、はじめ読みにくい気がして、好きではなかった。でも、他の人の要約を読んで、三四郎という人は、どんな人なのかと、思いながら教科書を読んでみると、東京に出て、おどろいている様子などがおもしろかった。

（女）

級友の要約文を読む効果が語られている。

㈢　母の手紙・三四郎の返事

母の手紙は、素材をおさえて手紙文になおしさえすれば容易であるので、類型的になり個性的なものが少なかった。丁寧体を用いたりして、田舎の母親らしさに欠けるものがかなりあり、現代ぽくなっているのが目立った。
母への三四郎の返事は、書きにくくむずかしいであろうと予想したが、表現には難点はあるものの、興味深くとりくみ、想像をはたらかせるなどして、生き生きとしたものが、こちらの方に多かった。例えば、

ア　東京での驚きがよく出ているもの
イ　野々宮がおもしろく紹介されているもの
ウ　熊本へのホームシックが感じられるもの
エ　池で出会った女性への心のときめき

オ　三四郎の心が素直に吐露されているもの
追伸がうまく使われているものが目立った。池の端で美しい女性のことが語られたり、作さんやお光さんへの伝言や勝田の政さんへの感謝などももりこまれていた。

㈣　野々宮さんへのあいさつ

場面を想起して、伸び伸びと書き、楽しいものが多かった。

初対面のあいさつでは、自己紹介と来訪の目的を、別れのことばには、突然訪れたことへの詫びと西洋料理を馳走になったことへの礼、研究成果への期待などを記している。ことば足らずのもの、ことばの不適切なもの、敬語の使い方が不十分なものなど難点のあるもののもかなり見受けられた。

㈤　三四郎へのはがき

三四郎第二章を読んだ感想としては、かなりの生徒が興味深く読んだとしている。
・大変興味深く、内容も充実していて面白く読みがいがあった（男）・とても興味深く読んだ（女）・とても面白かった（女）など。
三四郎に対しては、好意的で人がらのよさを認めている。
・やさしく感じ易い人・新鮮な心の持ち主・繊細な方・素朴で優しく、田舎ぽくてとても気に入ったなど。
「多くの出会いをたいせつにしてがんばってほしい」と励ましているもの、「せっかく東京へ出てきたのだから素敵な恋をしなさい」という反面、「美禰子とはかかわらない方がよい」と忠告するものもあった。

野々宮には好意的であるが、美禰子に対しては批判的で、「女狐」であるから十分に気をつけるよう、野々宮には会ってみたいが、美禰子には会いたくないとするものさえあった。

四　反省と課題

書くことを軸にしての学習の試みは、前年度の読解中心の授業に比べ、一応評価してよいものと思われる。生徒たちは、書くことによって、作品の読解鑑賞を深め、自己の考えをまとめるのに役立てている。級友の書いたものを読んで、多くの感想や意見を知り、自分の思考を拡充し、心情をも豊かなものにしている。生徒たちはまた、感想文、要約文、寸評文、手紙文、会話文、人物紹介文など多様な書く作業を体験した。

一読後の感想や要約作業では苦労したものの、母への三四郎の返事には、きらりと光るものが見受けられ、野々宮へのあいさつや三四郎のハガキにはかなり楽しいものがあった。

反省すべきことは多い。

㈠　書くことを多くさせ過ぎたのではないかという反省が残る。興味をもって書く作業にとり組んだ生徒もいる反面、下記のように反撥した生徒もいた。

㈡　書く作業を重視した反面、読み込みが不十分になったのではという不安が残る。一段ごとに要約をし、読解と書く作業を与えて、確実に読みを深めながら書く学習をすすめるという方法もあった。生徒の実状によっては、各段ごとのグループ活動も考えられる。

㈢　生徒が書いた代表的なものは、コピーし教材として活用するよう

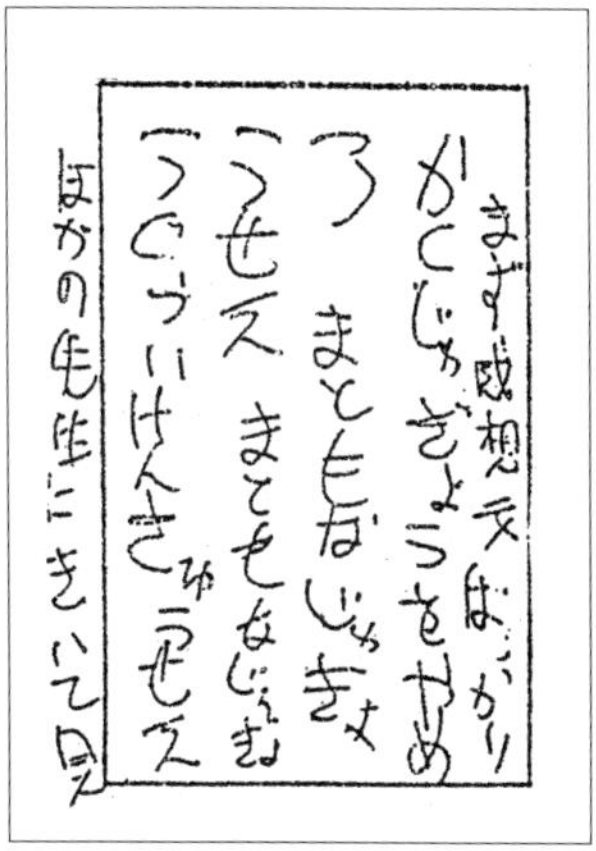

心がけたが、その処理は十分であったとは言えない。要約については、感想寸評を求めたが、他は与えるだけになった。さらにいかに活用するかのくふうが必要であった。

㈣　書く作業を中心にした授業についての受容の実態を知るべきであった。学習して得たこと、もっと学習したかったこと、疑問点、印象点など、短くてもよい、「学習を終えて」の生徒の声をきくべきであった。

㈤　書く作業を軸としたため、表現をきちんとおさえる叙述読みが不十分になった。

例えば、

㋐登場人物の個性。三四郎の心情が述べられている叙述・野々宮の容貌・風采・動作・ことば、美禰子の容姿・動作・ことばなど。

㋑ユーモアと詩情。上京した三四郎の驚きがユーモラスに描かれている。追伸の多い母の手紙もおもしろい。日暮しが鳴く森の描写、青い空と大きな木が映る池、白い薄雲が浮かぶ青い空など、漱石の風景描写には詩情が感じられる。

㋒色彩表現。（まとめの作業四）。理科大学への道のほとり（灰）・池までの坂道を照らす夕日（赤）・岡の上の女の足袋（白）・目と髪（黒）・薔薇《ばら》（白）など。漱石の色彩感覚は鋭い。

㋓母の手紙。愛情深い古風な田舎の母親を彷彿させる。

㈥　音読者の読みについていけない者、静かに聴くことのできない者もいた。読みの上手な生徒の朗読テープを聞かせることとか、第四段と第五段では、ナレーターを決め、三四郎・野々宮・池の女・看護婦などの人物を割りあてのセリフ読みを実施してもよかった。

㈦　第二章を書くことを軸として学習するのがやっとで、三四郎の愛の世界、青春の文学としての『三四郎』をとり扱うことができなかった。三四郎と美禰子が登場する七つの場面を紹介し、いくつかをコピーするなり聞かせ読みなりして、三四郎の美禰子への愛をとりあげることができればよかった。特に、第十二章の教会から出て来た美禰子に会い金を返す場面と第十三章の終りの場面はきかせ読みをすればよかった。

(八)　青春の文学としての『三四郎』への関心を高め、理解を深めるためには、他の青春の文学、例えば、『友情』・『伊豆の踊り子』・『野菊の花』などとの比較読みも必要であろう。『三四郎』の学習を契機として、日本の青春の文学への視野を広げたかった。

■本稿は、昭61年12月18日の二七会（於シルクプラザ）での報告をまとめたものである。

（〇七・八・三〇稿）

5　主体的読み手を育てる小説学習の一試み

――『三四郎』を二七会輪読会方式で――

中谷　雅彦

○　はじめに

今日、「学習者主体の授業づくり」とか「主体的な読み手を育てる」のように、「主体（的）」ということばは国語科教育においてもあたりまえのように使われているが、この「主体的」ということをめざして「読み」の学習指導がなされるようになったのはいつごろからであろうか。

私がそのことばに出会ったのは、高等学校の国語教師になって四年目の昭和四十五年四月広島県立三次高等学校に赴任したときであった。昭和四十五年というと、全国的にいわゆる大学紛争のあつた直後であり、三次高校でも前年の十二月に、十六日間授業をカットして生徒と生徒、教師と生徒が、三次高校の教育のあり方について話し合いを続け、定期試験の廃止や選択講座制の導入などの「授業改革」がうち出された。四月、最初の授業は三年A組（商業科）の「現代国語」であった。自己紹介を終わり授業に入ろうとしたとき、一人の生徒が「先生はこの学校でどういう教育をしようと考えておられるのか」「どういう『現代国語』の授業をされようと考えておられるのか」という質問をしてきた。緊張の中、とっさのことでもありうまくは答えられなかった。教師になって生徒から教育の、授業の根底にかかわる質問を直接つきつけられたのは初めてであり、私にとっては衝撃的な出会いであった。前年、十六日間にわたって話し合われた「授業改革」の基本理念は、①授業は生徒と教師が共同で作るもの、②授業は生徒の主体性を生かしたものであることということであり、質問はこの理念に立って、新任の教師の授業に対する姿勢を質そうとしたものであったのであろう。選択講座制がカリキュラムの中に位置づけられ、三年生五講座、二年生二講座でスタートしたが、生徒の負担が大きく、三年目からは二、三年生とも二講座制になった。私は二年生の「現代国語」の選択講座（週二時間連続）を担当した。「近代文学作品に見られる『自我』について　―夏目漱石の作品を中心にして―」をテーマにいろいろの作品を読み合ったが、本報告は昭和四十七年度の一学期に「三四郎」を取り上げ、二七会輪読会方式を用いて学習者の「主体的読み」の成立をめざして試みた授業の実践報告である。

一　主体的読み手を育てる授業構想

二年生の選択講座「現代国語」の授業は昭和四十七年四月から一年間実施したのであるが、そのオリエンテーションを三月に行い、次のような授業の概要（構想）を示し生徒の意見（「なぜ漱石をするのか」、「もっといろいろの作品が読みたい」などが多かった。）を取り入れた上で再度計画を立てて四月からの授業に臨んだ。

㈠　テーマ　近代文学に見られる「自我」について――夏目漱石の作品を中心に――

㈡　目標（ねらい）

①近代文学作品に見られる自我の種々相を読み取ることを通して自分の生き方を考える。

②文章表現に注目し、主体的な読み方を身につける。

㈢　年間指導計画

一・二学期前半…夏目漱石の作品（「三四郎」・「それから」・「こころ」）を、二七会輪読会方式で読み合う。

二学期後半………芥川龍之介（「羅生門」・「地獄変」）、有島武郎（「カインの末裔」）を読む。

三学期…………中野重治（「歌の別れ」）、小林多喜二（「党生活者」）、太宰治（「斜陽」）、カミュ（「異邦人」）の中から、グループごとに一作品を選んで読み合い、全体に報告する。

㈣　授業方法――「二七会輪読会方式」を中心にして――

読み手それぞれが疑問点や自分の考えを持ち、それを交流する中で、主体的な読みは成立し、読みが広がり深まっていくと考える。本講座ではそのような読みを成立させる方法として「二七会輪読会方式」を用いることにした。

二七会輪読会の進め方は次の通りである。

① 担当者が、内容上まとまりがあるという観点から担当範囲を決める。
② 担当者が、その範囲についての自分なりの読みや疑問点（問題点）を全体に報告する。
③ その報告に対し、司会者の進行により、他の参会者（読み手）が意見を述べ合う。
④ 最後に助言者（野地潤家先生）からご指導をいただく。

この方式を参考にして、次のような方法で作品を読み進めれば自ら進んで読むようになり、「主体的な読み」がなされ、読みが深まり広がっていくと考える。

① 五～六名のグループを作り、担当者、司会者の順番を決める。
② 授業者（指導者）から示された章（範囲）について、事前に読み、「家庭学習プリント」に整理しておく。

※「家庭学習プリント」の内容（様式）〈B5、横長・縦書き〉

高二「現代国語」選択講座・家庭学習プリント　（　）月（　）日
作品名（　　）（　）章（　ページ　行〜　ページ　行）
◇章（担当範囲）設定の理由（その章のテーマ・内容）
一　あらすじ
二　話し合ってみたいこと、疑問点
三　感想・意見

③　司会者の進行により、各自の読み、疑問点を報告。部分的な疑問点はすぐに解決する。
④　テーマにかかわるような大きな問題点は時間をかけて話し合う。（二時間連続の一時間目）
⑤　グループごとに全体に報告。授業者が問題点を整理し、授業者の司会のもと、共通する問題点について話し合う。（二時間連続の二時間目）
⑥　授業者によるまとめ。
⑦　「学習整理プリント」に記述し提出（⑤〜⑦は二時間連続の二時間目）
※「学習整理プリント」の内容（様式）

高二「現代国語」選択講座・学習整理プリント　（　）月（　）日
作品名（　　）（　）章（　ページ　行〜　ページ　行）
一　授業内容に関する感想・意見を述べなさい。

二　授業展開（方法）に関する感想・意見を述べなさい。

二　主体的読み手を育てる小説学習指導の実際――「三四郎」のばあい――

一　文学教材としての「三四郎」の意義――「三四郎」で高校生の主体性は養えるのか――

主体的な読み手を育てることをめざすからには、教材が今の高校生の主体性を育てる内容をもち、想像力や思考力、ことばの力を育てるすぐれた文章表現のものでなくてはならない。そのような観点から「三四郎」をとらえると、次のような教材としての意義が考えられる。

1　現代の若者のかかえている興味・関心・苦悩などとの共通性

「三四郎」は、九州の片田舎出身の三四郎が「新しい世界」である東京での大学生活を送る青春物語であるが、そこにえがかれる新しい世界への驚き・あこがれ、恋や友情、学問の世界は、今の高校生にとっても興味、関心のあるものであり、生徒たちは意欲をもって読み進めるものと考える。

2　粘り強い思考態度

主人公三四郎は、例えば次のように、ひとつのことをあれこれと粘り強く考える若者としてえがかれている。このような三四郎の姿や考え方を読み取ることを通してねばり強く思考することの大切さを学ぶことになると考える。

○　三四郎は床の中で、この三つの世界を並べて、互いに比較してみた。この三つの世界を掻きまぜて、その中から一つの結果を得た。――要するに、国から母を呼び寄せて、美しい細君を迎えて、そうして身を学問に委ねるに越したことはない。結果ははなはだ平凡である。けれどもこの結果に到着する前に色々考えたのだから、思索の労力を打算して、結論の価値を上下しやすい思索家自身から見ると、それほど平凡ではなかった。

（「三四郎」四）

3　多面的なとらえ方――科学的な認識力――

夏目漱石の小説における表現手法の特徴として、暗示的表現（伏線）、屈折表現や、次の例文のような、「かつ」、「然し」、「そうして」、「けれども」、「或いは」、「また」、「それとも」などの接続的な語句を用いて、心情や情景などを多面的にとらえていて、非常に緻密でリアルな表現となっている。このような文章を読むことにより、読み手は多面的にものごとをとらえる科学的認識力を養うことになると考える。

○　三四郎がじっとして池の面を見つめていると、大きな木が、幾本となく水の底に映って、その又底に青い空が見える。三四郎はこの時電車よりも東京よりも、日本よりも、遠くかつ遥かな心持ちがした。然ししばらくすると、その心持ちのうちに薄雲のような淋しさが一面に広がって来た。そうして、野々宮君の穴倉に這入って、たった一人で坐っているかと思われる程な寂寞を覚えた。熊本の高等学校に居る時分もこれより静かな竜田山に上ったり、月見草ばかり生えている運動場に寐たりして、全く世の中を忘れた気になったことはある。けれどもこの孤独の心は初めて起こった。活動の劇しい東京を見たためであろうか。或いは――三四郎はこの時赤くなった。汽車で乗り合わした女の事を思い出したからである。――現実世界はどうも自分に必要らしい。けれども現実世界は危なくて近寄れない気がする。

（「三四郎」二）

二　「三四郎」の授業の実際

「三四郎」の一学期の授業の概要は次の通りである。

1　受講者等

○　受講者（選択者）　八十三名……一組　四十三名〈男十三名、女三十名〉

二組　四十名　〈男九名、女三十一名〉

○　授業時間　毎週一回（二時間続き）

○　テキスト　「三四郎」（新潮文庫、二六二ページ）

○　参考資料　「現代日本の開化」（夏目漱石、プリント）、「三四郎」（片岡良一、プリント）

2　授業展開・形態

①六グループに分け、時間ごとの司会者を決め、一時間目は各グループで感想・意見を出し話し合う。二時間目は各グループで残った問題を全体へ出し検討する。（三章まで）

②六グループから出た問題を内容ごとに整理し、それを各グループで話し合い、全体に報告し検討する。（四章以降）

3　授業の経過（内容）

章ごとに（特に一章を中心に）、問題になったところや学習者の反応の概要を客観的に述べ、課題（評価）については最後にまとめて述べることとする。

一章　（p5～p20、4／28、5／12）

1　一章で特に問題になったのは、次のような箇所の意味や理由に関してであった。

①三四郎はともかくも謝る方が安全だと考えた。　②三四郎はこの帽子に対して少々極まりが悪かった。

③そうして三四郎はしきりに団扇を使っていた。④もうこの夫人は自分のつれではないと断るだけの勇気がでなかった。⑤三四郎はますます日記が書けなくなった。⑥あなたはよほど度胸のない方ですね。⑦ましてベーコンなどはむろん読む気になれない。⑧二十三年の弱点が一度に露見したような心持ちであった。⑨三四郎は日露戦争後にこんな人間に出逢うとは思いも寄らなかった。⑩熊本でこんなことを口に出せばすぐなぐられる。⑪三四郎は真実に熊本を出た様な心持ちがした。同時に熊本にいた時の自分は非常に卑怯であったと悟った。

※⑨⑩が全体で問題になったときに「現代日本の開化」をプリントで紹介。髭の男（後にでてくる広田先生）の現実認識はそのまま漱石の当時の日本の国への悲観的認識であることを知らせる。

※①～⑪のほとんどは三四郎の人間像がうかがわれるものであり、「三四郎はどんなタイプの青年か」を考えさせることによってまとめ、さらに序章としての主人公三四郎の紹介のしかたのあざやかさを説明した。

2　内容についての典型的な感想・意見（「学習整理プリント」から）

A……つまり一貫してえがかれているのは、純真な学生である三四郎の旅馴れしていない不安でウブな心情であると思う。そこが読者に、これからどうなるのだろうかと思わせ、次第に内へ内へと引き込もうという作者の意図が感じられる。現に、第一章は何かしらモヤーとしていて、その先が見たいけれど見えない。どうしても第一章と第二章の間にあるカーテンをあけてみたくなるのである。その点で第一章の主題に旅馴れぬものの不安をえがいたのは成功していると思う。（2班K女）

B……女に対する三四郎の行動は、ひどく場馴れのしないうぶな青年だと思った。まるで思春期をむかえた少年のようで寝るときには女に対する潔癖さがある。それに比べ女の方はまるっきり落ち着いていて風呂でのできごとで益々三四郎のうぶが目立つ。一方ひげの男からは、今までの自分は真実をしっかり見ようと意識していなかったことを悟った。〈中略〉三四郎はたぶん東京で彼好みの肌をもった女性に恋をするのではないかと思うが、そうそううまく進まないだろう。というのは例の女に対する三四郎のうぶさ、潔癖さからである。そして東京に来て、色々な人に会って、とまどうのではないか。こういう気持ちを起こさせる。これからいうと第一章は「序」として成功していると思う。（6班D女）

3 授業の展開についての感想・意見（「学習整理プリント」から）

C 私たちにとっては初めての試みなので、馴れないせいか予定時間内の課題の消化は無理があると思う。今度二章は二時間だそうだが、まだすませるだけの力がついていないと思うのでもう少し時間がほしい。（1班K女）

D こんなに細かくていねいにやっていてはこの一年間で目的の本が全部すむのでしょうか。一章ごとに要点をつかんいでいけばいいのではないですか。（4班I女）

E ゼミについてよくなれることができないので、意見を述べることが困難であるけど、感想を言えばまだみんなかたくなってか、意見など班内で出しにくいという状態。でも、意見など活発に出始めるとおもしろくなるのではないかと期待しています。（2班I男）

二章　（p20～p31、5／19）……省略

三章　（p32～p59、5／26）……省略

四・五章　（p59～p117、6／2・6／9）…広田先生の引っ越しの手伝いや菊見見物で三四郎はさらに強く美禰子にひかれていく。

①あらすじを確かめ合ったあと、各グループで感想・意見を出し合い話し合う。……1時間

②残った問題を全体へ報告。簡単なものはすぐに検討・解決し、残った問題点を整理する。……1時間

※整理された問題点（課題）

ア　広田先生の人物像　　イ　三四郎の美禰子に対する気持ち

ウ　美禰子の三四郎に対する気持ち　　エ　迷える羊（ストレイ・シープ）とは？

③グループで一つの問題を選び話し合う。……1時間

④全体へ発表し討議する。……1時間

※六章以降の授業展開もこれと同じ。

六・七章（p117～p160、6／16）……ア　広田先生と与次郎の女性観　　イ　美禰子の野々宮さんに対する気持ち　　ウ　三四郎の美禰子に対する心の変化

八・九章（p160～p204、6／23）……ア　野々宮さんと美禰子について　　イ　三四郎の美禰子に対する心の変化

十・十一章（p205～p241、7／7）……ア　美禰子の三四郎に対する気持ち　　イ　美禰子の婚約と愛について

十二・十三章（p242～p262、夏休み）

※夏休みに、終わりまで読み、「『三四郎』を読んで」と題して感想文を書く。（片岡良一の「三四郎」論のプリントを事前に配布）

4　「三四郎」をどう読んだか（「『三四郎』を読んで」の感想文から）

①　三四郎への関心

F　……その中で特に私が興味を持ったのは、三四郎の生活そのものよりも三四郎と広田先生、与次郎あるいは三四郎と美禰子……こういう人間関係である。三四郎がこれらの人たちにどのように接したか？又これらの人たちは三四郎に何を与えたか――これを考えていけば、おのずと三四郎の都会生活が一体どんなものであったかわかるのではないだろうか。

まず最初に出会ったのは広田先生である。この先生により……（中略）

こうして考えてみるのに、三四郎は、三つの世界のどの世界にも入りきることができず、結局三つの世界を自分の中に持ち、都会の流れの中に生きてゆくのである。どの世界においても、作者に泳がされた形になっているが、それが良いとか悪いとか、そんな問題ではない。三四郎はこれからもこの道を歩んでいくだろう。一つでもなく二つでもなく、三つの世界を自分の中に持って。（W女）

G　私が「三四郎」を読んで一番強く感じたのは、三四郎の女性に対する観察力です。目の形、眉毛、口、歯、化粧の仕方がどうだなど……。普通のそこらへんの男性でもそのようなところに気がつくのでしょうか？とにかく、三四郎がいくら熊本から出てきたばかりの田舎者でも、見る女の人をことごとく観察しているのは不思議である。……以下略（U女）

②　美禰子への関心

H　……三四郎を悩ました美禰子はどんな女性だったのだろうか。謎の女性で、三四郎は彼女の言動ゆえに悩んでいた。（中略）彼女は三四郎に好意以上のものを持っていたのだろうか。彼女自身もよくわからなかったのかもしれない。三四郎が彼女を好きだとわかっていても、自分の気持ちが不安定であり、どうすればよいかわからないままであった。（中略）彼女は心が強くて自由に生きていて、個性の強い女性と思われる一面もあった。だけどあの当時の社会は、新しい面と古い面が入り交じっているような社会で、と

うとう個性を伸ばしきれずに終わってしまったようだ。（T女）

③　作者への関心

I　……主人公はこの三つの世界の中で、ぼう然としたり気負ったり、またひどい孤独感に襲われたりしていくわけだが、余裕派といわれる作者らしく文中にはいつも低回思想が流れているように感じられた。鋭い感受性を持ちながらも、三四郎はいつも自分の気持ちをつかみかねている。又、あまり追求されていないものの、汽車の中で広田先生が言う「囚われちゃ駄目だ」ということばは、漱石が描こうとした自分のある断面――作中人物のモラルが表れているのではないか。（I女）

④　評価

J　「現代国語」の選択講座で夏目漱石の「三四郎」を読むことになった時、私は全く彼の作品に期待していなかった。私にとって漱石の最初の作品は評判の高い「坊っちゃん」だったが「おもしろい」という言葉は私にはあてはまらず、こんな感じの小説は外国の方がいいと思った。そして次に読んだ「夢十夜」は……（中略）……こんなわけで彼の作品には魅力を感じていなかったのだが、これは私の読解のあまさと漱石作品を多く読んでいないせいだと「三四郎」を読み終えて気づいたのである。

漱石は実に巧みな構成で「三四郎」を書いている。まず第一章では、汽車の中の女とのふれあいで……（中略）……漱石の描く人間にも大変興味があるので「三四郎」と三部作をなすといわれる「それから」と「門」を読んで解明していきたいと思っている。（D女）

三　反省と課題

「近代文学に見られる『自我』の問題について——夏目漱石の作品を中心に——」という大きなテーマのもと、一年間を通して数冊の本を丸ごと読むという授業は、全く新しい試みであり、私自身にも気負いがあったが、生徒も「授業改革」をめざして自分たちの要望も取り入れられたということもあり、意欲的主体的に取り組んだ。しかし、内容上やや難解な部分もあり、また、自分たちで問題を出しながら授業を進めるという方法も初めてであり、次のような課題があることが明らかとなった。

1　学習者の実態にそった授業展開・構想を

一章の授業展開に関するC、D、Eの感想・意見にもあるように、話し合いが進まず、内容が深まらなかったところもあった。最初は文章の読み方や授業の進め方に関して丁寧に助言し、ある段階からはテーマを定めて大きくとらえていくなど、学習者の読みの実態にそった柔軟な授業展開を図るべきであった。

2　表現の巧みさ、すばらしさに着目した読みの指導を

三四郎や宿でいっしょになった女の行動そのものに着目して人物像をとらえ、主観的な読み方をする生徒もいたが、小説の読み方、ことばの力を育てるために、人物や情景の表現の仕方に着目する読みをさせなくてはならない。

3　グループ学習の進め方に関する指導の徹底を

二七会輪読会方式で授業を進めたが、CやDの感想にもあるように、話し合いがスムースに進まなかったグループもあった。司会・進行の方法、話し合いによる内容の深め方について、事前にあるいは授業中においてももっと指導すべきであった。

4　授業中における指導者の役割を明確に

授業者は授業の最後にまとめ役として登場するのではなく、授業の初めに読み方の問題点を指摘したり、途中でグループ学習の進め方の助言をしたりするなど、指導の「時」と「場」を明確にしておかなくてはならない。

○　おわりに――「授業力形成過程」の観点から――

本実践は、三十七年前の高校教師六年目のものであるが、今振り返って思うことは、「授業改革」が叫ばれ、生徒の主体性を尊重し授業は教師と生徒が共同で作るものとして選択講座制が導入されたが、理念が先行して授業そのものは大まかな雑なものであるということである。

野地潤家先生は、国語科授業力として、授業構想力、授業実践力、授業評価力の三つをあげられ、授業実践力の中核を形づくっているものとして、国語学力把握力・国語学習深化力・国語教材把握力の三つをあげておられる。(『国語教材の探究』、共文社、昭和六十年十二月発行)

本実践を、私自身の「授業力形成過程」という観点から考察すると、グループ学習の細かな手立てや学習の手引きの作成などがあまりなされていなくて「授業実践力」も課題といえるが、最も問題なのは、丸ごと作品を読む学習の指導目標を明確にし、学習者の読む力、話し合う力などの実態をしっかりとらえ、その上に立って年間のあるいは一作品の授業計画を作成する「授業構想力」であると考える。

「三四郎」の実践後もいろいろと実践を重ね報告しているが、私自身の「実践個体史」を「授業力形成過程」の観点から考察してみようと考えているところである。

6　小説『こころ』の学習指導
――主体的な読みを促すために――

小川満江

はじめに

現代文の教科書教材として新しい教材が次々に取り入れられる中、『羅生門』『こころ』『舞姫』は、現代文文学教材の古典的存在として多くの教科書に採録されている。夏目漱石の『こころ』は、高校二年の現代文を担当する時、必ず扱っている教材である。何度も『こころ』を教材として扱って、結局授業者の読み取りを押しつけることになっているのではないかと思うことがあった。

私は、漱石作品の輪読、及び国語教育に関わる研究報告を主とする勉強会「二七会」に参加している。漱石作品の輪読では、担当者が各作品の数章を扱い、読み取ったこと、気づき、疑問点などを提示し、参加者と意見交換をしながら、読みを深める。叙述に即した読みに徹するものである。

『こころ』の授業を「二七会」で勉強しているようにできないものかと考えるようになった。全く同じようにはできないだろうが、輪読会の方法を少しでも取り入れて授業の構想を練ってみようと思ったのである。

平成十二（二〇〇〇）年度以降に実施した『こころ』の授業を振り返りつつ、平成十九年度実施した授業の内容を報告したい。

1　平成十二年度の授業実践

(1) **対象生徒**　尾道北高校二年生一、二組（文系）十三名

発展的な講座で、現代文への興味・関心は強く、総じて国語の学力は高い。授業中の発言も活発なクラスであった。

(2) **教科書**　『精選　現代文』（明治書院）

教科書に採録されていたのは、四十章から四十八章、図書館での場面から、Kの自殺の場面までである。

(3) **授業の実際**

生徒数が十三名、採録されていた章が、九章であったので、一章を一～二名の担当にして各章について発表させ、話し合いをする授業形式を取った。発表資料の作成についてはB4版の用紙を一～二枚渡したのみで、特に形式は指示しなかった。発表内容については次のことをプリントにして提示し、参考にさせた。

○各章のまとめ　○調べたこと（語句・内容）　○感じたこと　○読み取ったこと
○疑問点　○みんなで考えてみたいこと・話し合ってみたいこと

発表資料は、丁寧な読み取りに基づくものであり、それぞれ、よく工夫されたものであった。発表者が司会も兼ねたが、発表時の生徒のやりとりはとても活発で、議論も白熱したものになったと思う。特にKの心情についてはわからなさもあるせいか、さまざまな考えが出された。

終わりに感想文を書かせたが、十二名がKの生き方や心情を考察していた。授業での議論がKに関わる点

が多かったからかもしれない。

(4) **課題**

生徒は夢中になって授業に参加し、発表資料作りや議論を楽しんでいたが、収拾のつかない面もあった。議論が理屈っぽくなりすぎ、小説を味わうということから離れた場面もあった。生徒の力を信じ、話し合いの進め方も生徒にまかせたが、授業者がもっと効果的に「小説を味わう」という視点を入れた方がよかったかと思う。

2　平成十五年度の授業実践

(1) **対象生徒**　尾道北高校二年生三、四組（文系）三十名

生徒はまじめに学習し、課題もきちんとこなすが、積極的に意見を述べたりするところはなかった。標準的な講座である。

(2) **教科書**　『精選　現代文』（明治書院）（平成十二年度使用した教科書と同じである。）

(3) **授業の実際**

生徒一人一人、担当の章を決め、次のことを学習シートにまとめさせた。

○ あらすじ　○ 注意したい語句・表現　○「私」とKの行動と心理

○ 感想・疑問点など、グループで考えてみたいこと

同じ章を担当した者でグループとなり、疑問点等についてグループで話し合わせ、代表者に発表させた。授業のまとめとしてはテーマを絞った感想文を書かせた。

(4) **課題**

一人一人が一枚ずつ学習シートを完成する点は徹底できたが、グループで考えたことの発表は報告の形になり、全体での意見交換の場面はあまりなく、授業展開は単調になってしまった。

3　平成十八年度の授業実践

(1) **対象生徒**　府中高校二年三組（理系）　三十二名

(2) **教科書**　『探求　現代文』（桐原書店）

教科書に採録されているのは「上（先生と私）」四章～七章「下（先生と遺書）」四十章～五十六章（五十三章省略）である。

(3) **授業の実際**

教科書は違うが、授業の方法は平成十九年度とほぼ同じである。（平成十八年度の実践の反省をもとに十九年度の授業を構築した。）教科書に採録されている章が多いので、四章から七章は一斉授業の形式であらすじ・ポイントの説明、四十章から四十七章はグループ学習、四十八章から五十六章は再び一斉授業の形式であらすじ・ポイントの説明として授業を構築した。グループ学習の方法は平成十九年度とほぼ同じである。

(4) **課題と次年度に向けて**

グループ学習の進め方、内容を事前に説明したのにもかかわらず、グループ学習に入った時、どんなことを話し合い、まとめたらよいかわからないと言って、手をこまねいているグループがあった。この反省をもとに、十九年度はグループ学習に入る前、授業者が中心に進める章では、生徒に課すものと同様の形式で発表資料を作成しようと思った。発表時、司会者が役割をうまく果たせなかったり、進行が形式的になったことがあった。司会の仕方や話し合いの進め方についての指導が足りなかったと感じた。十九年度司会のマニュアルを作成したのはそのためである。

4　平成十九年度の授業実践

(1) **対象生徒**　二年五組　三十六名（男子十五名　女子二十一名）

(2) **実施時期**　平成十九年十月十七日～一月九日（十八時間）

(3) **単元名**　小説『こころ』を読む〈教科書採録部分　三十五章の一部、三十六章～四十八章、三十八、三十九章省略〉

〔教科書『高等学校　現代文』（第一学習社）〕

(4) **単元目標**

① 小説を主体的に読解・鑑賞し、意見交換する中で、読解を深める態度を養う。

② 叙述に即して、作中人物の心理や性格、行動を読み取る力を養う。

③ 独特の表現法に着目することにより、内容理解に広がりを持たせる。

④ 視点を絞った意見文を書くことにより、作中人物の生き方を深く見つめ人間存在について考える。

(5) **単元の評価規準**

ア　関心・意欲・態度	イ　話す・聞く能力	ウ　書く能力	エ　読む能力	オ　知識・理解
①主体的に読解し、積極的にグループ活動に参加する。	①グループ内で意見を述べることができる。 ②司会や発表をスムーズにわかりやすく、行うことができる。 ③発表をしっかりと聞き、その上で意見を述べることができる。	①発表資料をていねいに、わかりやすく作成することができる。 ②自分の考えを練り、視点を絞って文章にまとめることができる。	①叙述に即して読解し、作中人物の心理や性格、行動を読み取ることができる。	①難語句の意味を調べ、理解することができる。 ②独特の表現法に着目し、内容を理解することができる。

(6) 単元の展開

① ○夏目漱石について知っていることを述べる。　○全体を黙読する。　（一時間）

② ○黙読する。○第一次感想を書く。　（一時間）

○授業者が今後の学習活動について説明する。（グループ分け・担当の章の決定）

③ ○授業者が第一次感想を紹介する。

○授業者が発表資料をもとに一章から三章を説明する。生徒への発問もしつつ理解を深めさせる。（授業者の発表資料は生徒と同様の形式である。）　（二時間）

④ ○担当の章について、各グループで話し合い、発表資料を作成する。

○担当以外の章について疑問点を整理する。　（三時間）

⑤ ○各グループが発表し、発表内容や疑問点について意見を出し合う。

○質疑が終わった時点で、授業者が各章について読解の補足をしたり、まとめをしたりする。（九時間）

⑥　○意見文を書く。（一時間）

⑦　○各グループで意見文を読み合い、相互評価する。（一時間）

(7)　授業の方法・実際と評価

ア　導入

　Ｂ５版の学習プリント〔★夏目漱石について知っていることを書こう。★一読後の感想〕を作成し、記入させた。

　夏目漱石について知っていることについては、授業で発表させたが、旧千円札の顔であること、『吾輩は猫である』『坊っちゃん』の作者であること、を多くの生徒が書いていた。夏目漱石という作家は生徒にとって遠い存在であるかと思っていたが、それらの点で近い人であった。

　黙読をさせたとき、生徒それぞれの読むスピードの差が大きく、授業者が予定していた時間では、全員が最後まで読み通すことはできなかった。次時にも黙読の時間を設け、その後、第一次感想を書かせた。第一次感想の内容は次のようなものである。

〈Ｋに関すること〉

・Ｋの自殺について（自殺の理由など）　・裏切られたＫの気持ち　・Ｋの気持ちの変化

・Ｋが最期に残した言葉の解釈

〈「私」の行動・心情〉

・Ｋに対する「私」の行動（批判的な見方）

・「私」のこころ、後悔　・Kへの罪悪感で苦しんでいた「私」のつらさ・せつなさ
・自分の欲望と「K」への想いとの間で揺れる「私」の気持ち
・Kに思いを告げられずに、自殺に追いやった私の罪　・Kを裏切った「私」の卑怯さ
・人間の持つ感情の醜さ、複雑さ、計算高さ、狡猾さが露わにされた「私」の告白
〈「私」とK〉
・Kの気持ちと「私」の気持ちへの共感　・「私」の寂しさとKの寂しさ
・「私」とKとの関係の描き方の細やかさ
〈人間の感情〉
・人間関係の難しさ、複雑さ　・自分の気持ちを伝えることの難しさ
・克明に描かれている人物の感情の移り変わり　・善と悪の葛藤　・恋愛のつらさ、難しさ
〈読み手として〉
・話に引き込まれた　・心動かされた　・おもしろい
・人物の感情の描き方がわかりやすく、よく伝わる
〈その他〉
・人としての心がある以上ハッピーエンドにはならない結末　・死について
・「精神的向上心のない者はばかだ」「僕はばかだ」の二人の会話の意味

夏目漱石の作品に生徒が距離感を持つのではないかと不安な面もあったが、第一次感想を読むとその不安は払拭された。生徒は予想以上に「こころ」の世界に入り、感想も「こころ」の核心に触れたものが多かった。

イ　グループ学習の方法

まず、今後の学習の進め方について、次の事項をプリントにしたものを配布し説明した。

○担当の章について、まず自分の考えをまとめる。（学習シート活用）
○自分の考えがまとまったら、グループで話し合う。
○司会者が、グループでの話し合いの進行をする。
○調べたいことがあったら、図書室の辞書などを利用する。
○記録者は、話し合いの内容をまとめて記録し、清書する。
○記録の清書は授業者で印刷し、全員に配布する。
○発表時の司会も司会者が担当する。
○担当の章については、グループ内で分担して音読する。
○グループでまとめたことを、発表する。発表は発表者が行う。
○質問等が出たら、グループのメンバーで答えるようにする。
○説明の補足、質疑の内容、授業者の説明等は適宜各自でプリントやノートに書き込む。

教科書には、『こころ』十二章分採録されている。採録部分を一章から十二章とした。一グループ一章ずつ担当するとして、四名ずつ九つのグループに分けた。生徒が担当する章は四章から十二章までである。各グループ四名の役割は、司会者一名、記録者一名、発表者二名である。一章の一部と二章、三章は授業者が担当し、生徒に作成させるものと同じ形式の発表資料を作成し、それをもとに授業を進めた。指導者が発表資料を作成したのは前年度の反省からである。生徒のグループ学習の参考にさせたいという意図も込めた。

ウ　グループ学習の内容

学習シートはB４版一枚で、「語句の意味」「読み取ったこと・気づき（このように内容を理解したということ・表現面、内容面などで、心に感じ取ったこと）」「疑問点（疑問点を挙げるとともに、グループでの見解もまとめておくこと）」を整理するものである。（資料１）

各グループ四名の構成で、話し合いには全体的によく参加していた。ただ一部ではあるが、人任せにしている者も見られた。グループでの話し合いの進捗状況には差があること、クラス発表時の話し合いを活発にすることを考えて、担当の章以外の章における疑問点を出させるB４版学習シートをもう一枚準備した。学習シートのはじめに次のように書いている。「担当の章については、グループ内で話し合い、読み取りを深めることができたことと思います。各グループでまとめたことをもとに、クラス全体でいっそう読みを深めるために、担当の章以外もしっかり読み、よくわからないこと、疑問に思ったことなどを書きとめておいてください。まず、担当した章の前の章について疑問点を出し合いましょう。（A班は最後の章）それから、本文全体についての疑問点を出してください。」準備はしたが、話し合いや整理に時間がかかったグループも多く、この学習シートを活用した者は、一部にとどまった。

エ　各グループの発表と質疑

発表資料はどのグループのものも場面に即して整理され、よく工夫されたものであった。読み取ったことについては「私」の行動・Kへの対し方・心情、Kの人柄、場面等について、図式的に整理していたものが多い。授業者が作成した発表資料に影響されたことも考えられるが、内容の密度にグループによってあまり差がなかったことは評価できる。生徒が作成した資料には誤字や解釈の明らかな間違いなどもあったが、あえてそのままにして、印刷した。グループのメンバーと対応し、あらかじめ訂正する方法もあるが、今回は間違いもみんなで考えるきっかけにしようと思った。話し合いの進め方についても手引きを作成した。これも前年度の反省をふまえたものである。手引きは次のようなものである。

☆話し合いの進め方

〔司会者は〕

・これから（　）班が発表します。司会・進行をするのは（　　　　　）です。

・まず、（　）人で音読をします。

〈　音読　〉

・（　）班でまとめたことを、説明します。発表者は（　　　・　　　）です。

では、お願いします。

〈　発表　〉

・今の説明でよくわからないこと、もっと説明してほしいことがあったら聞いてください。

・疑問点について、（　）班としては、今説明したように整理していますが、この点について何か意見がありますか。

・他に何か質問がありますか。

・これで、（　）班の発表を終わります。ありがとうございました。

※　説明するとき、黒板を使用してもよい。

※　司会者は場に応じて指名してもよい。

発表時の態度については、どの生徒もやや緊張していたものの、一生懸命取り組んでいた。司会者は、ほぼマニュアル通りに進めていたが、司会者によっては、場に応じてうまく進行している者もいた。担当班の資料は、どの生徒もよく目を通していたと思う。ぜひみんなで考えたいという点は、誰かが質問し、読み取りを深めることができた。質問に対する担当班の対応もよく、黒板も上手に使っていた。ただ質疑について人任せである生徒の姿も見られ、クラス全体での活発な意見交換とはならなかった。また受け答えや意見交換に間がありすぎ、授業が間延びしてしまったきらいもある。質問する時、生徒には臆するところも見られ、授業者にこれを質問してよいかとまず確認することもあった。生徒たちはフランクに話しているようで、こんなことを言って人にどう思われるかということを気にしているようでもある。意見交換している時、授業者が適宜補足をし、生徒発表が終わった時点で、まとめをした。

オ　意見文と回し読み

　まとめとして意見文を書かせた。形式は資料2のようなものである。『こころ』を読んで、感じたことというより考えたことを書かせたかったので、書くテーマを絞るよう指示した。字数は六百字程度であったが、数名の生徒は四百字程度の文章しか書けなかった。それぞれの読解に応じて、一生懸命考えて書いたことがうかがえる。意見文を書く時間を一時間取ったが、書ききれなかった者は、宿題にした。残念であったのは、回し読みをする時間に間に合うように書けなかった者がいることである。回し読みをした時のグループの人数は五～六名で、六グループに分けた。意見文が仕上がっていなかったので、グループによっては、全員の意見文が回し読みができなかった。意見文は最終的には、全員提出した。書くことに抵抗感があったり、提出物に対してルーズであったりする生徒への指導がまだ十分でなかった。生徒の意見文を整理すると次のようである。

a　Kの生き方について

Kの人物像や生き方は「私」の目を通して描かれている。教科書採録部分ではKについてとらえきれないところがある。そのためか、生徒のとらえかたには、やや表面的なものも見られたが、素直にKという人物を押さえている。次のような意見がある。

○心持ちの強い人。誰かのせいにすることはなく個人の意志で死を選択したKの生き方は悔いのないもの。

○立派だ。自分の決めた道を全うするために、すべてを犠牲にすることは、そう簡単なことではない。

○Kは精神力のあるいい人。自分ばかり苦しめ続けていた。

○Kの生き方は無理である。

○欲のない生き方はそう簡単に実現できることではない。それを実現しようとしているKの精神の強さや考え方にはとても感銘を受けた。最後の最後まで人に自分の苦しみやつらさを見せず、人生の中での精神の大切さを命と引き替えに教えてくれた。

○Kの遺書には本当の優しさや苦しさが示されている。

b　Kの死

Kの死は否定している。Kが自ら死を選んだ理由について考えたものもあった。

○死を選ぶより他に方法はなかったのか。「私」はKの死という事実を背負い続けて生きていかなければならない。

○Kは自分勝手である。

○Kは小さい人間である。「私」を苦しめてやろうという思いがあったのではないか。その思いを死という取り返しがつかないことで「私」になすりつけた。

○自殺した理由。現実と理想との間で揺れ、現実に流れかけていた自分をダメだと思ったから。自分の恋はかなわないと知り、理想を歩み続けるために、現実に二度と流されないようにするための逃亡。
○恋心の重さに耐えきれず、自殺という道を選んだ。
○Kはお嬢さんに恋をしていた時点で「死」を意識していた。

c
恋の罪深さ
恋の感情を中心にKと「私」の心についてまとめているものもあった。
○恋は互いの関係を崩してしまう厄介なものだ。恋のためなら友情さえ犠牲にするという気持ちは現代にも通用する。
○Kは恋によって、自分が自分でわからなくなっている。Kの心ではなく、まるでお嬢さんの中にある闇というか、暗い心がKの心の中に入った。
○強い信条を持っていたKの恋心だったからこそあまりにも一途すぎる恋になってしまった。
○誰かを思う重み、好きになる難しさ。人生を変えてしまう。
○お嬢さんへの恋心が、Kの信念をあっけなく崩してしまった。

d
「私」の告白のタイミング
「私」のあり方を否定的にとらえている意見としては、「私」が正直に自分の恋について打ち明けなかった点を挙げているものが多数であった。
○Kが恋の気持ちを告白した時、「私」も自分の気持ちを打ち明けるべきであった。
○「私」は自分のことしか考えない、Kの気持ちをもっと考えて行動すべき。

e
「私」の心、人間の心、エゴイズム

多くの生徒が「私」のエゴイズムに人間らしさを感じていた。
○「私」のしたことはひどいが、自分が「私」の立場だったら同じように抜け駆けするかもしれない。
○「私」のKに対する裏切りは、人間の汚い部分のあらわれである。愚かだ。自分の望み通りに物事を進める。人間は手段を選ばない。自分の利益のために人道に反する行動を平気でとることができる自己中心的な性質は人間の一番人間くさいところだ。
○人間の心の複雑さ、もろさ。微妙さ。繊細さ。弱さ。卑怯さ。欲のため、利益のためだけに行動。人間のずるさ。身近。
○自分のことしか考えなかった「私」に人間らしさを感じる。
○『こころ』という作品の悲劇性。こうならざるを得ない結末。「私」のとった行動は正しい。自分の気持ちをお嬢さんに伝えることのできたこの選択は、きっと最善で、ただ一つの小さな救いだ。「私」の心が伝えられずに終わっていたら、すべてが無意味だったに違いない。
○「私」のようなエゴイズムは、誰にでも潜んでいると思う。普段は内面に潜み、ふとした瞬間に浮かび上がるのだ。そのエゴイズムはとても人間らしい。

f　Kと「私」

Kと「私」の関係に小説の悲劇性を見ているものがあった。
○Kと「私」の二人ともが幸せになれる道は、きっと存在しなかった。
○Kと「私」はどちらが悪いというのではない。
○二人に共通。背負っていたものに耐えられず自ら命を絶った弱い人間である。
○人間関係の難しさ。

○Kと「私」はお嬢さんをはさんだ二者対立構図であり、不正にバランスを崩せば双方破壊されるものであった。人が当たり前のように持つ幸福への願望と、その願望が衝突した時の行く末を書き、人の愚かさと人が生まれながらに持つ願望の罪深さを説いている。

次に紹介するのは生徒の意見文二例とそれぞれに対する批評である。

「私」の生き方には、人間の弱さ、卑劣さなどが表現されているように思うが、同時に「私」が人間らしい人間であることも表現されているように思う。「私」の行動は一読しただけだと常に自分の利益を優先したものに感じられる。実際そうなのだが、読み深めていくにつれ、「私」の行動は人間として当然有り得ることであり、人間の弱さを描いたものに思えてくる。それと同時に後悔という人間特有の美点も描かれている気がする。思うに、人間は生まれつき利己主義なのではないだろうか。自分の利益のためには策略を以て相手を陥れることすら厭わない。その利益・策略の内容に差異はあれど、人間ならば誰だって一度はそういうことをしているのではないだろうか。そもそも人間ほど利己的な動物はいないと思う。そして後悔というものも人間特有のものだ。『こころ』の中では、「私」の利己的な面と後悔する面が多く描かれていた。筆者は「私」を通して人間の持つ欠点（利己主義）と美点（後悔）を対比させているように感じた。だが、後悔の中でも利己主義に走ってしまう人間の心の複雑さ、悲しい性質を暗に表しているようにも感じた。『こころ』を通して、私は人間の心ほど複雑なものはないと思った。そして、己の利己心と向きあい、利己心と理性のバランスを図ることが大切だとも思った。

・すごい先生みたいな文章でびっくりした。よく理解できていると思う。

・人間の本質を「私」が表しているということを理解することができた。

・人間の心を『こころ』の中で対比していた。

・自分の意見とだいたい同じだった。人間の本質について良く書けていた。

「こころ」という一つの物語の中で、「私」は何度も自己矛盾していた。考えと行動がちぐはぐで、自分でも思いもよらない行動をとったりする。しかし、そういった行動を含めた「私」という人間に魅力を感じた。「私」の起こす自己矛盾は誰もが起こしうることだと思う。人を好きになって、それが誰かとかぶり、どうしようもなくなる。こんな状況に陥ったときだれしも困惑するし、もしかしたら「私」と同じように、嘆いたりおとしいれてしまうかもしれない。つまり「私」のした行動は誰もがする可能性のあることだ。こういった人間味のある「私」にとても親近感がもてるし、私は「私」が好きだ。逆にKの行動を例にとってみると、Kは道のためにはすべてを犠牲にすべきだという第一信条を掲げており、信条を守るため、欲を捨てようと心がけている。こういった欲を捨てることは人間である限り不可能に限りなく近いと言える。不可能に近いことを試みようとするKは人間らしさに欠けており、私はあまり好感が持てなかった。『こころ』という小説では心の闇が描かれていながら、その中にも人間的な魅力が要所要所にある。『こころ』は自己矛盾を通し、人間の本質を表している小説だと思った。

- 「私」に関する感想が、私の言いたかったことをうまいぐあいにまとめられていてさすがだと思った。
- 自分の体験とかも入っている感じがしてよかった。
- 私が「私」を好きと思うことが、人間の本質を表していた。
- 「私」は人間らしく、Kは人間らしくないということが伝わり、とても納得できた。

(8)　成果と課題

四人という少人数のグループ内では、話し合いは進み、発表資料も丁寧に整理されていた。発表者や司会者の態度もよく、わかりやすく説明されていた。各グループの発表時、必ず生徒同士のやり取りの場面が生まれたのはよかった。ただ、担当班と一部の生徒との間のやり取りで、多くの生徒はそのやり取りを聞いていたものの受身的で、全体での活発な議論にはならなかった。

発表時、授業のテンポが悪く、間延びしてしまったこともある。全体がもう少し少人数で座席も工夫できる余地があれば、もっと話しやすいかもしれない。

今回の実践で、生徒の可能性を感じた。話し合いや発表、意見交換、意見文を通じて、深く読み取る力、鋭い感覚、考える力などを見いだすことができたのである。ただ、感覚的にはいいものを持っているが、気分に流されやすく持続力がない面があることも否めない。生徒に確かな国語力をつけるためにどうしたらよいか、さまざまな角度から考えなければならないと思った。

おわりに

同じ教材を扱うにしても、新しい教材を扱うにしても、生徒の実態や教材の内容を考えて、授業は常に改善されなくてはならない。授業が終われば新たな課題が生じる。改善したと思ってもそれは授業者の枠の中での改善にすぎないこともある。枠からまた一歩踏み出すことも必要だと感じる。

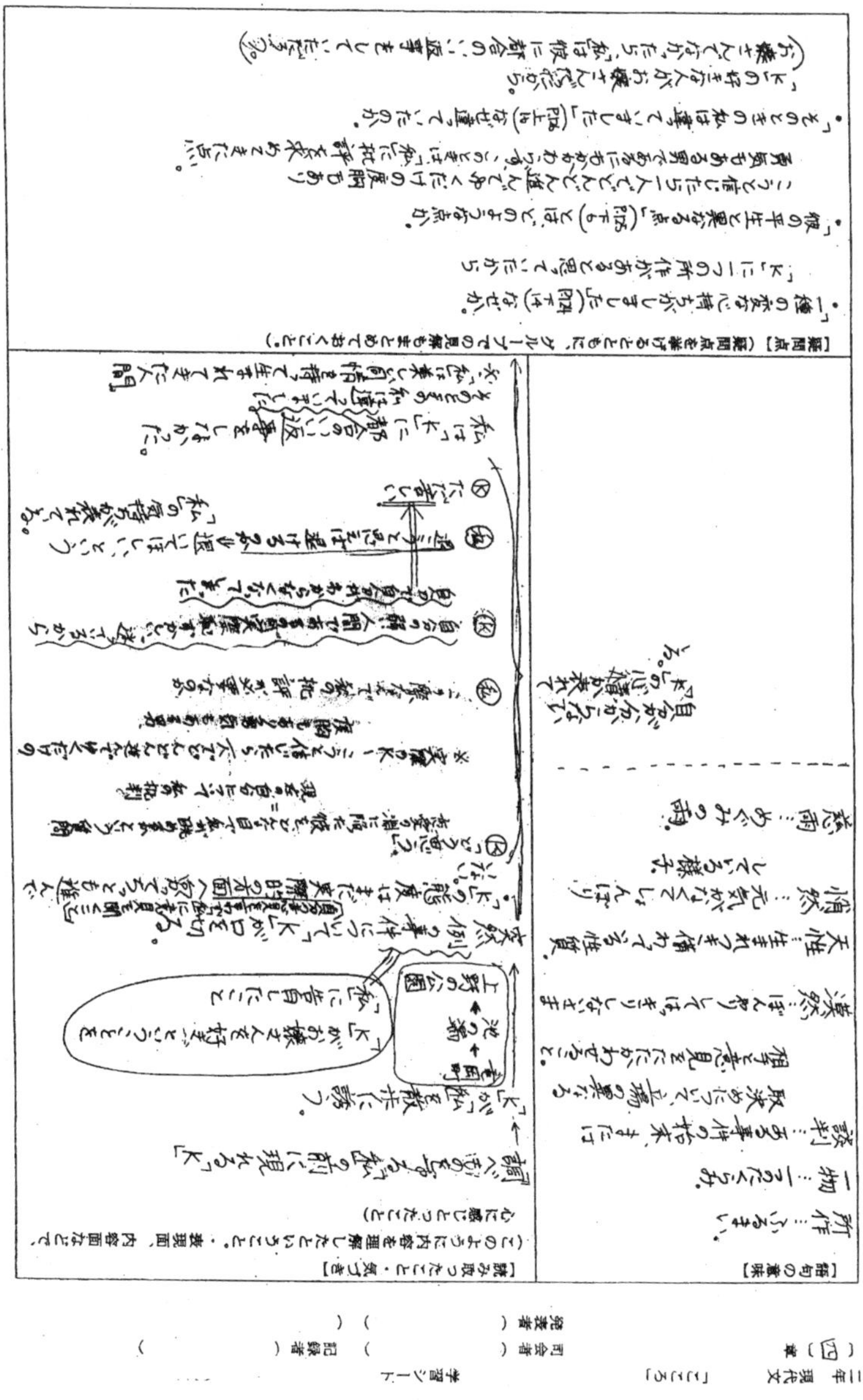
二年　現代文　「こころ」　学習シート
〔四〕章　司会者（　　）　記録者（　　）
発表者（　　）（

【語句の意味】

所作…ふるまい。

一物…一つのたくらみ。

談判…ある事件の始末、または取決めについて、立場の異なる相手と意見をたたかわせること。

漠然…ぼんやりしてはっきりしないさま。

天性…生まれつき備わっている性質。

悄然…元気がなくしょんぼりしている様子。

慈雨…めぐみの雨。

自分がわからなくなっている「K」の心情が表れている。

【読み取ったこと・気づき】
（このように内容を理解したということ。・表現面、内容面などで、心に感じとったこと）
調べものをする「私」の前に現れる「K」
「K」が「私」を散歩に誘う。
本郷→池の端→上野の公園
「K」がお嬢さんを好きということを「私」に告白したこと
突然、例の事件について「K」が口を切る。
・「K」の態度はまだ実際的の方面へ向かってちっとも進んでいなかった。
Ⓚ「どう思う」
※「K」＝「私」に批判を求める
Ⓚ自分の弱い人間であるのが実際恥ずかしいと迷っているから
Ⓚ自分で自分がわからなくなってしまった
Ⓚ「苦しい」
私は「K」に都合のいい返事をしなかった。
「私」の気持ちが表れている。
※「私」は美しい同情を持って生まれてきた人間。

【疑問点】（疑問点を挙げるとともに、グループでの見解もまとめておくこと。）
・「一種の変な心持ちがしました」（p.下）なぜか。
「K」に一つの所作があると思っていたから
・「彼の平生と異なる点」（p.下）とはどのような点か。
こうと信じたら一人でどんどん進んでゆくだけの度胸もあり勇気もある男であるにもかかわらず、このときは「私」に批評を求めてきたこと。
・「そのときの私は違っていました」（p.上）なぜ違っていたのか。
「K」の好きな人がお嬢さんだから。

（お嬢さんでなかったら、「私」は彼に都合のいい返事をしていただろう。）

資料1

資料2

二年　現代文　『こころ』を読んで

☆　テーマ（視点）を決めて、考えたこと、感じたことを六〇〇字程度の文章にまとめよう。

☆　書いた文章はグループで回し読みをして批評・感想などを書きあおう。

○　テーマ例　「私の心」　「Kの心」　「Kと私」　「Kの死」　「私の罪」　「Kの生き方」　「Kの信条」
「私の人生」　「私のエゴイズム」　「人間のエゴイズム」　「善と悪」　「私とお嬢さん」
「私と奥さん」

二年（　）組（　）番（　　　　　　）

★　相互批評・感想

7 後近代の『こころ』の読み

——'06年度高二の『こころ』授業報告——

飯野 知恵子

はじめに

社会の反映で学校もまたいろいろの分野で二極化をまぬがれられない。本来の教育が低学力生徒を中心に営まれ、学力既到達生徒がそれらを支えるのが、クラスの授業展開の王道だと信じて実践してきたつもりだが、今年同じようにそういう方法をとる私にたいする風当たりはつよい。それは学力上位層にとって、そのような方法は、自分達をひきずりおろす危機的状態と映ったらしいのだ。下位層の切捨ては、子供の現場でもこうして生徒の分断を招き教育現場をも本来の教育から遠ざけ荒廃させている。こういう中で、本来の国語教育、特に各人の感性に依拠した小説の「交響的読み」などは、実現不可能なところまで追い詰められてきている、ともいえる。こうした状況のなかで、昨年度実践した『こころ』であるが、その実践展開例を左記にしめして、ご批評を仰ぐものである。

一、『こころ』の読解——叙述に即して読解させたがその際Kとわたしの心的葛藤に焦点をあて、双方のかかわ

り具合に注目させた。

二、一をもとに、わたしとKの人間像を捉えさせた。

（資料①にその一例として生徒作成の対比表をあげる。）

三、わたしとKの人間像を更に近代の自己への所有意識を有する人間の限界を示すものとして把握させる。その為に、資料②の読みを課して近代の人間像を捉えさせた。

（資料②今村仁司「精神の政治学」からの抜粋）

資料③に資料②の読みの結果を生徒が対比表に記載したものをあげている。その際生徒はそれまで読んできた他者論との対比を試みている。）

四、三を踏まえてわたしとKの自己救済の契機はどこに見出しうるかを考えさせた。その為に彼らがケータイを所有し現代の時代の空気を呼吸していると仮定したらどういう展開をたどったであろうかを想像させた。その結果の一例が資料④にあげた生徒の文章である。

五、一～四の学習をふまえて各生徒に「こころ論」の為のテーマを設定させた。

（資料⑤は生徒から提出されたテーマ例の一部である。）

六、五をもとに各人に自分の『こころ』論を試みさせた。

（資料⑥は生徒の『こころ』論の一例である。）

七、『こころ』の読みの延長としてKやわたしの生き方から逆照射される後近代における「超個人」（資料⑦参照）のあり様を展望させる。それをテスト問題に答える形で課した。

（資料⑦,06年度二学期末現代文テスト問題中四の問五　五の問二がそれに当たる。又生徒の解答の一例も示しておく。）

付記・一～七の学習の結果はその都度、提出されたものの一部をプリントして配布し、共有をはかった。

資料①

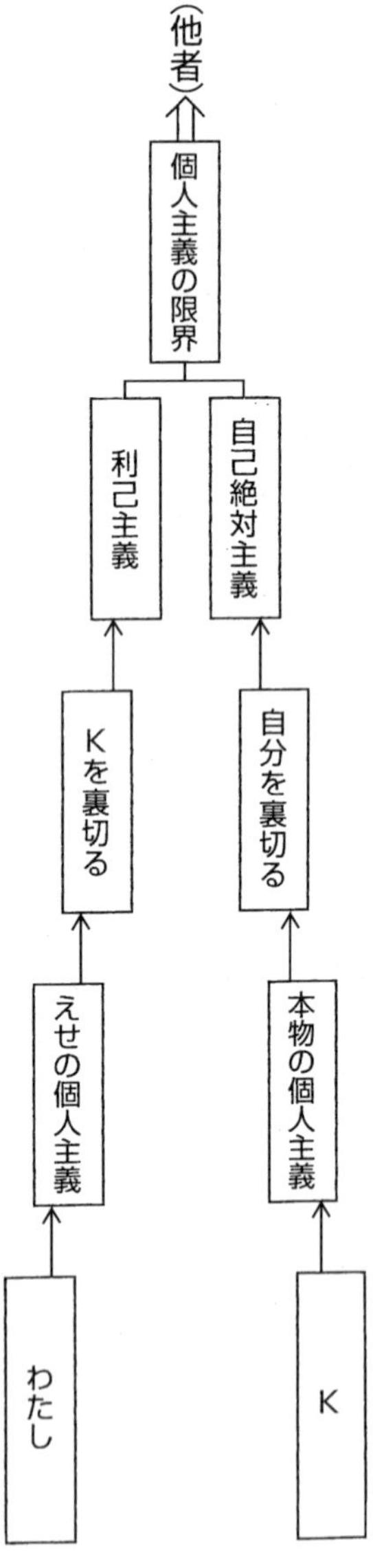

資料②

世界から撤退し、内部を発見する試みは、ストア派、キリスト教、宗教改革を経て徐々に強化される。現実生活の面では、古い共同生活が[b]ホウカイしアトム的個人が析出されてくるとき、自分自身以外に頼るべきものが何もないという確信が生じ、内部の発見は、純粋な自我、世界＝身体なき主体の確立と重なる。このとき、近代的主体は、内部の自我から出発して、もういちど世界を構成する試みにのりだす。

出発点＝原理としての主体が「存在する」。その主体の活動（意識作用）は、主体にとっての現われとしての世界の[c]ソウタイを能動的に構成する。構成するとは、構築することであり、組み立てることであり、要するに製作・生産することである。主体は生産者であり、意識作用は生産活動であり、構築された世界（観念的であれ物質的であれ）は生産物である。意識の活動はまぎれもなく観念的・精神的活動であるにはちがいないが、その活動は明らかに製作・生産活動へと方向＝意味づけられている。生産活動は、近代の目ざすべき方向であり、近代がよって立つ意味である。この意味で、近代理性は、生産主義的理性なのである。

中　略

ところで、近代思想の思考圏では、主体は製作者であるから、主体によって製作されるものは作品となる。製作活動によって製作されないものはない。生産主義的理性は、余すところなく世界を作品化する。そして、生産を原理とする思考は自然と人間を含む全てのもの（世界）を作品として仕立てあげると同時に、この作品と自己とを同一化する。作る主体は作品としての客体に自己を見出すという構図が同一化の原則である。主体は客体化し、客体は主体化する。主体と客体との和解という理念は、生産としての対象化活動なしには考えられない。近代の生産主義的理性は、生産・製作活動を通して、自分が作った世界に全面的に内在する。対象化としての超越は、同時に対象への内在である。自己への内在という内面性を原理とする近代の主観主義的思考は、対象化の契機としての超越＝内在の、主体への照り返しあるいは折り返しにすぎない。エ外化＝対象化の結果として内化（内面性の形成）が生ずるのが本質であるにもかかわらず、対象化のルートを切断して転倒が生れ、内面性（内在）が実体化されてしまう。そこからイデオロギーとしての主体主義の思想が産出される。

資料③

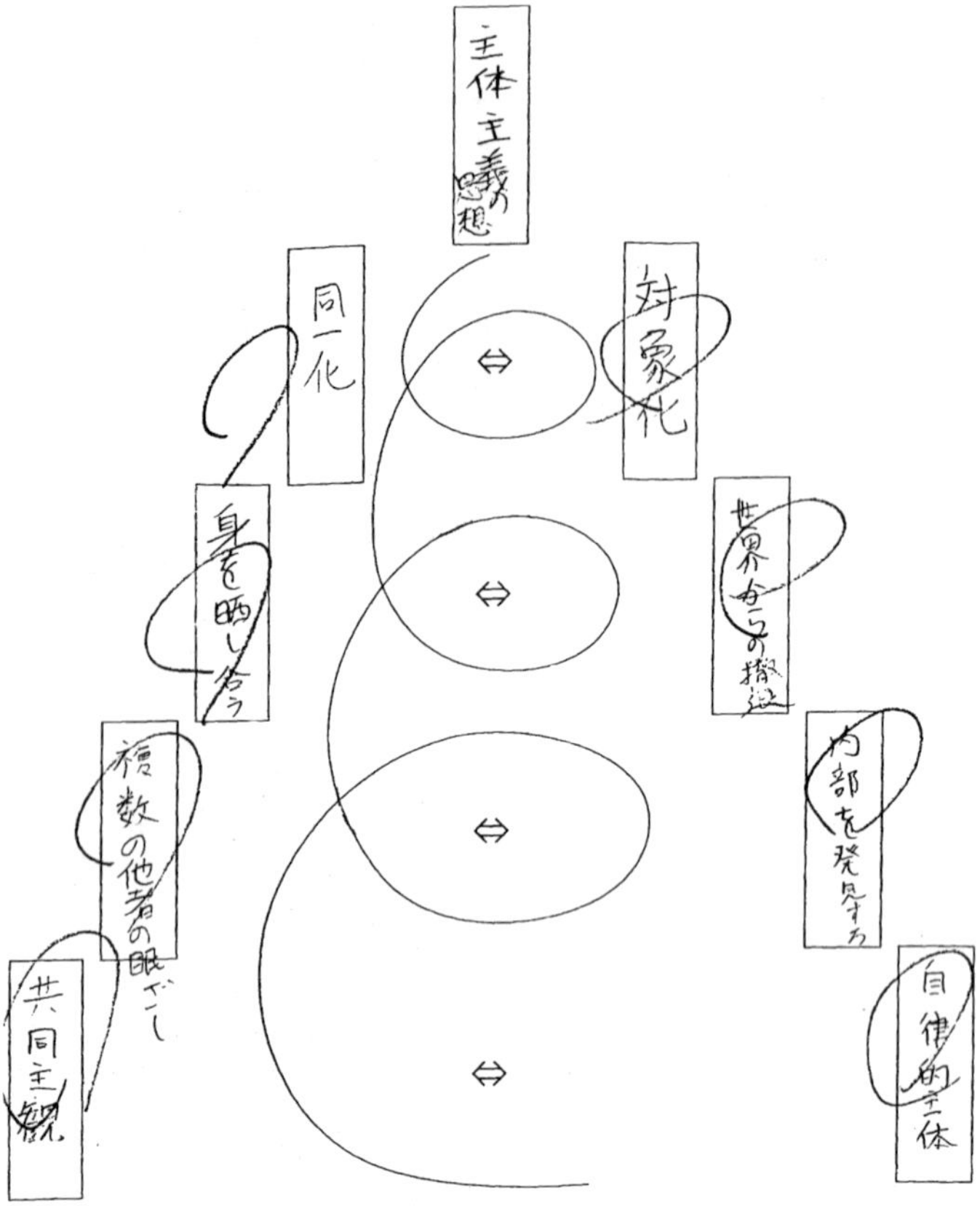
主体主義の思想
同一化
対象化
身を晒し合う
世界からの撤退
複数の他者の眼ざし
内部を発見する
共同主観
自律的主体
⇔
⇔
⇔
⇔

共同主観的他者の眼ざしを受け、身を晒すことで同一化してきた。しかし、これらは自立的主体に基づき世界から撤退し、内部を発見することで自己と他者とを対象化する主体主義の思想が生まれた。

資料④

『こころ』とケータイ

by K. O

ケータイを通して私はKに対する裏切りを伝えることができ、Kも求道と恋愛の悩みを私に相談して互いの考えを共有できる。そうすれば私は将来に暗い影を落とすことなく、Kも自殺しなくてよかったろう。

by T. H

Kからメールもしくはケータイで告白をうけた私は、その無機質なものからはKの表情、真意を読み解けず、疑心暗鬼に陥る。その結果私は自分の利己主義によってKに対し策略をめぐらすことで同じ結果となる。

by S. M

資料⑤

二つの個人主義
個人主義の限界
裏切りのドラマ
愛憎劇
エゴイズム
抜け駆けのドラマ
純粋
友情の不在
近代社会の疑問
利他の存在
警告
メンタル面の弱さ
後悔
三角関係
復讐
二律背反
フィジカルの弱さ
確立の悲劇
苦痛
孤独地獄
人間としての敗北
自分への厳しさ
葛藤
自己執着の終わり
若さゆえの過ち
嫉妬
個人主義の終わり

「そんなに人を傷つけるのがイヤなら死んでみろ」。現代に生きる、心優しき若者への叱咤激励である。その通り、現代社会において、人を傷つけることを避けるのは不可能、議論の余地のない事実、それは深い「関係」であれば尚更である。「こころ」では傷つける、つけないの議論はない。そのことは現代では周知の事実だが、少なくとも「こころ」では知る必要がない。なにせ傷つける相手＝他者がいないのだから。

Kと私を死に至らせたのは「我執」である。「明治のこころ」である。Kは貫くべき道に反いた「我」にとらわれ、私は自身の信じる倫理にとらわれるあまりに自殺に至る。それは「明治のこころ」の体現である。言い換えると、Kはお嬢さんへの恋が立ち行かなくなった、私に裏切られたことに絶望したのではなく、私もお嬢さんへの愛ゆえの裏切り、それは罪かという自問もないままで、両者は自分個人の為に死んだのである〈Kの遺言において、〈もっと早く死ぬべきだのに〉はKにとってこの上ない皮肉である〉。つまり「我」が至上であり、他は二の次。個人主義である。もっと言えばその個人主義は「明治のこころ」に帰結し、彼らの倫理観がまさしくそれである。そこで現代の恋愛の価値観で見ると、その「我」が原因で彼らは駆逐されている。盲目である。まるで他者と恋愛しているのではなく、自分と恋愛しているようである。なるほど、自分を傷つけるのは勝手だ。残るは生か死。そういう意味では、「こころ」は恋愛においていかに「我執」が危ういものかを説いている「自戒の書」の様だ。

by M. D.

資料⑦

四

〈B〉

近代個人主義と変身の関係、さらには、「ポストモダン」の時代気分と変身との関係について、あらためて考えてみよう。たとえば、ギリシャ神話を要約したオウヴィディウスの『変身物語』や日本の『古事記』を読むと、古代人の想像力が驚くほど自由で多彩な変身を許容していたことに気づく。自由で多彩な変身願望を許容していたことに気づく。また、近代社会が到来する以前の民俗社会でも、元服、婚姻、出家などの通過儀礼を用いて、積極的に変身を促進するような仕組みがあった。ハレの日の祭礼や無礼講の宴席なども同様の機能を果たしていたと見ることができる。

近代社会では、一方では職業、結婚、住所、服装などが個人の選択にゆだねられ、変身の自由が制度化したかにみえる。しかし他方では、人は個人として一貫した同一性を築くことを要求されることになった。いまや民俗社会や封建社会の不自由を脱して、なんでも個人の自由に変えることが出来るといわれるが、その反面では、一生を終始一貫した個人として生きなければならないという新しい不自由がある。意外なことに、近代は変身しにくい時代なのだ。

たとえば、名前が象徴的である。現代人は生まれてから死ぬまでただ一つの名前で通すことを要求される。ところが、明治期以前にさかのぼれば、複数の名前を持って生きるのが普通だった。少なくとも成年と隠居を境に「名替え」が行われたほか、通り名や雑名、屋号や家名など、同一人物が時と場合によってさまざまな名前のもとに生きていた。これらの名前の多様さは、そのまま社会的変身の多様さを示していたわけである。

ただ一つの名前のもとに生きるという新しい習慣は、変身を好まない近代個人主義の生き方の体制を象徴している。この習慣はまさに「私は一生私でなければならない」という自己同一性の規範を強化する。そこで、「自己の実現」「アイデンティティの確立」「自己表現」などの必要が盛んに叫ばれる。

こうして近代の個人主義制度が自己同一性の規範を強化するために、逆に変身の持つ奇跡性がとくに際立ってくるという事情がある。

しかし、他方では、情報社会の日常では近代の個人主義制度そのものも変容を迫られてくる。現代人は膨大な情報ネットワークの微細な結節点として、かつての生産人に要求されたような終始一貫した固体のような同一性を必要としなくなってくる。そこで、「本当の自分」への執着が、逆に「生きにくさ」に結びつきかねない状況が生まれているといわれている。

そうした状況の中で、同一性に対する嫌悪感や倦怠感を背景にして、変身礼賛の響きを持つ言説が目立ってきた。ポストモダンの雰囲気の中では、近代的な個人アイデンティティへの執着は、時代遅れの代物とみなされている。一時の流行言葉を使えば、「重厚長大の真面目人間はもう古い。いまは軽薄短小の遊び人間、変幻自在なプロテウス人間の時代だ」というわけである。

たしかに「ポストモダン」の変身礼賛は、アイデンティティや人格というものに対する従来の考えかたを変更していく。森村進氏は従来の近代個人主義のとる人格の「原子説」に対して超個人主義的な人格の「程度説」を提唱している。

原子説では人格は統一性をもつ原子のようなものとしてイメージされる。個人は生まれてから死ぬまで単一体としての人格を持たされるのである。これに対して、程度説は、同じ人であっても時間の経過によって記憶、欲求、信念、性格、人生への関心などが変わってしまう。これらの心理的特長が変わってしまえばその人は（部分的に）別人になったものとみなされる。

人格の程度説は、人間の一生を首尾一貫した統一体ではなく、絶え間ない変容の過程とみなす。つまり、人生が変身の連続とみなされるわけである。

さらに程度説をとると私の人格の［ a ］性がくずれるので、私と他人の区別も［ b ］化されるという。その意味で、

人格の程度説は、自他の区別を［ b ］化することによって他人への共感や同一化をうながすとされる。私も他人もいくつもの人格を次々に生きていくのだから、特定の私と特定の他人との違いに固執しても意味がないというのである。もはや「ほんとうの私」「個性的な私」などのよけいな観念にとらわれることがなくなる。人は流動的なアイデンティティを享受しつつ軽やかに変身しながら生きることが許される。

（宮原浩二郎『変身願望』より）

問一　〈B〉文によると、『こころ』のKの悲劇は近代という時代が、人間に強いたものということがわかる。それはどういう生き方か。最も適切な箇所を二十五字以内で〈B〉文中から抜き出せ。

問二　空欄a・bに対比的に漢字二字の語句を入れよ。

問三　波線部の生き方を筆者は何といっているか。〈B〉文中から「主義」に続くように漢字三文字で抜き出せ。

問四　次の文を読んで、空欄に漢字二字の適語を入れよ。

㊟(〈A〉文は『こころ』本文の抜粋である。)(〈A〉文の引用は省略)

〈A〉文と〈B〉文を照らし合わせると、『こころ』の私とKの悲劇は、近代という時代に生まれた人間の「悲劇」として［　　］化されることになる。

○問五　Kと私のドラマにケータイを持ち込むとどういう展開になるか。自由に想像して百字にまとめよ。

五

〈C〉

通過儀礼とはどのような条件下で成立するのか。

通過儀礼とは加入礼とも表現されるように、ある「社会」に加入するための儀式である。ところが近代「社会」がかかえる本質的な困難さは加入すべき「社会」の具体像が曖昧だという点にある。例えば今日の日本人の多くが参加する自治体の長や来賓のゲストたちの口から「今日から皆さんは社会の一員です」という決まり文句が繰り返されるはずだ。しかし、揚げ足を取るわけではないが、成人式の参加者がその日を境に一員となるべき「社会」とは具体的には何を指すのだろう。成人式を主催する市町村などの自治体なのか、それとも日本という国家なのか、あるいは家族や親族なのか、とにかく「一人前の大人」としての彼らが今後、帰属すべき社会の輪郭が実のところはっきりしないのだ。

それに対し、通過儀礼が可能な社会では、その「社会」が明瞭かつ具体的である。例えば近代以前の日本において、通過儀礼で加入すべき「社会」とはムラであった。これは現在の行政単位としての村ではなく「生活単位」として実際的なまとまりのある、より小規模な社会である。

近代以前のムラは、その構成員および構成員の関係や役割やその空間的な範囲を含めて極めて明瞭かつ具体的な「社会」であり通過儀礼とは人がこの具体的な「社会」としてのムラに生まれ、成長の段階に応じて相応の社会的役割を担い、その節目節目で、村の中での役割や立場を「子供」から「青年」へ、あるいは「嫁」から「主婦」へとすみやかに移行させる装置として機能するのだ。ムラという具体的「社会」のなかで、「子供」として「青年」として「主婦」として「老人」として行うべき役割が明瞭で、かつその個々の役割がムラという社会組織の中にいかに収斂していくか、その道筋も個々人がはっきりと把握できる。それはムラが小規模でかつその中で有機的に完結した「社会」だからである。こういった具体性に満ちた世界にあっては、人は容易に「成熟」出来る。通過儀礼はこのような条件下で始めて成立し得るのだ。

もちろん、ムラの統一性は社会組織的側面のみにあるのではない。伝説や昔話、あるいは世間話取った神話的な伝承群によって村の歴史が記述され、様々な年中行事によって一年間の生活リズムをその構成員が共有する。ムラはいうなれば「世界観」を［ a ］的にではなく［ b ］的な事象の集積として共有している。あるいは「世界観」によってムラはゆるやかに統合されている。

いずれにせよ近代以前の社会では明瞭かつ具体的な枠組みが人の生きる場として提示され、その枠組みの中で人は容易に「成熟」することが可能であった。しかし近代とはこのようなシステムとして完結したムラとそれを支える「世界観」が解体していく時代である。同時に「都市」という村の外部が急激に肥大していく時代でもある。人々は「世界観」の解体の中に身を置き、あるいは「世界観」が未だ不明瞭な「都市」で生活を始める。このような近代化とは実は生活の単位としての社会が見えにくくなっていく過程として記述できる。通過儀礼が消滅していくのはそれ故である。通過儀礼によって人が組み込まれる具体的な社会や「世界観」が揺らぎ解体することで、通過儀礼はその根拠を失っていったのだ。人は「［ c ］」に依存する形での成熟の手立てを失い、個人として成熟しなくてはならなくなるのである。

（大塚英志『通過儀礼という主題』より）

問一　空欄a～cに適語を入れよ。但し空欄bは本文中より漢字二字で、空欄cは本文中より片仮名三字でそれぞれ抜き出せ。

○問二　『こころ』のKの孤独な生き方は二重傍線部「個人として成熟」の一つの表れといえるが、現代（後近代）において、あなたたちはどのような成熟を遂げようとするのか。その展望を次の〈D〉の文章を参考にして百字で記せ。

〈D〉

一定の幅広さを持ち継続的な更新が可能かつ必要な「専門性」に個々人がそれぞれ足場を持つことにより、実は個人の中に「ポスト近代型能力」が形成されやすくなるのではないかと私は考えている。

「専門性」というものが「ポスト近代型能力」の形成に対してもちうる意義の根拠を改めて整理するならば、次の三点にまとめることができる。第一に、「専門性」はその内容で結ばれた共同体を形成するため、個人はそこに帰属する事によって対人的なつながりを形成し、コミュニケーションの力を高めることができる。いわば「専門性」は、個人と個人が結びつくための強力な「ネタ」を提供する。それは、消費文化内の微細な「好み」の違いに基づいてバラバラの「島宇宙」へと分断された子供・若者文化を、より公共性を帯び、編成しなおすことを通じて、開かれたコミュニケーションが成立するための手がかりを与える。第二に、「専門性」は個々人にとって何らかの「選択」を不可避とすることから、意志力・決断力の形成に役立つ。現代の若者は、自分の「やりたいこと」に強くこだわりすぎるあまりに、かえって進路の展望を描けなくなっているという指摘がある。「専門性」は、きわめて個人化・個別化されたものとしてイメージされている「やりたいこと」と現実社会のスキル需要とを媒介し、前者を後者に向けて着地させるはたらきを持つと考えられる。第三に、「専門性」は社会の実際の動きと直結した具体的な「行動」の重要性に関する実感を通じて、自己効力感や社会的責任感の形成にも貢献しうる。

要するに「専門性」は「ポスト近代型能力」の形成をその第一義的な目的としてはいないにもかかわらず、その形成に実質的に寄与することができると考えられるのである。

（本田由紀『多元化する能力と日本社会』より）

四　問五の生徒解答例（指導者による一部修正あり）

①

ケータイは二つの閉じられた内面を隔てている中間的経路を省略し距離も無化して相手の心に直に参入する。だから私にKの心の類推による葛藤は生まれず、むしろ他者間の交流により事は明快に進展し悲劇化しない。

②

Kと私は各々個人として閉じられた内面を構成しており、言葉の受け手は送り手の意図を解釈せねばならない。しかしケータイを用いると距離が無化され直接他者の内面に参入できるので葛藤は起こり得ず悲劇に至らない。

問二の生徒解答例

あるー点にのみ目的を持つのではなく、様々な事を体験し他者とふれる事で自分を変身させ、更に「モノのユーザー」として生きていく。その中で具体的な行動の重要性を実感し自己効力感や社会的責任感を形成する。

by Y.I

個人がバラバラに成熟するのではなく、それぞれが「専門性」を持つことで対人的なつながりを形成し社会参加をする。つまり他者とのかかわりの中で各々の社会的能力を発揮していくことが求められる。

by T.H

おわりに

教科書古典といわれる漱石の『こころ』は、この三十年余の間、もう何回繰返し扱ってきたことであろうか。最近は現場が冒頭に記したような状況の中で、かつてのようなクラス全体で感想の交流を経て感動の共有に至るような小説の扱いは実践できなくなっていた。又、ネット空間を自在に出入りしケータイを駆使してコミュニケーションをはかる今の生徒にとって、『こころ』のひたすら心の階段を降りていく内向性は違和感に満ち満ちてもいるようなのだ。

すなわち『こころ』の書かれた近代の初めと現代とではその環境が「人間」を大きく変容させたといえる。とすれば時代の枠組みの中でわたしとKの人間像とそのドラマも捉えられねばならず、その為には今の状況との相対比も必至であろう。その契機として作品『こころ』にケータイを投入し、生徒の実感に即する形でKやわたしという明治の個人主義に生きた人間の限界を把握させ、それを『こころ』の読みにつなげようとしたのが、この実践である。最後に将来展望まで書かせたのは、小説の読みを客観的なものに終らせず、自分の生き方とかかわらせて各人の「小さい物語」を編む契機とする方向性を促したいという授業者の思いが反映している。

付記

なお、本年度から対比表は、小説のよみにもかなうように、次頁のような三分法の表に改訂して、生徒にもつかわせている。

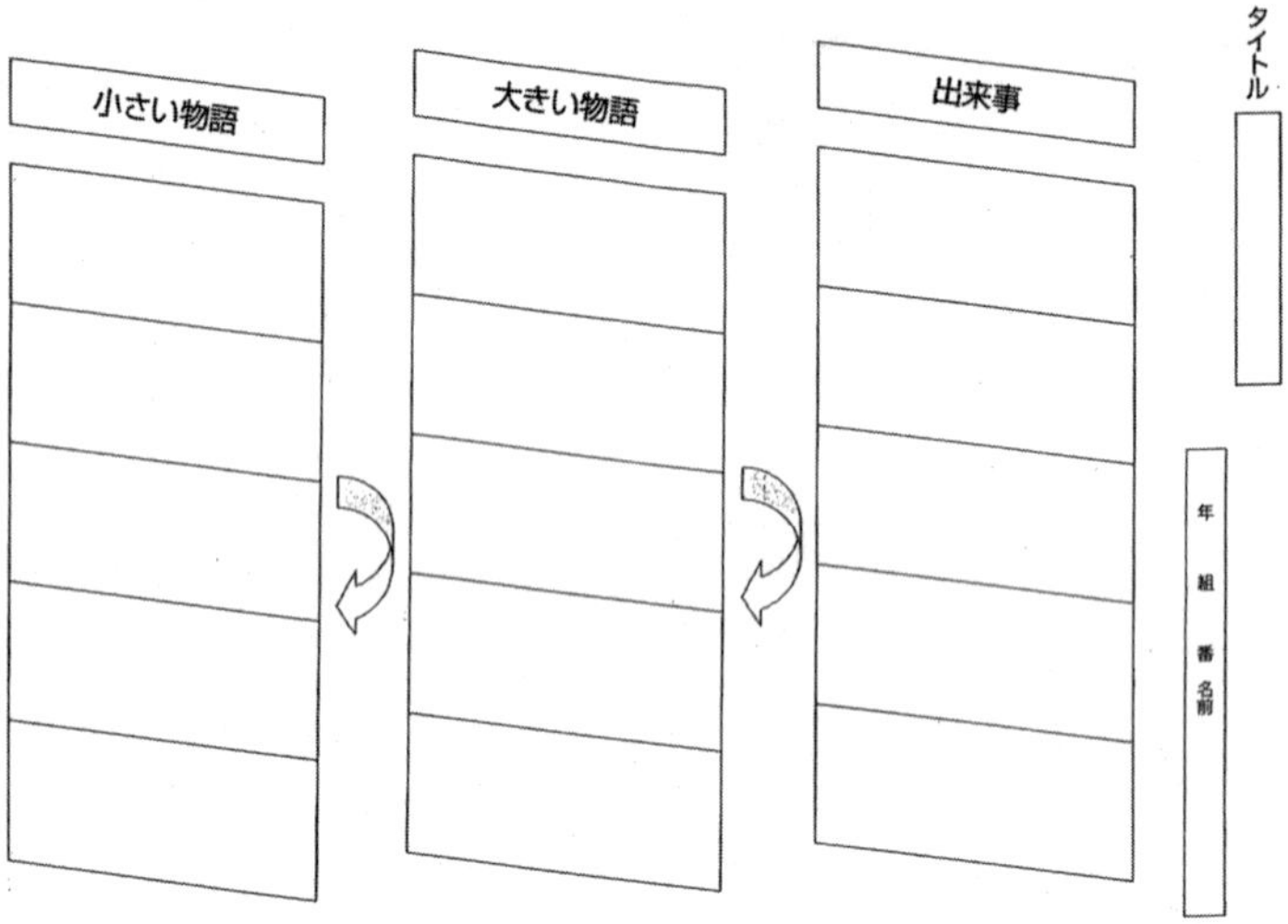
タイトル
年
組
番
名前
出来事
大きい物語
小さい物語

8　漱石作品の教材化と実践
――書きことばと話しことばの特性に気づく――

白石　寿文

佐賀大学に赴任した翌年四月から学部長と校長の許しを得て、毎週附属中学校での、恒常的授業をいたしました。十一年間、全て手づくりの教材（カリキュラム）でやらせていただきました。生徒たちは東京書籍の教科書を持っていました。「方言研究のすべて」（『国文学解釈と鑑賞』四二三号、至文堂）から元佐賀大教授小野志真男訳の佐賀弁『坊っちゃん』を資料としました。中学入学直後の「ことばの勉強会」です。

教科書の原作は、指名音読させると、どの生徒もすらすらと読めます。「もし、これが佐賀の私たちのことばで表わしてあったら、原作と佐賀ことば訳と、どちらが読み易いか。」と問いますと、殆どが後者だと答えました。附属ですから、佐賀ことばがわからない生徒も居ます。判断できないとも言います。

小野訳の冒頭一文を示し、白石が佐賀音調で読んだ上で、「続きを私たち佐賀のことばに訳してごらん。」と指示しました。「威張っても」「無闇をした」など、佐賀ではどう言っているかの確認で、笑いが起こるほどでした。完成した生徒は、満面の笑みです。

数人に、自信作を音読させました。すると、どの子も、たどたどしく、滑らかには読めません。小野訳も配布した上で、「なぜ教科書の作品はすらすら読めるのに、自分たちの佐賀のことばにした作品は、音読しづらいのだろう。」と問いかけ、理由3か条あげるよう話し合わせました。

やがて、1．話しことばを文字にしているから、同じように音読するのは無理が生じる。2．文字にすると、口調（音声音調）が出せない。3．語（彙）や語順、強弱が入らないと、間も入れられない。など、大事な気づきが出され、書きことばと話しことばはそれぞれに特性があることをはっきり気づいてくれました。

9　五十六年間の漱石作品の学習指導

野宗　睦夫

高等学校国語科において、私が在職中にどんな夏目漱石作品を扱ったかをあげてみる。

（1）【広島県尾道東高等学校】１９５０（昭和25）年４月～１９６１（昭和36）年３月

1　１９５２（昭和27）年・実施の月日は不明・国語甲・３年・市ケ谷出版

三四郎　三四郎が東京で驚いたものは～追分に帰った。（二章）

三四郎には三つの世界が～越したことはない。（四章）

国語教師となって三年目に、始めて夏目漱石の作品を扱った。この時の学習指導を残しているものは、教科書のみである。その教科書の書き込みがわずかに学習指導をたどらせる。

「導入　現代の学生生活」「構成　明暗法」などの書き込みがある。他は本文の語句の説明である。

2　１９５４（昭和29）年５月・国語甲・２年・大阪教育図書文学編

三四郎　三四郎が東京で驚いたものは～女の色はどうしてもあれでなくてはだめだと断定した。（二章）

この学習指導は、指導記録が残っている。指導計画を書き、さらに実施後の反省を赤で記入している。単元「長編小説を読む」の最初の教材である。6時間かけて読んだ。

指導目標として、「明治末期のめぐまれた環境の学生小説である。長編小説の理論を分かりやすくするため最初にもって来た。」と教材設定の意図を述べた後、

読みながら、①　表現のおもしろいところ　②　表現の的確なところ　③　作中人物の性格とあげている。意図と目標が分裂している。長編小説の一部を読むのをどう扱うかは、この後、私の小説学習指導の課題となった。

3　1960（昭和35）年5月・国語甲・2年・高等学校新国語総合・三省堂

草　枕　知に働けば～（教科書が見あたらないため不明。非人情の功徳の部分と教材研究カードの「構想」メモにはある。）

この時期には教材研究をカードでするようになっていた。そのカードの5月13日付けの指導目標には、

①　表現のうまさ　②　人生・芸術・自然について主人公の考え方　③　現代におけるこの小説の意義と、あげている。

（2）　【広島県立三原高等学校】　1961（昭和36）年4月～1975（昭和50）年3月

4　1962（昭和37）年4月・国語甲・1年・高等学校国語総合・角川書店

草　枕　山里のおぼろに乗じて～前後して庫裏の方へ消えて行く。

この学習指導目標は、4月25日付けの教材研究カードによれば、

①　文末に注意する。　②　自然・行動・心理などの描写を区別して読む。　③　すぐれた表現を理解する。
④　主人公の人生や芸術に対する考え方を理解する。
となっている。4の「草枕」と比べると、読みの指導が具体化している。

5　1974（昭和49）年10月・現代国語・2年・現代国語Ⅱ・筑摩書房

こころ　下・三十六～四十八

「こころ」を教室で扱った最初の年である。そして、十四年間勤務した三原高校での最後の年度でもあった。私にとっては、学校教育を取り巻く激しい動きがようやく落ち着いた頃であった。この学習指導は、その後の「こころ」の学習指導の基点ともなるものであった。10月19日付けの教材研究カードによれば、学習指導目標を

①　各章の要点をつかみながら、作品の展開を理解する。
②　「わたくし」とKとの心理を明らかにする。
③　この作品にみられる人間のもつ根本問題について考える。

とある。①は新聞連載小説であり、各章ごとに完結とつながりの要素を持つと考えた目標である。②は作者の円熟した目がとらえた青春とこの作品の視点をとらえたところから生まれた目標である。③は恋愛、罪、エゴイズムなどの人間存在を考えさせるためのねらいである。なお、この頃になると、学習指導目標は学習者にも示していたので、表現が学習者の立場のものとなっている。

（3）**【広島県立福山誠之館高校】**　1975（昭和50）年4月～1985（昭和60）年3月

6　1976（昭和51）年11月・現代国語・2年・現代国語Ⅱ・筑摩書房

こころ　5と同じである。（転任先も同じ教科書だった。）

学習指導目標は5の①が、「各章で『わたくし』とKとのあいだでどういうことがあきらかにされたかをつかむ。」（11月18日のカード）となった。

この年の実践では、この「こころ」は学習者の心に入り込む作品だと知った。

7　1984（昭和59）年5月・現代国語・3年・高等学校用現代文・筑摩書房

現代日本の開化

漱石の文章を論説文学習指導の一環として扱った最初である。学習指導目標は、5月16日付けのカードによると、

①　段落の要点と論点とのかかわりをつかむ。

②　論旨の展開をたどりながら、筆者がどういう点を批判しているかをつかむ。

③　講演としての心遣いを理解する。

となっている。

（4）**【広島県立福山誠之館高校定時制課程】**　1985（昭和60）年4月～1988（昭和63）年3月

定時制課程の三年間は、国語科教育実践者としてだけではなく、教師として、多くの試練があった。国語科の教材発掘もした。しかし、漱石は取り上げることがなかった。

（5）【非常勤講師】１９８８（昭和63）年4月～２００６（平成18）年3月

8　１９９０（平成2）年1月・国語Ⅱ（現代文）・2年・高等学校国語Ⅱ再訂版・旺文社

こころ　下・三十五～四十九

9　１９９４（平成6）年・2月・国語Ⅱ（現代文）・2年・高等学校国語Ⅱ再訂版・旺文社

こころ　8と同じ

広島加計学園福山英数学館高校での学習指導である。ここの学習者は、学力差が大きく、国語の学習に対しても、消極的であり、大学受験に必要かどうかが科目の価値のような意識が見えた。8で「学習目標」と設定したが

①　各章ごとに何があったかをとらえながら、事件の展開をつかむ。

②　「私」と他の人物の心理がどうかかわっているかをとらえる。

③　この部分に提示されたのは、人間のどういう問題かを考える。

を、四年後の9では③を落とした。

１９９８（平成10）年3月まで勤めた。

１９９８（平成10）年7月から２００１（平成13）年3月まで盈進学園高校に出た。ここでは、漱石作品は扱うことがなかった。

盈進高校退職後、一年間勤めなかった。一年後の２００２（平成14）年4月から広島県立尾道北高校に再び出ることとなった。ここでは、私はどの教材を扱う時も、「学習の手引き」を作ることをした。

10　2002（平成14）年・9月・現代文基礎・2年・精選現代文・明治書院
こころ　下・四十～四十八
11　2003（平成15）年・9月・現代文基礎・2年・精選現代文・明治書院
こころ　下・四十～四十八
12　2004（平成16）年・9月・現代文基礎・2年・高等学校現代文・三省堂
こころ　下・四十～四十九

連続して漱石の「こころ」を扱った。今までの学習指導と異なるのは、2年生は国語の成績で分けられて授業の組が編成されていることであった。広島県内の先頭を切る国公立現役合格の率が高い高校であるための方策の一つであろう。文科系・理科系各3学級のホームルームを、文・理共に、五つの組に編成してある。したがって、一つの組は二十名から三十名となる。少人数だから学習者に目配りは利いた。ただし、11・12の場合、私が担当したのは、文・理ともに、成績のふるわない組だったので、どうして本気にならせるかに苦労した。10の「こころ」の学習指導目標は、2002年9月22日付けのカードによると、

① それぞれの章において、中心となっているできごとをとらえて、それがどう展開しているかをとらえる。
② できごとに対して、主人公の「私」がどう反応し、どう対処しているかをとらえる中で、主人公「私」の人間像をつかむ。
③ 作者の表現の巧みさと、人間把握の確かさを理解する。

となっている。11・12も10をふまえている。そして、各年度とも本文の朗読・語句・あらすじなど、章を分担して、できるだけ作業をさせ、添削して返却した。

13　2005（平成17）年・2月・現代文基礎・1年・国語総合・現代文編・東京書籍

私の個人主義

この講演筆記は初めて扱う教材である。ホームルーム単位で1年生の現代文は行われた。

２００５年２月３日付けの教材研究カードには、

①　夏目漱石講演筆記をもとにしたこの文章は、「私の個人主義」と題が付けられているように、筆者の思想形成の経緯が述べられている。各段落と筆者の個人主義のかかわり（論点）に注意して、読み進める。

②　そのために各段落における中心的・概括的部分と具体的・説明的部分とを、区別しながら読む。

③　漱石のいう「個人主義」とはどういう生き方をめざす思想かを理解する。

④　話し手である漱石の、聴衆に対する心配り、論旨展開の工夫などに注意する。

とある。この年度最後の教材であり、時間に迫られて、多くは望めなかった。

14　２００５（平成17）年・10月・現代文基礎・２年・高等学校現代文・三省堂

こころ　下・四十～四十九

15　２００６（平成18）年・１月・現代文基礎・１年・国語総合・現代文編・東京書籍

私の個人主義

この二つの漱石作品は、私の国語教師としての最後の年度の学習指導となった。

14の「こころ」は、成績が中位の学習者で編成されていたので、生徒の作業を、今までよりは心理、人間像などに広げ、それを授業で取り上げながら進めることとした。さらに、時間の制約を考えて、学習ノートを学習の手引きとともに作った。

15は、昨年度の13よりも、時間があったので、要約・説明などの書くこともさせた。

第三章　漱石作品の考究

1　『二百十日』（一）を読む

広瀬　節夫

一　作品の成立

荒正人氏の編集に基づく年譜（抄）によると、次のようになっている。

明治三十九年（一九〇六）四十歳

前々年中頃よりこの年にかけ、神経衰弱は一進一退して続く。七月、「吾輩は猫である」第十一脱稿、完結。八月、三女栄子、赤痢で入院、心労甚し。九月、岳父中根重一死去。十月中旬より、鈴木三重吉の発案により、面会日を木曜日午後三時以後と定む。木曜会の始めなり。十一月、読売新聞社より入社を勧誘さる。十二月、本郷区西片町十ノろノ七号に移転。

〔作品〕　○一月～八月、「吾輩は猫である」第七～第十一（『ホトトギス』）　○一月、「趣味の遺伝」（『帝国文学』）　○四月、「坊っちやん」（『ホトトギス』）　○五月、『漾虚集』（大倉書店）　○九月、「草枕」（『新小説』）　○十月、「二百十日」（『中央公論』）　○十一月、『吾輩は猫である』（大倉書店）

明治四十年（一九〇七）　四十一歳

二月、朝日新聞社より招聘の話あり。発議者は大朝の鳥居素川。三月、東朝主筆池辺三山来訪。月末、京都に赴き鳥居素川と会う。四月、大阪に行き、大朝社長村山龍平と会う。一切の教職を辞し、朝日新聞社に入社。約束として、少くとも年一回、百回程度の長編小説を執筆すること。六月、長男純一生る。九月、早稲田南町七に転居。爾後、大正二年までは神経衰弱鎮静、代って胃病起る。十一月、荒井某来訪、「坑夫」の素材を売りこみ、暫く書生として住込む。

〔作品〕　〇一月、『鶉籠』（春陽堂）（実は前年十二月）、「野分」（『ホトトギス』）、「作物の批評」（『読売新聞』）〇四月、「京に着ける夕」（『大阪朝日新聞』）　〇五月、『文学論』（大倉書店）、「入社の辞」（『朝日新聞』）、「文芸の哲学的基礎」（『東京朝日新聞』）、『吾輩は猫である』下篇（大倉書店）　〇六月二十三日～十月二十九日（『大朝』は二十八日）、「虞美人草」（『朝日新聞』）　〇十月、「写生文」（『読売新聞』）

（『現代日本文学全集24・夏目漱石集（一）』、昭42・11・20、筑摩書房版、四二六～四二七ページ）

「二百十日」（明39・10）、「野分」（明40・1）が書かれたのは、漱石が本格的な作家活動を展開した時期に当たる。教職を退き、朝日新聞社に入社して、作家生活に入り、「吾輩は猫である」（明39・1～8）、「坊つちゃん」（明39・4）、「虞美人草」（明40・6～10）などの、初期の代表的な作品が次々に発表されている。

二　作品論（「二百十日」と「野分」）

管見に過ぎないが、次のような作品論を取り上げている。

①　『二百十日』を機として、漱石は愈まともに社会批評の方向へ、自分の筆を向け始める。勿論漱石の社会批評は、『二百十日』を待つまでもなく、既に『猫』ででも、また『坊つちやん』ででも、『草枕』ででも、到る所で試みられてゐる。然し漱石の是までの社会批評は、何かによそへて、もしくは何かを藉りて試みられてゐるので、まともに社会を批評し、まともに社会を改革しようとする意図を正面に押し出して、然もそれが一篇の中心問題となつてゐるのは、蓋し『二百十日』を以つて嚆矢とする。ただ『二百十日』の社会批評は、社会批評である為には、あまりに大ざつぱに過ぎた憾みがないでもなかつた。虚子が圭さんの論旨に同情が持てないと評したのも、また漱石がそれにある程度同意しなければならなかつたのも、結局圭さんの批評が文句なしに人を説得する事が出来るほど、含蓄を持つてゐないせゐに外ならないのである。その為かどうかは分からないが、ともかく漱石は次いで、更に社会批評に深入りした、『野分』を書いた。漱石が『野分』を書いたに就いては、イプセンの影響を見遁す事は出来ない。然しそれとともに漱石にとつては、『二百十日』の圭さんに於いて取り扱つた問題を、更に敷衍し徹底される必要があつたのではないかと思はれる。ある意味から言へば、『野分』の道也は、『二百十日』の圭さんの詳注とも見る事が出来るし、また圭さんのテーマの展開とも見る事が出来るのである。

（小宮豊隆『漱石の芸術』、昭17・12・9、岩波書店刊、七五〜七六ページ）

② 「二百十日」は締切りに迫られた、彼自身「杜撰の作にて御恥ずかしき限り」（明治三九・九・九、滝田樗蔭あて書簡）とみとめている失敗作である。ただ「草枕」にあらわれていない漱石の人生観、社会観を伝えて、「野分」の先駆をなしている点に興味があるのみである。

「野分」は「二百十日」の主題を肉づけた形の、思想的内容をもった中編である。漱石は「草枕」を書いたのち、三重吉にあてた手紙の中で、「たんに美的な文字は昔の学者が冷評した如く閑文字に帰着する。俳句趣味は此閑文字の中に逍遙して喜んでいる。……荀も文学を以て生命とするものならば単に美という丈《だけ》では満足が出来ない。丁度維新の当時勤王家が困苦をなめた様な了見にならなくては駄目だろうと思う。（略）僕は一面に於て俳諧的文学に出入すると同時に一面に於て死ぬか生きるか、命のやりとりをする様な維新の志士の如き烈しい精神で文学をやってみたい」（明治三九・一〇・二六）と書き送っている。その具体的な創作の第一が「野分」だったのである。

（吉田精一『夏目漱石全集2』、昭40・12・15、筑摩書房刊、二六七ページ）

昭和四十年代までの作品研究は低調で、しかも、「二百十日」に対する評価は、否定的なものがほとんどであったが、その後、昭和四十年代後半から平成にかけて、作品研究が活発化し、「作家としての自己定立の問題」や「会話表現の解明」など、多面的な作品分析が展開され、肯定的に評価する方向が生まれてきている。ここでは、それについては、割愛したい。

なお、「二百十日」と「野分」の題名は、季語としての関連が考えられたものであり、漱石の内面的衝迫の象徴的表現であるとも言えよう。

三　作品の分析

1　構成

作品の構成としては、次のように、とらえられるであろう。

① 宿のある町のようす（山の中の鍛冶屋）についての会話（ぶらりと両手を垂げた儘、……此所迄聞えるぜ」）

② 隣りの部屋の話（竹刀と小手）（初秋の日脚は、……にやりと笑つた。）「初秋の日脚は、うそ寒く、遠い國の方へ傾いて、淋しい山里の空気が、心細い夕暮れを促がすなかに、かあん〳〵と鐵を打つ音がする。」（1）

③ 圭さんの素性についての会話（かあん〳〵と……近所で評判だつた」）

「かあん〳〵と鐵を打つ音が静かな村へ響き渡る。癇走つた上に何だか心細い。」（2）

④ 六十余りの肥った爺さんのあごひげについての会話（隣り座敷の……撤回した。）

⑤ 世の中の不公平に対する二人の考え方（一度途切れた……獨り言の様につけた。）

「一度途切れた村鍛冶の音は、今日山里に立つ秋を、幾重の稲妻に砕く積りか、かあん〳〵と澄み切つた空の底に響き渡る。」（3）

⑥ 圭さんが豆腐屋の伜から今日迄に変化した因縁についての会話（村鍛冶の音は、……押してある。）

「村鍛冶の音は不相變かあん〳〵と鳴る。」（4）

「村鍛冶の音は、會話が切れる度に静かな里の端から端迄かあん〳〵と響く。」（5）

右に引用した（1）・（2）・（3）・（5）の「かあん〳〵」という鍛冶屋の音の描写が、それぞれ、②・

③・⑤・⑥の場面の最初に繰り返されている。しかも、それらは、「圭さん」の少年時代に聞いた寒磬寺の鉦の音と重なっている。「圭さん」は、場面の展開に沿って、現在から過去へ遡及することによって、現在の自己の意識を明確化しようとしている。

2　表現

ここで分析の対象としている（一）の場面は、「我々が世の中に生活してゐる第一の目的は、かう云ふ文明の怪獣を打ち殺して、金も力もない、平民に幾分でも安慰を與へるのにあるだらう」（五）という、「圭さん」の造型が中心となる。行動的な「圭さん」を主として、知性的な「碌さん」を従として、二人の会話の展開によって、「圭さん」の境遇や心境が浮き彫りにされていく。

(1)　「圭さん」と「碌さん」という対照的人物の設定――「碌さん」の変化の過程

「今の豆腐屋連はみんな、さう云ふ気違ばかりだよ。人を壓迫した上に、人に頭を下げさせ様とするんだぜ。本來なら向が恐れ入るのが人間だらうぢやないか、君」（碌さん）

「無論それが人間さ。然し気違の豆腐屋なら、うつちやつて置くより外に仕方があるまい」（圭さん）

圭さんは再びふゝんと云つた。しばらくして、

「そんな気違を増長させる位なら、世の中に生れて來ない方がいゝ」（圭さん）と獨り言の様につけた。（⑤の場面）

行動的な慷慨家の「圭さん」と理性的な批評家の「碌さん」との対照的な会話が重ねられていく。「碌さん」が、人間らしい行為について、冷静にとらえようとしているのに対して、「圭さん」は、人間としての道をふみ

はずした「気違の豆腐屋」を無視する立場をとろうとしている。二人の言動が対比的に描写されていると言えよう。

(2)　諧謔味・滑稽味にあふれる会話の運び

「圭さん」と「碌さん」という対照的な性格を浮き彫りにする会話の展開から、自然に生まれてくる諧謔味と滑稽味は、随所に盛り込まれている。たとえば、

「別段何もない。一體、寺と云ふものは大概の村にはあるね、君」

「さうさ、人間の死ぬ所には必ずある筈ぢやないか」

「成程さうだね」と圭さん、首を捻る。圭さんは時々妙な事に感心する。（①の場面）

「竹刀を落して仕舞つて、小手を取られたら困るだろう」

「困らあゝね。竹刀も小手も取られたんだから」

二人の話しはどこ迄行つても竹刀と小手で持ち切つて居る。（②の場面）

「君の家は全體どこにある譯だね」

「僕のうちは、つまり、そんな音が聞える所にあるのさ」

「だから、何處にある譯だね」

「すぐ傍さ」

「豆腐屋の向か、隣かい」

「なに二階さ」

「どこの」

「豆腐屋の二階さ」

「へえゝ。そいつは……」と碌さん驚ろいた。

「僕は豆腐屋の子だよ」

「へえゝ。豆腐屋かい」と碌さんは再び驚ろいた。（③の場面）

などが挙げられよう。

これらには、当然のことを改めて納得し合うことのおかしさや、全く無関係のことのようにふるまいながら、次第に最も身近かな自分の素性を明かしていく、唐突な種明かしの面白さなどが、飄々とした会話の運びの中に表出されている。

なかでも、特に、次の場面における、「豆腐屋」ということばのやりとりには、その意味を、本来のものから別のものへ転換することによって、社会風刺の効果を上げている。


「然し世の中も何だね、君、①豆腐屋がえらくなる様なら、自然えらい者が②豆腐屋になる譯だね」

「えらい者た、どんな者だい」

「えらい者つて云ふのは、何さ。例へば華族とか金持とか云ふものさ」と碌さんはすぐ様えらい者を説明して仕舞ふ。

「うん華族や金持か、ありや今でも③豆腐屋ぢやないか、君」

「④其豆腐屋連が馬車へ乗つたり、別荘を建てたりして、自分丈の世の中の様な顔をしてゐるから駄目だよ」

「だから、そんなのは、⑤本當の豆腐屋にして仕舞ふのさ」

「こつちがする氣でも向がならないやね」

「ならないのをさせるから、世の中が公平になるんだよ」

「公平に出來れば結構だ。大いにやり給へ」

「やり給へぢやいけない。君もやらなくつちあ。――只、馬車へ乗つたり、別荘を建てたりする丈ならい、が、無暗に人を壓逼するぜ、⑥あ、云ふ豆腐屋は。自分が⑦豆腐屋の癖に」と圭さんはそろ〱慷慨し始める。

（⑤の場面）


ところで、「豆腐屋」の語意は、どのように転換されているのだろうか。それについて、次のようなとらえ方がある。

当初社会的身分関係における低位を意味した豆腐屋は、「華族と金持ち」に結びつくと社会的身分関係の意味が消去され、低位・下等を表す符諜語となり、品性・道義の下劣さを突く言葉として多義性を持ってくる。このように豆腐屋は繰り返されるたびに意味変化を生じ、そこに滑稽感が漂うと共に、両者の社会的身分関係における上位と下位を等価にしたり転倒したりすることで、揶揄・風刺の滑稽感、さらに爽快感が生じる。漱石はそのような言葉転がしの遊びを楽しんでいるのである。

（浅田隆「私説『二百十日』」『夏目漱石の全小説を読む』、平6・7・15、学燈社、79ページ）

これによれば、Ⓐ「社会的身分関係における低位」の意味を表す「豆腐屋」としては、①・②・⑤が、Ⓑ「品性・道義の下劣さ」の意味を表す「豆腐屋」としては、③・④・⑥・⑦が挙げられるであろうか。

3　主題

（一）の場面に限定してとらえると、「圭さんの、世の中の不公平に対する憤懣と、豆腐屋の伜からそのように変化した因縁についての碌さんの興味・関心」ということになるであろうか。

4　疑問点

① 「圭さん」とのめぐりあいを通して、「碌さん」はどのように変化していくか。その原因は？
② この（一）の場面の、全体における位置づけはどうなるか。
③ 鍛冶屋の槌音と寒磬寺の鉦の音とは、どのようにかかわっているか。
④ 「圭さん」が自分の素性を明かすとき、はじめから豆腐屋の伜であることを言わないのは、なぜか。

① 「碌さん」は「圭さん」とのめぐりあいによって、いろいろなことを悟っていく。「碌さん」との対比的な会話の運びによって、「圭さん」の独自な造型がなされている。
② 鍛冶屋の槌音と寒磬寺の鉦の音とが重なっているうちに、豆腐屋の存在が次第に浮かび上がってくる。（一）の場面は、「圭さん」という人物像の造型が中心となっている。したがって、①・②は、（一）の場面の主題をとらえる手がかりとなる。
③ 作者の構成的な意識がはたらいた結果である。

④　全く無関係なことから、次第に身近かなものへと種明かしをするという、読者を意識した表現手法である。

なお、引用した本文は、すべて、『漱石全集・第二巻・短篇小説集』（昭41・1・11、岩波書店）によった。傍点は引用者のもの。

（二七会・八月例会）昭50・8・27〈水〉、三重県名張市赤目町・赤目荘にて。担当者は、当時、広島大学大学院教育学研究科に在学中）

付　回想「二七会」

私は、昭和二十七年四月、広島大学教育学部国語科（高校）に入学しました。昭和三十一年三月に卒業後、同窓の有志が野地潤家先生にお願いして始められた研究会が、「二七会」です。それは、今も続けられています。

私は、昭和三十五年七月から、この会に入れていただき、その後、昭和五十三年八月まで、十八年間にわたって参加させていただきました。

その間、夏目漱石の作品の輪読が続けられ、「門」・「彼岸過迄」・「行人」・「こころ」・「道草」・「明暗」・「坑夫」・「虞美人草」・「野分」・「二百十日」・「草枕」・「坊っちゃん」・「わが輩は猫である」を読みました。会員の人たちの、持ち味を生かした作品の読み方に接して、漱石文学の奥深さを知ることができました。

朗読も取り入れられ、謡曲「鶴亀」（宝生流）を謡ったことがあります。古典の中に込められた韻律の豊かさを、改めて味わい直しました。

さらに、「木下順二『夕鶴』の学習指導」を初めとして、いろいろな実践報告もさせていただき、国語教育研究の視点と方法を体得することができました。

野地先生のご指導・ご助言は、広く深く、毎回のように、啓発されること多大でした。そして、継続することの大切さを学びました。この研修を通して培われた知見が、その後の研究と教育を進めるための、きわめて重要な土台となったことは言うまでもありません。

（平成19年10月4日記）

2　教材研究試論
――『坊っちゃん』における「おれ」の「清」像の変化に着目して――

植山俊宏

1．『坊っちゃん』の教材研究の視点

(1)『坊っちゃん』の作品的特徴――メインストーリーとサイドストーリー――

ストーリーを追いつつ、文学体験を深める読み方がある。追体験的にドラマを楽しむ読み方である。『坊っちゃん』は、ストーリーが起伏に富んでいるうえに、人物の行動が絡み合っていて、活劇的なおもしろさがある。だが、別の視点からみると、「松山」という異郷、「中学校」という新天地における異体験の記述の他に、「清」という旧知の人物が随所に登場することが見受けられる。それも、実物は、「東京」にいたまま、「おれ」と手紙をやりとりする以外に、「おれ」の胸中にさまざまな像として去来するのである。不思議な人物設定といってもいい。そうすると、この小説は、メインストーリーとサイドストーリーの二つの「すじ」で描かれた作品ということになる。

このサイドストーリーは、単に脇役の形作るストーリーという副次的なものではない。「おれ」という主人公の成長、新境地への到達という重要な「すじみち」の形成を司っている。小説中、表の出来事では、準主役の「山

嵐」と「おれ」の関係は、「すぐ分れたぎり今日迄逢ふ機会がない」となる。つまり「山嵐」はそれだけの存在であった。最終的に「おれ」が至った境地は、帰京直後の「清や帰つたよ」であった。この「や」は、この作品中最も愛情に溢れた表現であろう。「親譲りの無鉄砲」であった「おれ」の最後の〝肉声〟にこの作品の到達点、真の作品性が現われていると見ることができる。

(2)『坊っちゃん』の教材研究の視点（試案）

メインストーリー以外に着目する教材研究の一つの方法として、次の点を提案したい。

① サイドストーリーの登場人物に対する評価的表現の変化に着目した読み方を追究すること

・「おれ」の「清」に対する評価的表現の変化

② サイドストーリー上の首尾の呼応に着目した読み方を追究すること

・「おれ」の「清」に対する発言の首尾の呼応に見る「おれ」の内面の最終的な変容

本考察では、主に「おれ」の「清」への思い・考えの〝独白〟の反復表現の変化、「清」に対する評価的表現の変化に着目して、「おれ」の変容をとらえることを試みる（「三」場面及び「九」場面には「清」に関わる記述がない）。なお、引用（ページ数）は、『漱石全集第二巻倫敦塔ほか・坊っちゃん』（岩波書店1994）による。

2．「おれ」の「清」像の変化(1)——その始まり「少々気味がわるかつた」——

(1)冒頭における「おれ」と「清」の〝ずれ〟

冒頭は、「おれ」と家族・周囲との不仲、不調和が描かれており、すべてが「おれ」に批判的、否定的である中で唯一「清」という下女が好意的、肯定的な態度を取ることが具体的に示されている。しかし、それは「おれ」にとって「少々気味がわるかつた」。冒頭では、「清」は、いわば「おれ」の利害上都合のいい人物なのであって、好意的な位置づけがなされているわけでない。むしろ、必要以上、自分を「珍重する」〝理解しがたい〟人物としてとらえられているのである。見方を変えれば、合理性を欠く、非文明的な人物という評価であろう。以下の引用（「一」場面から）には、いずれも「おれ」の懐疑的な内面を表す表現が散見され、〝有難迷惑〟的な心情がとらえられる。ただし、引用②には、伏線中の伏線が張られている。注意深く読めば、終結を明示していることがとらえられる。

①P252～253（「清」が「おれ」の「勘当」を許すように謝る場面）

おやぢが俺を勘当すると言ひ出した。

　其時はもう仕方がないと観念して先方の云ふ通り勘当される積りで居たら、十年来召し使つて居る清と云ふ下女が、泣きながらおやぢに詫まつて、漸くおやぢの怒りが解けた。（中略）却つて此清と云ふ下女に気の毒であつた。（中略）此婆さんがどう云ふ因縁か、おれを非常に可愛がつて呉れた。不思議なものである。母も死ぬ三日前に愛想をつかした――おやぢも年中持て余してゐる――町内では乱暴者の悪太郎と爪弾きをする――此おれを無暗に珍重してくれた。（中略）却つて此清の様にちやほやしてくれるのを不審に考へた。清は時々台所で人の居ない時に「あなたは真っ直でよい御気性だ」と賞める事が時々あつた。然しおれには清の云ふ意味が分からなかつた。（中略）清がこんな事を云ふ度におれはお世辞は嫌だと答へるのが常であつた。すると婆さんは夫だから好い御気性ですと云つては、嬉しさうにおれの顔を眺めて居る。（中略）少々気味がわるかつた。

②P253～255（「母」の死後、「清」の「可愛が」りが増していく場面）

　母が死んでから清は愈おれを可愛がつた。時々は小供心になぜあんなに可愛がるのかと不審に思つた。つまらない、

廃せばいゝのにと思つた。気の毒だと思つた。夫でも清は可愛がる。（中略）

是はずつと後の事であるが金を三円許り借してくれた事さへある。何も借せと云つた訳ではない。（中略）実は大変嬉しかつた。（中略）此三円は何に使つたか忘れて仕舞つた。今に帰すよと云つたぎり、帰さない。今となつては十倍にして帰してやりたくても帰せない。（中略）清が物を呉れる時には必ずおやぢも兄も居ない時に限る。（中略）贔負目は恐ろしいものだ。清はおれを以て将来立身出世して立派なものになると思ひ込んで居た。（中略）

夫から清はおれがうちでも持つて独立したら、一所になる気で居た。どうか置いて下さいと何遍も繰り返して頼んだ。

③P257（「おれ」が「家」を失って「清」の行き場を考える場面）

清に聞いて見た。どこかへ奉公でもする気かねと云つたらあなたが御うちを持つて、奥さまを御貰ひになる迄は、仕方がないから、甥の厄介になりませうと、漸く決心した返事をした。

④P259～260（「清」と「清の甥」が「おれ」をもてなす場面）

清の甥と云ふのは存外結構な人である。おれが行くたびに、居りさへすれば、何くれと款待なして呉れた。（中略）只清は昔風の女だから、自分とおれの関係を封建時代の主従の様に考へて居た。自分の主人なら甥の為にも主人に相違ないと合点したものらしい。甥こそいゝ面の皮だ。

(2)冒頭における「おれ」の「清」像の変化の前兆――小説としての伏線――

「一」場面末において「おれ」は、松山へ行くのに「越後の笹飴」を土産に希望する「清」を「随分持てあまし」ている。だが、いよいよ出立の朝には大きく感情が動き始める。そして、これまであまり現実味のなかった「家を」持つこと、「清」といっしょに住むことが物語の正面に位置し始めるのである。以後、出来事としての展開とともに、「おれ」の内面に「清と一所に」という感情が進行していくことになる。「おれ」の「清」に対する共感、慕情の表現が現われるようになる。

⑤P260（「おれ」が「田舎へ行く」ことを「清」が悲嘆する場面）

愈約束が極まつて、もう立つと云ふ三日前に清を尋ねたら、北向の三畳に風邪を引いて寝て居た。おれの来たのを見て起き直るが早いか、坊っちゃん何時家を御持ちなさいますと聞いた。卒業さへすれば金が自然とポツケットの中に湧いて来ると思つて居る。そんなにえらい人をつらまへて、まだ坊っちゃんと呼ぶのは愈馬鹿気て居る。おれは単簡に当分うちは持たない。田舎へ行くんだと云つたら、非常に失望した容子で、胡魔塩の鬢の乱れを頻りに撫でた。

⑥P260～261（「おれ」が「清」の真情を理解し始める場面）

出立の日には朝から来て、色々世話をやいた。（中略）車を並べて停車場に着いて、プラットホームの上へ出た時、車へ乗り込んだおれの顔を眤と見て「もう御別れになるかもしれません。存分御機嫌やう」と小さな声で云つた。目に涙が一杯たまつて居る。おれは泣かなかつた。然しもう少しで泣く所であつた。汽車が余っ程動き出してから、もう大丈夫だらうと思つて、窓から首を出して、振り向いたら、矢っ張り立つて居た。何だか大変小さく見えた。

3．「おれ」の「清」像の変化(2)――その深まり「清の美しい心」――

(1)「野蛮な」異文明に遭遇した「おれ」から「清」へのレポート

「二」場面では、地方都市松山、そして旧制中学校の体験が描かれる。「野蛮な所」であり、「田舎者のくせに人をみくび」る「高の知れた」町であり、「なんだか気味がわる」いうえに、「法外な注文」をする中学校である。いわば異文明レポートの段であろう。その中で「おれ」は、「清」の夢を見て、「清」にまつわる出来事を思い出し、そして「清」に手紙を書く。内容は、「松山」は「つまらん所」であって、教師に「あだなをつけてやった」ことである。手紙を書いても「やる所もない」「おれ」が、「清は心配しているだろう」と考えている。両者の関係が密接なものとなり始めたことが分かる。

⑦P263（「おれ」が「清」の夢を見る場面）

うと〳〵としたら清の夢を見た。清が越後の笹飴を笹ぐるみ、むしや〳〵食つて居る。笹は毒だから、よしたらよからうと云ふと、いえ此笹が御薬で御座いますと云つて旨さうに食つて居る。おれがあきれ返つて大きな口をあいてハヽヽヽと笑つたら眼が覚めた。

⑧P267（「清」から伝えられた「うらなり」の話を思い起こす場面）

浅井は百姓だから、百姓になるとあんな顔になるかと清に聞いて見たら、さうぢやありません、あの人はうらなりの唐茄子許り食べるから、蒼くふくれるんですと教へて呉れた。（中略）此英語の教師もうらなり許り食つてるに違ない。尤もうらなりとは何の事か今以て知らない。清に聞いて見た事はあるが、清は笑つて答へなかつた。大方清も知らないんだらう。

⑨P269（手紙の苦手な「おれ」が「清」に手紙を書く場面）

昼飯を食つてから早速清へ手紙をかいてやつた。おれは文章がまづい上に字を知らないから手紙をかくのが大嫌だ。又やる所もない。然し清は心配して居るだらう。難船して死にやしないか抔と思つちや困るから、奮発して長いのを書いてやつた。其文句はかうである。

「きのう着いた。つまらん所だ。（中略）清が笹飴を笹ごと食う夢を見た。来年の夏は帰る。今日学校へ行つてみんなにあだなをつけてやつた。校長は狸、京都は赤しやつ、英語の教師はうらなり、数学は山嵐、画学はのだいこ。今に色々な事をかいてやる。左様なら」

(2)周囲の人々との交流の中で「清の美しい心」を見出す「おれ」

「四」場面から「六」場面にかけて異文明体験の中で「おれ」は「清の美しい心」を見出していく。都市生活者から見た地方生活者の評価が続く中で、「おれ」は「宿直」を務め、「いなご」事件に遭遇する。そして、その背景にある対立関係に巻き込まれる。いわば人間の醜い部分に触れ始めるのである。そこで見えたものが「ほめる本人の方が立派な人間」である「清」であり、「清の美しい心」である。「おれ」の「清」像の大きな変容である。「清」に対する評価的表現のグレードが上がっている。

⑩P287（「おれ」が「始めて」「清」の「親切がわかる」と思い当たる場面）

一体中学の先生なんて、どこへ行つても、こんなものを相手にするなら気の毒なものだ。（中略）おれは到底やり切れない。それを思ふと清なんてのは見上げたものだ。教育もない身分もない婆さんだが、人間としては頗る尊とい。今迄あんなに世話になつて別段難有いとも思はなかつたが、かうして、一人で遠国へ来て見ると、始めてあの親切がわかる。越後の笹飴が食ひたければ、わざ〳〵越後迄買ひに行つて食はしてやつても、食はせる丈の価値は充分ある。清はおれの事を欲がなくつて、真直な気性だと云つて、ほめるが、ほめられるおれよりも、ほめる本人の方が立派な人間だ。何だか清に逢ひたくなつた。

⑪P298（「野だ」と比較して「清」の評価を高める場面）

するとニ人は小声で何か話し始めた。（中略）おれは空を見ながら清の事を考へて居る。金があつて、清をつれて、こんな奇麗な所へ遊びに来たら嘸愉快だらう。（中略）清は皺苦茶だらけの婆さんだが、どんな所へ連れて出たつて恥づかしい心持ちはしない。野だの様なのは、馬車に乗らうが、船に乗らうが、凌雲閣へのらうが、到底寄り付けたものぢやない。

⑫P303～304（「赤シャツ」と比較して「清」の評価を高める場面）

赤シャツがホヽヽと笑つたのは、おれの単純なのを笑つたのだ。（中略）清はこんな時に決して笑つた事がない。大に感心して聞いたもんだ。清の方が赤シャツより余っ程上等だ。

⑬P306（「山嵐」と比較して「清」の評価を高める場面）

おれは清から三円借りて居る。（中略）おれも今に帰そう抔と他人がましい義理立てはしない積だ。こつちがこんな心配をすればする程清の心を疑ぐる様なもので、清の美しい心にけちを付けると同じ事になる。（中略）清をおれの片破れと思ふからだ。清と山嵐とは固より比べ物にならないが、たとひ氷水だらうが、甘茶だらうが、他人から恵を受けて、だまつて居るのは向ふを一と角の人間と見立て丶、其人間に対する厚意の所作だ。

4.「おれ」の「清」像の変化(3)――その結晶「清と一所でなくつちあ駄目だ」――

「七」・「八」場面、及び「十」場面では、「おれ」は、「下宿」を追い出され、「うらなり君」の「マドンナ」事件に深入りし、「山嵐」との関係が混乱する中でますます「清」の価値を高めていく。表現として最上の評価表現を用いるようになっている。また「家」を意識した記述も現われてくる。

⑭P324（「田舎へ来」た「おれ」が「清」のありがたみをかみしめる場面）

考へると物理学校抔へ這入つて、数学なんて役にも立たない芸を覚えるよりも、六百円を資本にして牛乳屋でも始めればよかつた。さうすれば清もおれの傍を離れずに済むし、おれも遠くから婆さんの事を心配しずに暮される。一所に居るうちは、さうでもなかつたが、かうして田舎へ来てみると清は矢っ張り善人だ。あんな気立のい丶女は日本中さがして歩行いたつて滅多にはない。

⑮P332〜333（「おれ」が「清」の手紙を読んで「一所」に暮らすことを決意する場面）
おれが椽鼻で清の手紙をひらつかせながら、考へ込んで居ると、しきりの襖をあけて、萩野のお婆さんが晩めしを持つてきた。（中略）見ると、今夜も薩摩芋の煮つけだ。（中略）清ならこんな時に、おれの好きな鮪のさし身か、蒲鉾のつけ焼を食はせるんだが、貧乏士族のけちん坊と来ちや仕方がない。どう考へても清と一所でなくつちあ駄目だ。もしこの学校に長くでも居る模様なら、東京から招び呼せてやらう。

⑯P342（「おれ」が「赤シヤツ」の玄関を見て「清」との生活を夢想し始める場面）
田舎へ来て九円五十銭払へばこんな家へ這入れるなら、おれも一つ奮発して、東京から清を呼び寄せて喜ばしてやらうと思つた位な玄関だ。

⑰P370（「おれ」が「こんな土地」に愛想をつかして「清」と同居する結論に至る場面）
どうしても早く東京へ帰つて清と一所になるに限る。

⑱P372（「おれ」が「清」への手紙を書こうとして「清」に対して思いを深める場面）
おれは筆と巻紙を抛り出して、ごろりと転がつて肱枕をして庭の方を眺めて見たが、矢っ張り清の事が気にかゝる。其時おれはかう思つた。かうして遠くへ来て迄、清の身の上を案じてゐてやりさへすれば、おれの真心は清に通じるに違ない。通じさへすれば手紙なんぞやる必要はない。

5.「おれ」の「清」像の変化(4)――夢の実現「だから清の墓は小日向の養源寺にある」――

帰京後は後日談となっている。「清」は死に、その遺言に従って「おれ」は墓を作る。「だから清の墓は」の「だから」に「おれ」の「清」に対する愛情のもっとも奥深い部分が現われている。

⑲P399〜400（「おれ」が「清」の死を語る場面）

清の事を話すのを忘れて居た。—おれが東京へ着いて下宿へも行かず、革鞄を提げた儘、清や帰つたよと飛び込んだら、あら坊っちゃん、よくまあ、早く帰つて来て下さつたと涙をぽたぽたと落とした。おれも余り嬉しかつたから、もう田舎へは行かない、東京で清とうちを持つんだと云つた。

其後ある人の周旋で街鉄の技手となった。月給は二十五円で、家賃は六円だ。清は玄関付きの家でなくつても至極満足の様子であつたが気の毒な事に今年の二月肺炎に罹つて死んで仕舞つた。死ぬ前日おれを呼んで坊っちゃん後生だから清が死んだら、坊っちゃんの御寺に埋めて下さい。御墓のなかで坊っちゃんの来るのを楽しみに待つて居りますと云つた。だから清の墓は小日向の養源寺にある。

6．冒頭と結末との比較・首尾の呼応

——「坊っちゃん」という呼称に対する「おれ」の変化——

冒頭で、「おれ」は、「そんなにえらい人をつらまへて、まだ坊っちゃんと呼ぶのは愈馬鹿気て居る。」と考えるが、結末では、「あら坊っちゃん、よくまあ、早く帰つて来て下さつたと涙をぽたぽたと落とした。おれも余り嬉しかつたから」となる。「おれ」が「坊っちゃん」という呼称をすっかり受け入れてしまっていることが見て取れる。ここにも「おれ」の「清」に対する観念の変容がうかがわれる。

7．「おれ」の「清」像に変化に着目した教材研究の意義

本考察では、主に「サイドストーリーの登場人物に対する評価的表現の変化に着目した読み方を追究すること」と「サイドストーリー上の首尾の呼応に着目した読み方を追究すること」を扱った。結果として、「おれ」と「清」との関係が決して固定的なものではなく、物語の進行にしたがって大きく変容していくものであったこと、またそれが「おれ」の「清」理解の深まり、そしてある種の人間の「真率」の発見であったことが見出された。

教材研究の方法として、主人公の「清」という人物への指向性のある反復的表現と、その人物への評価的表現に着目して、その変化をとらえる方法が効果的であったことが確認できた。一種の基点的な表現に着目する教材研究法の一定の提案になり得たと考えている。

3 『三四郎』の二人の女——美禰子とよし子——

川野純江

一 大作『三四郎』——三つの世界——

東京帝国大学文科大学学生小川三四郎の「あまりに暖か過ぎる」青春の物語『三四郎』は、若さのもつ単純な美しさに充ちている。『三四郎』は多くの人の共感を呼び、漱石中期の人気作である。

その『三四郎』で、注目されるのは、「三四郎には三つの世界が出来た」ということである。この特色ある文学空間の創造によって、三四郎の青春は花開いている。では漱石は「三つの世界」を通して、『三四郎』にどのような青春を物語っているのだろうか。「母」、「学問」、「美しい女性《によしやう》」の世界として、三四郎の「三つの世界」は語られている。まずは、「三つの世界」の創造主体である漱石の三つの世界が何であるかを問題にしてみよう。

『三四郎』で、三四郎は「三つの世界を並べて、互に比較して見」る。「次に此三つの世界を掻《か》き混ぜて、其中から一つの結果を得」る。三四郎の得た結果は、「要するに、国から母を呼び寄せて、美しい細君を迎へて、さうして身を学問に委《ゆだ》ねるに越した事はない」というものであったが、漱石が並べて、比較して見て、「掻き混ぜて」いるものは何だろう。

第三の「美しい女性」の世界について、三四郎は「自分が此世界のどこかへ這入らなければ、其世界のどこかに欠陥が出来る様な気がする」と考える。三四郎のこの充足的思考について、ある種思い浮かぶ漱石の創作活動の経緯がある。『吾輩は猫である』や『坊っちゃん』を書いた漱石が、その余勢をかって、ついでヒロイン那美さんの登場する『草枕』を発表したことである。「文学界に新しい境域を拓く」「俳句的小説」（談話「余が『草枕』」）

『草枕』は、『坊っちゃん』とともに漱石初期の文学活動の代表作となった。

『吾輩は猫である』『漾虚集《やうきよしふ》』『坊っちゃん』『草枕』という初期の作品群を、漱石が『三四郎』で、並べて、比較して見て、「掻き混ぜて」いると考えてみる。第三の「美しい女性」の「世界のどこかの主人公であるべき資格を有してゐるらしい」三四郎にとって、「三つの世界」は、第三の「美しい女性」の世界をまって始めて意味をなすものである。それは初期の作品群を書いた漱石もおなじであった。『坊っちゃん』につづけて『草枕』を発表することによって、しばらく漱石初期の作家活動は転調を見せた。

『三四郎』は、東京朝日新聞社入社第一作『虞美人草』発表から略一年となる、明治四十一年九月に連載が開始された。年一度、百回位の長篇小説を書くという朝日入社の主な条件からすれば、二作目の長篇を書く時期である。入社の喧騒も静まり、漱石は本腰をすえて自己の文学にとり組むことを考えただろう。『吾輩は猫である』『漾虚集』『坊っちゃん』『草枕』等の初期の作品群が、作中で「掻き混ぜ」られているとするならば、『三四郎』は贅沢な作品である。〈大作〉である。東京帝国大学講師を本分とする学者作家から朝日新聞社員たる職業作家へ転身する流れの動揺の中で、漱石は『三四郎』に自らの節目を置いたのだろう。『三四郎』は学者作家漱石の魅力を余すところなく伝える記念碑的作品として考えられる。

二　『三四郎』の〈恋愛〉——前期三部作——

『三四郎』は、『それから』『門』とともに三部作として読むのが定説になっている。大正三年四月刊行の縮刷本「『三四郎』『それから』『門』」序には、「『三四郎』と『それから』と『門』とはもと三部小説《トリロジイ》として書かれたものである。（後略）」と明記されている。朝日入社後の漱石が三部作を構想したことの意味は、明治国家が近代に大きく参入する日露戦争時下にスタートを切った作家として、その後の「現代日本の開化」（講演『現代日本の開化』）に正面から対峙することにある。

その前期三部作に、貫通するテーマとして注目されるのは、社会状況と重層した〈恋愛〉である。『三四郎』における「里見の御嬢さん」美禰子との恋愛と美禰子の結婚による二人の別れ、『それから』における「他人の細君」三千代との愛、『門』における「他人の細君」御米との結婚という〈恋愛〉の尻取り的流れは、漱石の〈恋愛〉追究によって発見された緊迫感のある様相である。

その前期三部作の〈恋愛〉の様相は、三四郎にならって三作を掻き混ぜてみると、「美しい細君」（『三四郎』）を夢見た、漱石と見なす『それから』の代助が、「わが情調にしつくり合ふ対象として」（『それから』）、「真心ある」（『門』）「まめやかな細君」（同）を結果として得たというものになる。漱石は明治「現代日本の開化」時下の東京を舞台とする『三四郎』に「美しい女性」「美しい細君」の夢を提示した上で、『それから』『門』と死力を尽くし、それから先の「わが安住の地」（『それから』）を見出していったのであろう。

三　『三四郎』のトポス——東京帝国大学——

西洋文明が圧倒的優位を誇る明治「現代日本の開化」に、学問の府・東京帝国大学もまたのみ込まれている時世にあって、『三四郎』の第二の「学問」の世界の内にいるのは、「世外《せぐわい》の趣」のある広田先生や先生の元の弟子の野々宮さんである。三四郎が「和気靄然《あいぜん》たる翻弄《ほんろう》を受け」、向後も「自分の運命を握られてゐさうに思ふ」選科生の与次郎もまた広田の家の「食客《ゐさふらふ》」である。日露戦争に勝って「一等国」を自負する明治日本だが、広田先生はすまして、「亡《ほろ》びるね」と批評する。そうして、第二の「世外」の「学問」の世界の人々は、こうした近代国家を傍観して、「晏如《あんじよ》として」、「太平の空気を、通天《つうてん》に呼吸して憚《はゞか》らない」。

広田先生は、作中「偉大なる暗闇」と評される。「薄給と無名に甘んじて居る。然し真正の学者である」と作者は語る。『三四郎』ではこの広田先生の存在が、小雑誌『文芸時評』に掲載の与次郎の長論文「偉大なる暗闇」を発端とする、広田先生を大学教授にする「運動」に推移発展する。運動は与次郎が大学への同情等から歩を進めているものであるが、「反対運動」にあってやり損ない、広田先生を「大変な不徳義漢」、本科生の三四郎を「偉大なる暗闇」の作者とする「偽はりの記事」が出る。この成り行きは、『坊っちゃん』の「宿直事件」や「喧嘩事件」が結果的に「虚偽の記事」の掲載となる運びと重なる。しかし『三四郎』の趣は、「赤シヤツ退治」という大団円に進む『坊っちゃん』とは大きく異なる。「偽はりの記事」が出た後、広田先生はいう。「済んだ事は、もう已めやう」「夫《それ》よりもつと面白い話を仕様《しやう》」と。

「僕がさつき昼寝をしてゐる時、面白い夢を見た。それはね、僕が生涯にたつた一遍逢つた女に、突然夢の中で再会したと云ふ小説染《じ》みた御話だが、其方が、新聞の記事より聞いてゐても愉快だよ」。『三四郎』は、明治「現代日本の開化」の暗闇を「偉大なる暗闇」の「太平」を通して語り、「偉大なる暗闇」をまた女の〈夢〉として語る魅力的な作品である。そして、「学問」の世界の広田先生が、「女」、さらに「母」について語ることは、別の意味で興味深い。『三四郎』の「母」「学問」「女性」という「三つの世界」は、個々の世界でありながら、自由に三つの世界に出入し得る、重複、重層する「三つの世界」になっている。そうして、広田先生の「三つの世界」は、「大学生」の物語『三四郎』にあって、その中心に位置している。

〈夢〉で広田先生が「女に、あなたは画《ゑ》だと云ふと」、女は広田先生に、「あなたは詩だと云つた」。この〈詩〉としての広田先生が「偉大なる暗闇」であるのなら、〈画〉としての女は『三四郎』を彩る光明である。また「偉大なる暗闇」広田先生が自ら「親とか」「国とか」「他《ひと》本位」の「偽善家」だと語る存在であるなら、『三四郎』を彩るこの光明の女は、また「自己本位」の〈夢〉としての「露悪家」である。青年、若い男女を主人公とする『三四郎』は、「昔しの偽善家に対して、今は露悪家許《ばか》りの状態にある」文学空間である。「偽善家」広田先生のかわりに、「露悪党の領袖《りやうしう》」与次郎、「露悪家の一人《にん》」三四郎、「一種の露悪家」で「優美」なる「露悪家」の美禰子、「あれはまた、あれなりに露悪家」のよし子など、日露戦勝後の「新しい空気」に「かぶれてゐる」、若い「露悪家」群像が『三四郎』では活躍する。美禰子と三四郎が「迷へる子《ストレイ シープ》」を口にする作品の内容からすれば、『三四郎』は「外国ぢや光つてる」野々宮さんと「東京の女学生」妹よし子、「愛すべき悪戯《いたづら》もの」の与次郎を「露悪家」の「変らない」〈夢〉とする物語である。

団子坂菊人形、学生親睦会、陸上運動会、丹青会の展覧会、文芸家の会、文芸協会の演芸会と『三四郎』は行事に事欠かない。その明治今日的な「露悪家」の物語『三四郎』は、「偉大なる暗闇」の広田先生を抜きにしては成立しない。いわば「昔の偽善家」が「偽善を行ふに露悪を以てする」、「極めて神経の鋭敏になつた文明人種が、尤《もつと》も優美に露悪家にならうとする」、極めて「六《む》づかしい遣口《やりくち》」の「二十世紀」の小説として読まれる。なぜ『三四郎』は「森の女と云ふ題が悪い」〈画〉の完成として終わらなければならなかったのか。三四郎の第三の「美しい女性」の世界の大作であるべき〈画〉は、実は広田先生が〈夢〉見る「三つの世界」の感化を受けた「女性」の〈画〉になっているのである。だから「悪い」のである。

四　『三四郎』の二人の女――美禰子とよし子――

第一の「母」の世界から第二の「学問」の世界に移った三四郎は、大学に野々宮を尋ねた後、池の端《はた》にしゃがみ、余りの静かさに、「寂寞《せきばく》」、「孤独の感じ」を覚える。その時夕日の照りつける岡に団扇《うちは》を翳《かざ》して立つ女を見る。女は坂を下り三四郎のそばに歩いて来た。「三四郎は慥《たしか》に女の黒眼の動く刹那《せつな》を意識した」。『草枕』の那美さんの感覚美を継承する、第三の「美しい女性」の世界のヒロイン美禰子の魅力は、その眼つきと歯並びにある。「オラプチユアス！　池の女の此時の眼付を形容するには是より外に言葉がない。何か訴へてゐる。艶《えん》なるあるものを訴へてゐる。さうして正《まさ》しく官能に訴へてゐる。けれども官能の骨を透《とほ》して髄に徹する訴へ方である」。「美禰子の顔で尤も三四郎を驚かしたものは眼付と歯並である」。「反《そ》つ歯《ぱ》の気味」ということだが「三四郎には決してさうは思へない」、「奇麗な歯」「真白な歯」である。この「オラプチユアス！」にして「白い歯を露《あらは》」す美禰子は、全十三章の作品の第五章という早い段階で、「迷子の英訳を知つて入らしつて」、「迷《ストレイ》へる子《シープ》――解つて？」と「stray sheep《ストレイ　シープ》」を口にする。

〈画〉としての女が光明の彩りをそえる『三四郎』で、「何故《なぜ》東西で美の標準がこれ程違ふかと思ふ」という意識のもとに、西洋画の日本女性の〈高等モデル〉に、「あの女や野々宮さんは可《い》い。両方共に画になる」といわれる美禰子とよし子には、英文学者漱石の理想の日本淑女像が託されている。この理想淑女の〈画〉の焦点は、演芸会後に結婚する美禰子とその背後にいる「まだ行《ゆ》きたい所がない」よし子にある。その美禰子とよし子について、常に重複の連想があることは『三四郎』のもっとも重要な文学性であろう。「妹が此間見た女の様な気がして堪《た》まらない」、「其妹は即ち三四郎が池の端で逢つた女である」などと最初から三四郎は「二人の女」を「掻き混ぜ」る。またよし子は美禰子の家に「同居」し、美禰子の結婚も「よし子の行く所と、美禰子の行く所が、同じ人らしい」という様相である。美禰子とよし子のみならず、野々宮君と三四郎についても「兄では物足らないので、何時《いつ》の間にか、自分が代理になつて」以下、男二人の重複の連想もある。広田先生が野々宮さんから借りたよし子のヴァイオリン代金が、「与次郎の失くした」二十円、三四郎が「与次郎に金を貸した」二十円となり、さらに三四郎が「美禰子に返しに行く」三十円になるなど、「巡り巡つて」の物語『三四郎』は、もともと「三つの世界」の重複、重層の物語である。

よし子と「美禰子に関する不思議」は、美禰子の肖像画、「森の女」について、実はよし子の肖像画でもあるのではないかという想像をもたせる。美禰子が「池の女」であったことや、「森の女」の展覧会場によし子の姿のみが確認されないこともそうした空想を助ける。漱石は『三四郎』に「三つの世界」の物語を書いた。その重複、重層化の物語の最後の目的が、『三四郎』最終楽章の「森の女」にあることは容易に想像される。この目的のために、『三四郎』ではよし子と美禰子がとくに連結されているのである。そのよし子について「遠い故郷《ふるさと》にある母の影が閃《ひら》めいた」、「女性中の尤も女性的な顔である」と三四郎はいう。よし子は、第三の「美しい女性」の世界の女性でありながら、第一の「なつかしい母」の世界の女性でもある。「大作」「森の女」は、「意気な」、外光を取り入れた近代の新しい絵ではあっても、「安慰の念」を受ける、「何となく軽快な感じが」する、「それでも何処《どこ》か落ち付いてゐる。剣呑《けんのん》でない。苦《にが》つた所、渋つた所、毒々しい所は無論ない」〈画〉である。その「森の女」に、「池の女」美禰子の「オラプチユアス！」な「骨を透して髄に徹する訴へ」、光る「白い歯」は見当たらない。美禰子は三四郎にとって「美しい享楽」のヒロインでありながら、第三の「美しい女性」の世界の〈恋愛〉の肖像としてではなく、第一、第二の世界を「掻き混ぜ」た、「三つの世界」の日本淑女として肖像に納まったのである。

『三四郎』のテーマとして名高い「無意識《アンコンシアス、》な偽善家《ヒポクリット》」（談話「文学雑話」）について、「つまり自ら識《し》らざる間に別の人になつて行動するといふ意味だね」（森田草平『漱石先生と私』下巻）という漱石の言がある。「露悪家」よし子は無意識に〈別人〉美禰子になる可能性を秘め、「優美」なる「露悪家」美禰子が〈別人〉よし子に無意識になる可能性を大きく秘めているのが『三四郎』である。その団扇で光線をさえぎるポーズは、光線の圧力の試験をする野々宮の回避であろうか。理学者野々宮は妹を「研究して不可《いけ》ない」兄であり、しかし「無意識な偽善家」、「露悪家」の妹を「可愛《かあい》がる」「日本中で一番好《い》い人」である。

「素敵に大きな」「森の女」には理想淑女としての美禰子、よし子とともに三四郎の母も「掻き混ぜ」られているだろう。展覧会場に夫とともに来た美禰子はすでに「三つの世界」の美禰子ではない。母の肖像でもある「大作」「森の女」を観覧した三四郎は、もはや故郷に帰ることもないだろう。

「森の女」として喝采を博する、広田先生の〈画〉の女の〈夢〉は、『三四郎』の時期が、「学問」、学者の世界の「尤も美しい刹那《せつな》」、そのクライマックスの時であることを示している。記念碑的肖像画はまさにこの節目、転機をとらえることで完成した。また「森の女」の完成は、『三四郎』の時期が、第二の「女」との出逢いの時となることを考えさせる。「池の女」美禰子である。美禰子は、しかし「三つの世界」の「森の女」としてその青春の肖像画となった。美禰子が口にする「我が愆《とが》」「我が罪」は、「美しい女性」の世界の、「美しい享楽」とその「苦悶」に三四郎を誘いつつ、「三つの世界」の「森の女」となる、その「愆」「罪」であろう。その「愆」「罪」は、さかのぼれば、「真正の学者」広田先生の「愆」「罪」であり、学者作家漱石の「愆」「罪」である。

五　『三四郎』の思想――死と万歳――

日露戦勝後の「現代日本」に、「明治元年位の頭」の二十三歳の青年が、ワイドな「三つの世界」を花開かせ、大日本帝国憲法発布や、憲法発布にともなう森文部大臣暗殺が重要らしい話を聞く。『三四郎』の日露戦後の「現代日本」は、大日本帝国憲法発布や森有礼文部大臣暗殺後の必然的歴史としてある。その必然的歴史はまた近代国家日本の歴史である。三四郎の「三つの世界」はこの明治の相の上に開花している。

広田先生の〈夢〉の話の背景には、憲法発布を祝す日本初の万歳三唱とそこにともなう〈死〉という歴史的事実が横たわっている。憲法発布翌年の母の死を語る広田先生は、この明治の歴史的配合における「万歳」と〈死〉を、痛切に先生個人の〈死〉、および先生個人の「万歳」と結び付けているのであろう。「西洋の歴史にあらはれた三百年の活動を四十年で繰返してゐる」明治の歴史や思想は苛烈である。『三四郎』には、「変らない所に、永い慰藉《ゐしや》がある」「森の女」が描かれた。広田先生の「時代錯誤《アナクロニズム》」の思想、人生観は、〈死〉と「万歳」による、明治「太平」への「渝《かは》らざる愛」（『それから』）として認識される。このワイドな愛を内発的に押し進めるために、「森の女」の前で三四郎は「「迷　羊《ストレイシープ》、迷　羊《ストレイシープ》と繰返した」。

しかしもともと「偉大なる暗闇」という〈夢〉のような思想、人生観の波及透徹はある意味むずかしい。それを意識する漱石は、『三四郎』に「万歳」の〈夢〉「ダーターフアブラ」と〈死〉の〈夢〉「ハイドリオタフヒア」を挿入しながら、「ダーターフアブラとは何の事だ」、「（ハイドリオタフヒアの）意味はまだ分らない」と読者に考えさせる。「迷へる子《ストレイシープ》――解つて？」もおなじ発信であろう。こうしてこれら漱石の〈死〉と「万歳」の〈夢〉が、機を得て明治の歴史的現実とともに開花の相を見たのが『三四郎』である。

　ところで、〈死〉と「万歳」の思想、人生観は、むろん『三四郎』に突然筆を執られたものではないだろう。「髭《ひげ》の下から歯を出して笑」う広田先生には漱石の存在感があり、おなじような存在感は早く『吾輩は猫である』の苦沙弥先生に認められた。日露戦争「万歳」という国民意識の高まりの中で、滑稽、知的な『吾輩は猫である』を書き作家としてスタートした学者漱石がその出立時からもつ思想、人生観であろう。

　『三四郎』フィナーレの「演芸会」は、早く『草枕』の素材となっている。「二十世紀に此出世間的の詩味は大切である」、「自分にはかう云ふ感興が演芸会よりも舞踏会よりも薬になる様に思はれる」。桃源にさかのぼる『草枕』で、画工は「非人情《ひにんじやう》」の「拍手の興」、いうなれば「非人情」「万歳」を主張しているのだが、『三四郎』は逆の「演芸会万歳」に終わる。漱石は『三四郎』で初期の〈死〉と「万歳」のテーマを卒業し、職業作家としての新しい〈死〉と「万歳」の文学空間を創造したのである。

　さて、明治の歴史的現実と不可分の、漱石の〈死〉と「万歳」の文学の創出について、初期の作品群よりも、『三四郎』よりも、痛切な作品はないだろうか。明治天皇の崩御、乃木大将の殉死が語られている『こゝろ』である。「淋《さむ》しくつて」〈自殺〉する先生の悲しい物語『こゝろ』に、しかし、〈死〉はあっても「万歳」はない。しかし、晩年の漱石は、「死んだら皆に柩の前で万歳を唱へてもらひたいと本当に思つてゐる」（大正三年十一月十四日付岡田耕三宛書簡）と、〈死〉と「万歳」を結び付けていた。日清戦争・日露戦争「万歳」の高まりをもつ『吾輩は猫である』、大日本帝国憲法発布の「万歳」を有する『三四郎』とともに、『こゝろ』は、もとより激動の大日本帝国の明治天皇「万歳」を持する。『こゝろ』は、明治の「万歳」と〈死〉の歴史と、漱石個人の〈死〉と「万歳」の歴史が、明治の終焉と先生の自殺において語られ、閉じられている、まさにその極北の作品である。

　『草枕』、『三四郎』、『こゝろ』は、漱石の明治における歴史が、生成し、開花し、終焉する流れの真中にある。『草枕』は、非人情の作である。『三四郎』は、青年の物語である。『こゝろ』は、自殺の物語である。三作のうちで、『三四郎』は唯一平凡な幸福な作品である。時代と人生の永遠の開花の物語としてある。

漱石の引用は、岩波書店版（昭和四〇〜四二年刊行）『漱石全集』による。漢字は新字体とし、振り仮名は、適宜補った。

4　『明暗』の「清子」像についての考察

安宗伸郎

『明暗』は主人公津田が訪れた温泉場で「清子」に出会い、これから事件の山場がやってくるであろうと思われる場面で、作者漱石の死により永遠に中断してしまった。「清子」像については様々に論じられてきたが、作品が未完であるだけに「清子」について残された謎や疑問点は多い。

小宮豊隆氏は「『明暗』の構成」（『漱石襍記』所収　昭和10・5）において、「作者の主なる目的は、此所に登場するあらゆる人間の心の中に、それぞれの流儀に於ける醜悪なエゴイズムを発見し、それをはっきり読者の前に提示する事によつて、読者の深切な倫理的反省を迫がさうとする点にあつた……作者は箇箇の人間の心の、深い暗黒のなかに、精刻に斬り込んで行つてゐるのである。」（117頁）として、「筋の構成によつて、主人公の上に背負はされた課題を解決し、……『明暗』全体の上に、はつきりした締め括りをつけよう」（118頁）としており、「津田の病気の「根本的な手術」は、正に此所から――この温泉行きをもつて――始められようとするのである。」とその論を展開しておられる。

加藤二郎氏は、『明暗』の作中時間について、「大正四年或いは……大正五年の恐らく十一月と思われる或る水曜日の夕方……そこから約十五日乃至は十七日間が、未完の儘に遺された『明暗』に於ける現実の時日の経過である。」と、『明暗』論の冒頭で推定しておられる。その作中時間はさまざまな場面に反映しているが、作者の時代を先取りする感覚の鋭敏さによって、描かれた事象は現代の我々に切実に訴えてくるものとなっている。

作品の冒頭、医師から「根本的の手術」（一）を勧められた津田は、「此の肉体はいつ何時どんな変に会はないとも限らない。それどころか、今現に何んな変が此肉体のうちに起りつゝあるかも知れない。さうして自分は全く知らずにゐる。恐ろしい事だ」と痛切に感じるが、と同時に「精神界も同じ事だ。……何時どう変るか分らない。さうして其変る所を己は見たのだ」と精神界の「変」について思いをいたす。ポアンカレーの「偶然」を思い、「暗い不可思議な力」に翻弄される思いの津田は「何《ど》うして彼《あ》の女は彼所《あすこ》へ嫁に行つたのだらう。それは自分で行かうと思つたから行つたに違ない。然し何うしても彼所へ嫁に行く筈ではなかつたのに。……」（二）と「彼《あ》の女」が自分以外の男と不意に結婚した衝撃が頭から離れないままでいる。彼はお延と結婚してまだ半年でありながら、肉体と精神の「変」に揺さぶられ続ける。

すでに『硝子戸の中』において「――継続中のものは恐らく私の病気ばかりではないだらう。……――凡て是等の人の心の奥には、私の知らない、又自分達さへ気の付かない、継続中のものがいくらでも潜んでゐるのではなからうか。……所詮我々は自分で夢の間に製造した爆裂弾を、思ひ〳〵に抱きながら、一人残らず、死といふ遠い所へ、談笑しつゝ歩いて行くのではなからうか。唯どんなものを抱いてゐるのか、他も知らず自分も知らないので、仕合せなんだらう。」（三十）との認識を示している。この肉体・精神の「変」とともに、「彼の女」の理解不能の行動についての思いは、『明暗』全編を通じて津田の心に「継続中」のものとして影を落としていくのである。

津田は大学出の会社員で三十歳。半年前にお延と結婚したが、京都の父からの援助を受けながら生活している。津田の痔疾の手術と入院という事態に、父からは送金できない旨の手紙。津田が夏のボーナスで返金する約束を破り、お延に高価な指輪を買ってやったことを、妹のお秀が父親に手紙で告げ口をしていたためだった。

　津田もお延も、叔父や叔母の世話になって成人した過去を持つ。お延は夫に自分だけを愛させたいと念じ、それを生き甲斐と思っている女である。二人の結婚は、津田が「彼《あ》の女」に逃げられたことに責任を感じた吉川夫人の尽力によるものであった。手術後の津田の病室で、吉川夫人、お秀、小林、お延のくり広げる人間模様は、金の工面をめぐってエゴのぶつかり合いの様相を呈している。そのなかで冒頭に出てきた「彼の女」の姿が徐々に明らかにされてくる。

　津田と清子（「彼《あ》の女」）は、世話好きな吉川夫人によって愛し合うように仕向けられたが、二人をくっつけるような、また引き離すような「閑手段を縦ま〻に弄」する夫人の態度から、いざという間際に、清子は逃げたきり戻ってこなかった。津田はその責任はすべて夫人にあると考えていたが、「今日迄其意味が解らずに、まだ五里霧中に彷徨してゐた。」（百三十四）

　津田は吉川夫人から「子供扱ひにされるのを好いてゐた。」そのために「二人の間に起る一種の親しみを自分が握る事が出来たからであ」った。それは「男女両性の間にしか起り得ない特殊な親しみであつた。」（十二）そんな津田の、吉川夫人に対する姿勢が、清子の結婚についての気持ちを大きく変えたとしても不思議ではない。けれども、そういう清子の気持ちを推し量ることは、自己中心的に物事を考える津田には思い及ばなかったことだろうと思われる。

　「……彼が去年の暮以来此医者の家で思ひ掛なく会つた二人の男の事を考へた。……一人は友達であつた。是は津田が自分と同性質の病気に罹つてゐるものと思ひ込んで、向ふから平気に声を掛けた。彼等は其時二人一所に医者の門を出て、晩飯を食ひながら、性《セックス》と愛《ラヴ》といふ問題に就いて六づかしい議論をした。……それぎりで後のなささうに思へた友達と彼との間には、其後異常な結果が生れた。其時の友達の言葉と今の友達の境遇とを連結して考へなければならなかつた津田は、突然衝撃《ショック》を受けた人のやうに、眼を開いて額から手を放した。」（十七）この友達とは関のことであるが、ここには、関が津田の病気を誤解してそれを清子に伝え、それが津田から清子を奪った原因の一つになったかも知れない、との疑いを抱かせるものが潜んでいる。

津田にとって清子の結婚は「突然」で、「あつと云つて後を向いたら、もう結婚してゐた」（百三十九）有様だった。津田には清子が自分を棄てて関と結婚したことが、「何故だか些とも解らない」「たゞ不思議」で「いくら考へても何にも出て来ない」のであった。

吉川夫人は津田の退院直前病室を訪れ、そんな津田の清子への未練を鋭く指摘し、清子が今静養している温泉場を知らせる。そうして自分も養生を兼ね、清子に会って男らしく未練の片をつけてくるようにと勧める。夫人は津田を「男らしくない」と責め、旅費さえ出してやると津田を促す。

医師から全癒までは「早くて三週間……」（百三十五）といわれた津田は、医師に相談しない「粗忽な遺口」で温泉場に出かける。お延は「何時か一度此お肚の中に有つてる勇気を、外へ出さなくつちやならない日が来るに違ない」（百五十四）という。雨の中を津田は出発した。波瀾含みの津田の出発である。

温泉場に向かう津田の意識は、いつもの自分を失って、大きな自然の中に自分の存在を飲み尽くされた感じを抱かせられる。

「靄とも夜の色とも片付かないもの丶中にぼんやり描き出された町は丸で寂寞たる夢であつた。……「おれは今この夢見たやうなもの丶続きを辿らうとしてゐる。東京を立つ前から、……実は突然清子に背中を向けられた其刹那から、自分はもう既にこの夢のやうなものに祟られてゐるのだ。さうして今丁度その夢を追懸《おつかけ》やうとしてゐる途中なのだ。顧みると過去から持ち越した此一条の夢が是から目的地へ着くと同時に、からりと覚めるのかしら。……今迄も夢、今も夢、是から先も夢、その夢を抱いてまた東京へ帰つて行く。それが事件の結末にならないとも限らない。いや多分はさうなりさうだ。ぢや何のために雨の東京を立つてこんな所迄出掛て来たのだ。畢竟馬鹿だから？　愈《いよいよ》馬鹿と事が極まりさへすれば、此所からでも引き返せるんだが」此感想は一度に来た。半分《はんぶん》と掛らないうちに、是丈の順序と、段落と、論理と、空想を具へて、抱き合ふやうに彼の頭の中を通過した。然しそれから後の彼はもう自分の主人公ではなかつた。」（百七十一）

星月夜の光に映る古松らしい高い樹の物凄い影、突然聞こえ出した奔湍の音とが、津田の心に「不時の一転化」を与えた。

「あゝ世の中には、斯んなものが存在してゐたのだつけ、何《ど》うして今迄それを忘れてゐたのだらう」大きな自然のなかの小さな自分、見栄っ張りで「自分」に執着していた津田が変わり始めている。

「冷たい山間の空気と、其山を神秘的に黒くぼかす夜の色と、其夜の色の中に自分の存在を呑み尽された津田とが一度に重なり合つた時、彼は思はず恐れた。ぞつとした。」（百七十二）「運命の宿火」それを目標に津田は温泉場に辿りつく。

①意識せざる夜の出会い

津田は湯壺の中で自問自答する。「過去の不思議を解くために、自分の思ひ通りのものを未来に要求して、今の自由を放り出さうとするお前は、馬鹿かな利巧かな」（百七十三）そうして「三つの途」を思いめぐらす。「第一は何時迄も煮え切らない代りに、今の自由を失はない事、第二は馬鹿になつても構はないで進んで行く事、第三即ち彼の目指す所は、馬鹿にならないで自分の満足の行くやうな解決を得る事。」

湯壺からあがった津田は、この温泉場の家の広さ、階段の多さにとまどい「何処へ帰つて可いのか解らなくな」る。（百七十四）迷路のような廊下を歩き続けた津田は、洗面所のきらきらする「白い金盥」に水がざあざあ落ちて、その「縁を溢れる水晶のやうな薄い水の幕の綺麗に滑つて行く様」に見とれる。鏡に映る「暴風雨に荒らされた後の庭先」らしく見える幽霊のような自分の顔を見つめ、櫛を手にする。やがて再び「自分の室《へや》を探す故《もと》の我」に立ち返る。（百七十五）

階段の上の部屋の、障子を開け閉てする音に人の気配を感じ、「方角を教へて貰はう」と思った時、「若《も》しやと思つた其本人が容赦なく現はれ」、津田は強烈な驚きに囚われ、「足は忽ち立ち竦《すく》んだ。眼は動かなかつた。」「同じ作用が、それ以上強烈に清子を其場に抑へ付けたらしかつた。階上の板の間迄来て其所でぴたりと留まつた時の彼女は、津田に取つて一種の絵であつた。彼は忘れる事の出来ない印象の一つとして、それを後《のち》々迄自分の心に伝へた。」「彼女が何気なく上から眼を落したのと、其所に津田を認めたのとは、同時に似て実は同時ではないやうに見えた。……無心が有《ゆう》心に変る迄にはある時が掛つた。驚ろきの時、不可思議の時、疑ひの時、それ等を経過した後で、彼女は始めて棒立になつた。」「清子の身体が硬くなると共に、顔の筋肉も硬くなつた。さうして両方の頬と額の色が見るくうちに蒼白く変つて行つた。……津田は思ひ切つて声を掛けやうとした。すると其途端に清子の方が動いた。くるりと後を向いた彼女は止まらなかつた。津田を階下に残した儘、廊下を元へ引き返したと思ふと、今迄明らかに彼女を照らしてゐた二階の上り口の電燈がぱつと消えた。……すぐ傍の小さな部屋で、呼鈴の返しの音がけた、ましく鳴つた。」（百七十六）清子の用を聴きに行く下女から自分の部屋を教えて貰った津田は、床の中で此宵の自分を顧みて「殆んど夢中歩行者《ソムナンビユリスト》」（百七十七）のような気がした。「目的《あて》もなく家中彷徨《うろつ》き廻つたと一般であつた。」その晩の津田は清子のことをさまざまに考えてなかなか眠れなかった。

②変わらない清子――「緩慢」と「身を翻がへす燕」

朝食の時津田は、給仕の下女に宿泊客についていろいろ尋ねる。話の中で下女は「もう一人奥にゐらつしやる奥さんの方がお人柄です」（百八十）と清子を引き合いに出す。津田は清子が来たとき関も一緒だったこと、すぐ帰ったが近いうちに又来るとかいうことを知る。津田は清子に会うべく、吉川夫人の贈り物の果物籃に「御病気は如何ですか。是は吉川の奥さんからのお見舞いです」と書いた名刺を挟んで下女に届けさせた。果物とともに、もしお差し支えがなければ一寸お目に掛かりたい、という伝言とともに。

どうぞお出でくださいまし、という返事をもらって、津田は清子を訪ねる。床の間に活立らしい寒菊の花、角火鉢を挟んで向かい合わせの座布団、物々しい敷物。津田は「凡てが改まつてゐる。是が今日会ふ二人の間に横はる運命の距離なのだらう」（百八十二）と直感した。清子は縁側から果物籃を両手でぶら下げて姿を現した。津田の知っている清子は「何時でも優悠《おつとり》してゐた。」「緩慢」であった。その特色に信を置き過ぎたため、却って裏切られた。「突如として彼女が関と結婚したのは、身を翻がへす燕のやうに早かつた」。清子の姿を見て「相変らず緩慢だな」津田は斯う評するより外に仕方がなかった。

津田は昨夜の驚きと調和しない清子の落ち着きに驚く。清子の最初の挨拶は「何うもお土産を有難う」だった。「清子はたゞ微笑した丈であつた。其微笑には弁解がなかつた。云ひ換へれば一種の余裕があつた。」（百八十四）津田は伸び伸びした心持ちで清子の前に座っていた。関のことをたずねる津田。「彼女は微笑して答へた。「え、有難う。まあ相変らずです。時々二人して貴方のお噂を致して居ります」」（百八十五）その後、清子は「だけどそれは仕方がないわ、自然の成行だから」との言葉を発している。平気で元の恋人のことを話題にする清子夫婦、津田はお延に清子のことを隠し続けている、その対比。「自然の成行」とは清子の生き方そのものに繋がる言葉であろう。

昨夜偶然清子に会った津田の行動に、「待伏せ」を感じた清子。疑いを解こうと弁明する津田。何故疑ったのかの問いかけに、清子は「そりや申し上ないだつて、お解りになつてる筈ですわ」「私の胸に何にもありやしないわ」「だつてそりや仕方がないわ。疑つたのは事実ですもの。其事実を白状したのも事実ですもの。いくら謝まつたつて何うしたつて事実を取り消す訳には行かないんですもの」「理由は何でもないのよ。たゞ貴方はさういふ事をなさる方なのよ」「でも私の見た貴方はさういふ方なんだから仕方がないわ。嘘でも偽りでもないんですもの」その言葉に「津田は腕を拱いて下を向いた。」（百八十六）

清子の言葉には「仕方がないわ」が頻出する。津田の問いかけに、清子の答え方はたいへん素直で余裕がある。清子の微笑には「弁解」がなく「余裕」がある。それは『明暗』百八十七、百八十八とも同じ事である。これらは、清子が物事に素直に向き合う姿勢を示しており、津田にない自然な態度からでてくるものであろう。

再会して土産の林檎を清子が剥いている場面で、清子は「たゞ昨夕《ゆふべ》はあゝで、今朝は斯《か》うなの。それ丈よ」と、津田のなぜ平気でいられるのか、の質問に答える。「故意ぢやないのよ」には頭の良さからくる切り返しが伺え、「待ち伏せ」にもあたる津田の起床時間の指摘に、それまで頭を上げないで答えていたのが「此問を掛けるや否や」すばやく「顔を上げ」」「成る程貴方は……」と津田をたじろがせることばを吐く。鷹揚ばかりでなく、真実を見つめる眼と、いざという時には「宙返りを打つ」（百八十三）機敏さをも持ち合わせていたのだといえる。

③清子はなぜ変わったのか（結婚の前と後との違い）

「「あ、此眼だつけ」

二人の間に何度も繰り返された過去の光景が、ありくと津田の前に浮き上がつた。其時分の清子は津田と名のつく一人の男を信じてゐた。だから凡ての知識を彼から仰いだ。あらゆる疑問の解決を彼に求めた。自分に解らない未来を挙げて、彼の上に投げ掛けるやうに見えた。従つて彼女の眼は動いても静であつた。何か訊かうとするうちに、信と平和の輝きがあつた。彼は其輝きを一人で専有する特権を有つて生れて来たやうな気がした。

自分があればこそ此眼も存在するのだとさへ思つた。」（百八十八）

清子はなぜ変わったのかは、なぜ津田と結婚しなかったのか、と言い換えることができよう。そこには、当の津田はもちろんだが、二人の人物の関与が考えられる。それは吉川夫人と関である。もっとも大きな影響を及ぼしたのは、他ならぬ関である。

「……是は津田が自分と同性質の病気に罹つてゐるものと思ひ込んで、向ふから平気に声を掛けた。彼等は其時二人一所に医者の門を出て、晩飯を食ひながら、性《セツクス》と愛《ラヴ》といふ問題に就いて六づかしい議論をした。……それぎりで後のなささうに思へた友達と彼との間には、其後異常な結果が生れた。其時の友達の言葉と今の友達の境遇とを連結して考へなければならなかつた津田は、突然衝撃《シヨツク》を受けた人のやうに、眼を開いて額から手を放した。」（十七）

名前はあげてないけれども、これは関以外には考えられない人物である。勘ぐって云えば、関は、津田が痔の治療で病院を訪れたことを曲解して、津田が病気（性病）を隠して清子とつきあっているとか、吉川夫人のことを引き合いに出したりして、自分に有利に事を運んだ、と考えられるのである。吉川夫人の人の気持ちを弄ぶ態度や、人間関係に首を突っ込んで引っかき回す事例はすでに経験していただろう清子だから、津田の吉川夫人に依存したような煮え切らない態度に比べて、曲がりなりにも自分の責任で仕事に取り組んでいただろう関の姿は、清子には好ましく映ったことと思われる。「嫁に行けば、女は夫のために邪になるのだ」「天真を損なわれる」という認識は、すでに『行人』の一郎の言葉として表現されているように、作者の認識は、人間の肉体も精神も、何時どう変わるか分からないものだ、というところに達するのである。

清子の流産は、関の病気が原因と考えられるが、漱石は清子をいわゆる聖女として描いてはいない。『明暗』では、すべての登場人物は、さまざまな人間関係の中で相対化して描かれ、清子も例外ではないのである。

津田の知っている清子は、「何時でも優悠《おつとり》してゐた。」「何方《どつち》かと云うへば寧ろ緩慢」（百八十三）であった。再会して、津田の「些《ちつ》とももとと変りませんね」に、「え、、だって同なじ人間ですもの」（百八十四）と答える清子。清子は、津田やお延のように、頭で考えて、つまり自分のポリシーによって行動する人間ではなく、「直感的」に事実に対応し、「自然の成行」に自覚的な女性なのである。だから、津田には理解できない謎ともなり、そのことが、津田の認識のかたよりをあぶり出す結果になるのである。けれども、関と結婚した清子は、関の影響を受けて、津田に対する批判的な眼を強くするようになったと考えられる。そこに清子の変化があったのだ。けれども、「自然の成行」に自覚的な清子は、どんな状況に置かれようとも、すべてをあるがままに受け入れて、清子らしい生き方を変えることはないと思われるのである。

これまで論じられてきた清子像――小宮豊隆氏は『漱石の芸術』（昭和17・12）においては、『明暗』は「あらゆる場合のあらゆる人の私が指摘し悉されてゐる」「新しい百鬼夜行之図」であるとして、清子の人柄について「自然と純粋と誠実とに充ちた、殆んど私といふものから脱離してしまった……「清」い人間の存在がほのめかされてゐるのである。」（306頁）と論に微妙な変化をみせておられる。一九五六年『夏目漱石』で登場した江藤淳氏は「清子は聖女でも、特別な救済能力をあたえられた天使でもあり得ない。「淡泊」「鷹揚」「緩慢」……というような……文句をつかまえて、直ちに作者の「則天去私」的理想化を云々するのはいかにも感傷的である。」（『決定版　夏目漱石』151頁）と反論しておられる。越智治雄氏は「明暗のかなた」（『漱石私論』所収　昭和46・6）において「清子の微笑は『行人』の直と同じくジョコンダの謎を秘めている。清子は「昨夕《ゆうべ》はあゝで、今朝は斯うなの」と言うが、慥かに「甲が事実であつた如く、乙も矢ッ張り本当」（百八十三）なので、これはまさしくポアンカレーの言うように、二つを結ぶ因果があまりに複雑で読めないということをしか津田に意味しはしない。」（370頁）としておられる。内田道雄氏は「日本近代文学　5集」（1966・11）の『明暗』において、「清子を、ここではお延との対比において理想化しようとするよりは、お延と同様現実にまみれた次元で、漱石はとらえようとしている。……清子をとりまく生活の次元は、津田やお延のそれと殆んど差違はない人間的なそれである。考えようによっては、彼らよりももっと深い、虚偽や欺瞞、専横や冒涜が巣食うような環境の中に清子は住んでいる。だから、清子が……示す余裕や平静は、……運命に対する従順を本質的に備えている結果であるか、夫への幻滅と心根すりへらすような争闘の末に、諦念染みた心境を意志的に獲得したか、のいずれかであろう。」として、津田に救いがあるとしたら、それは清子によってではなく、お延によってもたらされるしかないだろう、（『漱石作品論集成　明暗』所収146～147頁）と、清子の内面を洞察しておられる。平岡敏夫氏は『漱石研究』（1987・9）においても「清子を「則天去私」に重ねて読むことでその理想化を見ようとする戦前からの読みとは異なり、清子もふくめて平凡な普通の人間が自覚・努力・決心をもって天然自然に自身を開放して行こうとするのである。津田・お延における「愛・結婚・夫婦」は、……事実・実質の論理に近づきつつ、自覚的な「自然の成行」から「融け合つた」ものとして描かれる。あるいはそれを予感させるところで「明暗」は閉じられたであろう。」（402頁）としておられる。大岡昇平氏は昭和五十一年五月、「明暗」の結末について、と題された早稲田大学での講演で、最終回の場面の清子の発言（引用者注　「予定なんか丸でないのよ。宅から電報が来れば、今日にでも帰らなくつちゃならないわ」……「そりや何とも云へないわ」）を次のように批判しておられる。「この前の女中の話では、夫の関が近いうちに来ることになっているのですから、電報がくれば帰らなければならない、という言葉はへんです。……私には、この場面の清子の言葉は、かなり挑発的に聞えます。いついなくなるかわからないのよ、いいたいことがあるんならば早くおっしゃい、という意味に取れます。」（『小説家夏目漱石』1988・5　所収）と。加藤二郎氏は「文学」（1988・4　『漱石作品論集成　明暗』所収）の『明暗』論において、「清子の前での津田の二極化への問いは、二極化の構造と共にその対象乃至は起点である清子の位相の開示を齎すものと言える。」として「人間の関係性に於ける「私」の発言としての自己「特殊」化、即ち「黒人」視、その地点に於て津田は清子の前での安息と能動性からの脱落を自己の内に見ざるを得ないのであり、その脱落を契機とした清子への問いかけ働きかけが、清子による批判と拒否との前での佇立へと結果するというそうした津田の一連の変容の内にあって、清子はいわば「素人」としての姿を持続してある。」（353〜354頁）と、清子「素人」説を展開しておられる。これに対し、大竹雅則氏は「最後の漱石『明暗』」（『漱石　その遐なるもの』平成11年4月　おうふう）において、温泉場での津田との最初の出会いでの清子の反応は、罪の意識に基づく津田恐怖の反応であるとして、その後の清子の一連の行動を津田回避の作為的な行動としておられる。「津田がはまり込んだ宿の迷路は正しく清子の象徴であり、津田にとっての清子は、過去、現在、未来に亘って津田の人生を狂わす迷路そのものであったのである。」（248頁）と論じておられる。

今までの研究では、清子像にエゴを認め、また認めないの両極端から、その中間の様な地点に清子は立たされている。大事なことは、そのとらえ方が『明暗』の解釈を深めることにつながらねばならない。津田とお延夫婦を主人公として、夫婦のありかた、男女の問題、人間関係の問題を探り続けた漱石にとって、清子は津田の目から見てお延と対蹠的な人間だけにとどまらず、「たゞ昨夕《ゆうべ》はあゝで、今朝は斯うなの。それ丈よ」という言葉に象徴されるように、矛盾する二つのものを自分の中で、自然に同化してしまう存在である。津田の眼には矛盾と映っても、清子らしい生き方を貫いてきたといえるのではないか。たとえそこに自分の眼の不確かさがあったとしても、それが招来する結果には、「自然の成行」にまかせる精神の柔軟さと強靱さを備えている。それが津田自身の自己認識に苦い反省をもたらすことになるであろうことが予測され、津田夫婦の生き方に変化の動きが起こることが予想されるのである。

5　漱石の文章批評眼

――「艇長の遺書と中佐の詩」から――

小田迪夫

はじめに

『漱石全集』（昭和四十二年再版本第二刷・四十九年末から配本）を順次購入していた時、『評論・雑篇』の巻の目次を見ていて、「艇長の遺書と中佐の詩」という題に目をひかれた。本文を読んで、「艇長」とは、明治四十三年四月、潜水艇が潜航中に故障して浮上できなくなった事故で亡くなった佐久間勉大尉のこと、「中佐」とは、明治三十七年三月、日露戦争開戦まもなく旅順口閉塞作戦で戦死して軍神第一号となった廣瀬武夫中佐のことであると知った。

二人の名前からすぐに思い出したのは、五・六歳頃に見た絵本に出ていた二人の姿であった。佐久間艇長は、海底に沈んだ潜水艇（潜水艦の初期の呼称）の薄暗い中で、深刻な表情をして手帳に鉛筆で何か書いている。廣瀬中佐は、多くのロシア人の見ている前で、柔道衣を着て、ロシアの大男を背負い投げで投げ飛ばす場面で、男の大きな体が水平になって宙に浮いている。そんな絵であった。絵本の言葉がどうにか読めるようになっていた頃だったので、廣瀬中佐の絵には、「相手《アイテ》ハ雲《クモ》ヲツクヤウナ大男《オオオトコ》」とあったのを記憶している。「雲を衝くような」という形容語をこの時はじめて覚えたように思う。

そうした絵の思い出を懐かしみながら本文を読んでいくと、漱石は、佐久間艇長が死の直前に書いた遺書を「名文」と評価し、廣瀬中佐が最後の出撃に際して作った詩を「月並み」な「陳套を極めたもの」と酷評している。佐久間艇長の遺書が公開された時、戦死した廣瀬中佐はすでに軍神となって銅像が建てられていた。その辞世の詩を国民的英雄像から切り離して、文学作品として批評していることに興味をひかれたが、その評価から漱石の文章観を穿鑿することなど思い浮かばず、時々この批評が気になりながら、これまで無為に過ごしてきた。

このたびの機会を得て、この短い評論文から、漱石の文章批評意識をうかがってみようと思い立った次第である。

一

「艇長の遺書と中佐の詩」は、その前にある「文芸とヒロイック」と題する評論の続きのような形で書かれ、『東京朝日新聞』の「文芸欄」に明治四十三年七月十九日、二十日と連続して掲載された。

漱石は、この文芸欄の創設の中心人物であり、編集責任者であった。編集の実務を森田草平に担当させていたが、森田の不手際で掲載原稿が用意できなくなり、急遽、漱石が自ら筆をとって「文芸とヒロイック」以下数篇を書いた。「門」の連載を終えた後、胃潰瘍で長与胃腸病院に入院していた時のことである。(その経緯を私は江藤淳の『漱石とその時代・第四部』〈新潮選書・一九九六〉を読んで知った。)

潜水艇沈没事故は明治四十三年四月十五日のことだが、遺書の写真版を野上豊一郎が病院に持ってきたのは七月七日である。漱石は、それを読んだ感想を、常日頃抱いていた自然主義派の作家たちへの要望に結び付けて、

「文芸欄」の穴埋めとして一気に書いたのが、「文芸とヒロイック」であり、「艇長の遺書と中佐の詩」はそれを引き継いでの評論であった。

「文芸とヒロイック」は、「自然主義といふ言葉とヒロイックと云ふ文字は仙台平の袴と唐桟の前掛の様に懸け離れたものである。」という漱石らしい奇抜な比喩で始まり、「従つて自然主義を口にする人はヒロイックを描かない。実際そんな形容のつく行為は二十世紀には無い筈だと頭から極てか丶つてゐる。」という書き出しになっている。

しかし、現実にヒロイックな行為があった時には、それを軽蔑したり虚偽呼ばわりしたりせず、憚りなく作品に書くべきであるという趣旨のことを述べ、その例として、佐久間艇長の遺書のことを話題にしたのである。漱石はそのことを次のように述べている。

　余は近時潜航艇中に死せる佐久間艇長の遺書を読んで、此ヒロイックなる文字の、我等と時を同じくする日本の軍人によつて、器械的の社会の中に嚇として一時に燃焼せられたるを喜ぶものである。自然派の諸君子に、此文字の、今日の日本に於て猶真個の生命あるを事実の上に於て證拠立て得たるを賀するものである。

そして、最後に、「人から佐久間艇長の遺書の濡れたのを其儘写真版にしたのを貰つて、床の上で其名文を読み返して見て、「文芸とヒロイック」と云ふ一篇が書きたくなつた。」と結んでいる。

「艇長の遺書と中佐の詩」は、それを受けて次のように書き出されていた。

　昨日は佐久間艇長の遺書を評して名文と云つた。艇長の遺書と前後して新聞紙上にあらはれた廣瀬中佐の詩が、此遺書に比して甚だ月並なのは前者の記憶のまだ鮮かなる吾人の脳裏に一種痛ましい対照を印した。露骨に云へば中佐の詩は拙悪と云はんより寧ろ陳套を極めたものである。（中略）文字の素養がなくとも誠実な感情を有してゐる以上は（又如何に高等な翫賞家でも此誠実な感情を離れて翫賞の出来ないのは無論であるが）誰でも中佐があんな詩を作らずに黙つて死んで呉れたならと思ふだらう。

さらに、漱石は艇長の遺書について、次のように述べている。

まづいと云ふ点から見れば雙方ともに下手いに違ない。けれども佐久間大尉のは已を得ずして描く出来たのである。呼吸が苦しくなる。部屋が暗くなる。鼓膜が破れさうになる。一行書くすら容易ではない。あれ丈文字を連らねるのは超凡の努力を要する訳である。従つて書かなくては済まない、遺さなくては悪いと思ふ事以外には一畫と雖も漫りに手を動かす余地がない。平安な時あらゆる人に絶えず付け纏はる自己広告の衒気は殆ど意識に上る権威を失つてゐる。従つて艇長の声は最も苦しき声である。又最も拙な声である。いくら苦しくても拙でも云はねば済まぬ声だから、最も娑婆気を離れた邪気のない事である。殆ど自然と一致した私の少い声である。そこに吾人は艇長の動機に、人間としての極度の誠実心を吹き込んで、其一言一句を真《まこと》の影の如く読みながら、今の世にわが欺かれざるを難有く思ふのである。さうして其文の拙なれば拙なる丈真の反射として意を安んずるのである。

漱石の筆勢に引っぱられて思わず長く写し書きをしてしまった。すなわち、艇長の遺書は、措辞は拙だが、「書かなくては済まない」書く必要のある真のみを語っている点で名文である、と漱石は評価しているのである。

それに対して、廣瀬中佐の詩については、以下のように述べている。

廣瀬中佐の詩に至つては毫も以上の条件を具へてゐない。已を得ずして拙な詩を作つたと云ふ痕跡はなくつて、已を得るにも拘はらず俗な句を竝べたといふ疑ひがある。艇長は自分が書かねばならぬ事を書き残した。又自分でなければ書けない事を書き残した。中佐の詩に至つては作らないでも済むのに作つたものである。（中略）中佐は詩を残す必要のない軍人である。しかも其詩は、誰にでも作れる個性のないものである。（中略）吾々は中佐の死を勇ましく思ふ。けれども同時にあの詩を俗悪で陳腐で生きた個人の面影がないと思ふ。

廣瀬中佐は国民的英雄となったが、「詩を残す必要のない軍人」であり、この詩には「生きた個人の面影がない」と述べ、あくまで文学的観点からその作品としての出来を批評している。

二

佐久間大尉の遺書は、その全文を江藤淳の『漱石とその時代　第四部』で読むことができるが、二〇〇一年に出た『佐久間艇長の遺書』（ＴＢＳブリタニカ編集部）という本には、漱石が病床で見た遺書の写真版が収められている。佐伯彰一氏（元東大教授・文芸評論家）の「ヒロイズムと現代」という序文と、「第六号潜水艇の遭難」という、事件の詳しい経緯の解説が付けられ、事故の報道ぶりと当時の国民の反響、与謝野晶子が挽歌を読んだことなどが紹介されている。

与謝野晶子の挽歌は「佐久間大尉を傷む歌」として、「海底《うみぞこ》の水の明りに認《したた》めし永き別れのますら男の文《をふみ》」ほか十三首が作られている。（歌集『青海波』〈有明館・明治四十五年〉所収）

遺書の書かれた手帳は、沈没艇の引上げ後、大尉の胸ポケットから発見された。鉛筆書きで、最初に「佐久間艇長の遺書」と書かれ、小さな手帳なので短く改行して、次のように書き出されている。

小官ノ不注意ニヨリ／陛下ノ艇ヲ沈メ／部下ヲ殺ス、／誠ニ申訳無シ、／サレド艇員一同、／死ニ至ルマデ／皆ヨクソノ職ヲ守リ／沈着ニ事ヲ処セリ、

以下、「沈没ノ原因」「沈据後ノ状況」「公遺言」という見出しを付けて、文字は乱れているが、内容は整然と記述されている。

「公遺言」は、

謹ンデ／陛下　ニ白ス、／我部下ノ遺族ヲシテ／窮スルモノ無カラシメ給ハラン事ヲ、／我ガ念頭ニ懸ルモノ之レアルノミ、

と記し、そのあと、「左ノ諸君ニ宜敷」として斉藤実海軍大臣ほか世話になった上官、中学時代の恩師などの名前を列挙している。

なお、家族に対する遺言は、「公遺言」の前に、「我レハ常ニ家ヲ出ヅレバ／死ヲ期ス、サレバ／遺言状ハ既ニ「カラサキ」引出ノ中ニアリ」とあって、その在処のみを記していた（「カラサキ」は普段乗っていた潜水母艦「唐崎」のこと）。死の直前の苦しい中で、沈着冷静にこのような行き届いた遺書が書かれていたことは、国中に感動の渦を巻き起こしたという。

この書の扉には、佐久間大尉の海軍士官正装の肖像写真がある。廣瀬少佐（生前の位、戦死後中佐昇格）の口髭をピンと伸ばしたいかにも軍人らしい顔写真は子どもの時に見慣れていたが、初めて見る佐久間大尉の風貌は、

久しく忘れていた「日本男児《にっぽん》」という言葉を思い出させた。また、「好漢」という語がぴったり当てはまる風姿だとも思った。

三

一方、廣瀬少佐の詩は、五言絶句ならぬ四言四行の漢詩で、次のように揮毫されていた。（『〔激闘旅順・奉天〕日露戦争陸軍戦捷の要諦』〈学習研究社・一九九九〉にその写真版が載せられている。）

指揮福井丸再赴旅順口閉塞
七生報国
一死心堅
再期成効
含笑上船

「七生」と「一死」の対句、「堅」と「船」の押韻は、漢詩の常套である。現在は死語のようになった「一死」の意味を辞書で確かめると、「〔大儀のために〕自分の命をすてること。〔一死以て国恩に報いん〕」（『新明解国語辞典』第四版）とある。

この意味では、「七生報国、一死心に堅し」は決死の心を表明する言葉である。作戦は、老朽船を旅順港の出口が塞がるように停船させ、自沈させてからボートで脱出する行動で、夜ながら陸地から探照灯に照らされて猛烈な砲撃を受ける、極めて危険な作業だった。

しかし、「再び成効を期し、笑みを含みて船に上る」は、前書きの「福井丸を指揮して再び」を受けた句で、初回閉塞失敗後の再度の出撃は、一層危険ではあるが成功を期待し、心にゆとりを持って出かける気分を表そうとしたものと受け取れる。

私は、この「笑みを含みて船に上る」から、子どもの時に見た『週刊少国民』(朝日新聞社)という少年誌の特攻隊員出撃の写真を思い出す。女子挺身隊らしい女学生たちが日の丸の小旗を振りながら見送る前を、隊員がにっこりと笑みを浮かべて搭乗機に向かう姿である。しかし、その笑顔は、子供心にも不自然な作り笑いのように感じられたことを覚えている。もっとも、体当たり自爆を命じられて百パーセント死にに行く場合と、僅かでも生還の可能性のある出撃とでは、その心理に大変な隔たりがあったという(特攻隊生き残りの兵士の手記による)。その点では、廣瀬少佐の「含笑」と特攻隊員の笑顔の心理は同質ではない。

この「含笑」の気分がうかがわれる廣瀬少佐の文章がある。

『高等小学読本巻一』(大正十五年度から使用)にも「廣瀬武夫の手紙」というタイトルで採録されていた書簡文である。初回の旅順口閉塞作戦帰還後に書いた、姉の手紙への返信で、その結びに次のような記述がある。

武夫儀はいよいよ相励み軍功を立て申すべく「七度人間に生まれて国賊を滅さん」とは一貫の精神にこれあり決して先度ぐらゐの働にて満足致す者にこれなく候元来天佑を確信し居ることに候へば決して〳〵無用の御心配下さるまじく候再拝

この肉親への手紙には「七生報国」と同意のことを述べているが、それに続く「一死心堅」に当たる言葉はない。むしろ生還の確信をうかがわせるように、「天佑を確信し得ることに候へば決して〳〵無用の御心配下さるまじく候」と述べている。

また、廣瀬がかつて世話になった上官、八代六郎大佐宛の書状の冒頭にも、「天佑を確信し再び旅順口閉塞の途に上がり候」とあった。（詩の写真版と同じ書に掲載）

このような私信の「天佑を確信し」を読むと、作戦の成功と生還は確実と信じていたとも考えられるのである。しかし、万一の死への覚悟と、生還への期待、確信という相反する思いを抱いて戦場へ赴いたとすれば、その複雑な心理は漢語の短詩では表しがたいであろう。事実その二つの思いは、前二句と後二句に分裂して示されている。ただし詩全体の趣きとしては、自らを励ます高揚した気分を月並みな語句に乗せ、勇躍して出陣する英姿を読む人に印象づけようと意図したものかと思う。

とすれば、漱石は、そのような作為の心理を読みとった上で、此の詩を「甚だ月並みな」「陳套を極めたもの」と酷評したと解されるのである。先に引用した「艇長の遺書」についての記述の中にあった「自己広告の衒気」は、この廣瀬の心理をふまえて述べていると思われる。

四

しかしながら、廣瀬武夫少佐は、実は、漢詩・漢文に堪能な軍人であった。そのことを明らかにしたのは、東京大学で近代比較文学研究を創始した島田謹二教授である。島田教授は、廣瀬武夫に関する文献や一級資料を徹底的に調査して、それまで知られていなかった廣瀬の文人としての資質と活動を洗い出し、それを『ロシアにおける廣瀬武夫』（弘文堂・一九六二）という著作にまとめた。

その第一章「インド洋をこえてヨーロッパへ」には、日露戦争前、廣瀬がロシアへ軍事研究のために留学する途上、船上で書いた日誌のメモが掲載されていて、その短い文語文の中に七言絶句、五言絶句が十四首も書き込まれている。

廣瀬は留学してのちペテルブルグの駐在武官となり、ロシア貴族海軍士官のサロンに出入りして演劇や音楽に親しみ、また、ロシア文学に傾倒した。上級士官の娘と相思相愛の仲となり、帰国の別れの記念にと請われて、プーシキンの詩を「夜思」と題する五言古詩に訳して彼女の手帳に書き入れたりしている。島田教授は、本書の「まえがき」で、「三十六年何か月かの短生涯のうち書きしるした手紙の数は二千通に達すると思う。」「明治の海将のうち、かれは八代六郎、秋山真之とならんで、屈指の書簡文家に数えられるであろう。」と述べている。また、その手紙には「流露する真情の文才があって、明治のナショナリズム文学の中で優に一家をなすに足るものがあると思う。」とも述べている。

しかし、このような詩文練達の士が、生涯の最後になぜあのような月並みな作を残したのか。此の詩は、乗船した福井丸の船長に与えた「辞世の句」であった、と『万朝報』が報じている。(『ニュースで追う明治日本発掘7』〈河出書房新社・一九九五〉による。)それが事実なら、これは心を込めた辞世の句というよりも、むしろ書き慣れた手で気軽に作って、その心意気を船長に示そうとした即興詩と見るべき作品かもしれない。廣瀬少佐は「辞世の句」のつもりで作ったのではなかったが、戦死したために、「辞世の句」と見なされるに至ったということであろう。

五

以上、廣瀬武夫少佐の詩を巡って、あれこれ穿鑿してきたが、再び、漱石の批評文に戻って、その結末部に着目したい。結末部は、以下のごとくである。

道義的情操に関する言辞（詩歌感想を含む）は其言辞を実現し得たるとき始めて他をして其誠実を肯はしむるのが常である。余に至つては、更に懐疑の方向に一歩を進めて、其言辞を実現し得たる時にすら、猶且其誠実を残りなく認むる能はざるを悲しむものである。微かなる陥欠は言辞詩歌の奥に潜むか、又はそれを実現する行為の根に絡んでゐるか何方かであらう。余は中佐の敢てせる旅順閉塞の行為に一点虚偽の疑いを挟むを好まぬものである。だから好んで罪を中佐の詩に嫁するのである。（傍線は引用者）

ここには、漱石の文章批評精神の精髄が語られていると見る。そう考えるなら、その精髄を示すキーワードは、傍線を付した「誠実」という語である。すなわち、文章評価の肝要は、その表現から書き手の誠実心が伝わってくるかどうかを厳しく問うということである。

この語に着目して、それまでの叙述を振り返ると、「誠実」は次のような文脈に現れる。

文字の素養がなくとも誠実な感情を有してゐる以上は（又如何に高等な翫賞家でも此誠実な感情を離れて翫賞の出来ないのは無論であるが）誰でも中佐があんな詩を作らずに黙つて閉塞船で死んで呉れたならと思ふだらう。

また、佐久間大尉の遺書について述べられた中にも出てくる。

そこに吾人は綖長の動機に、人間としての極度の誠実心を吹き込んで、其一語一句を真《まこと》の影の如く読みながら今の世にわが欺かれざるを難有く思ふのである。

この二つの文脈では、作品によって読み手に喚起される「誠実な感情」「誠実心」が表現鑑賞の核となることを述べている。

廣瀬武夫の人間としての誠実性については、先述の『ロシアにおける廣瀬武夫』から想像できる。この著書には、彼がロシアの軍人やその家族との交流の中で、極めて好感を持って受け容れられた様子が具体的に描かれている。人柄の誠実性が相手に伝わることなしにそのような親密な交友関係は結べなかったであろう。しかし、作戦出動直前に作ったこの詩の表現行為に限っては、「言辞詩歌の奥に」「それを実現する行為の根に」誠実を疑わしめるものが感じられる、というのが漱石の真意であろう。

六

「誠実」というキーワードから思い当たるのは、学部生だった時、「国語教育研究会」のテキストとして読んだ鶴見俊輔氏の「言語の本質」という論文である（岩波講座『現代教育学6』一九六一）。その中に「文体の規準」という節があり、鶴見氏はその規準を、言語を使うに際しての「誠実さ」「精密さ」「分かりやすさ」と規定している。

鶴見氏は、プラグマティズム哲学の立場から、「言語は、発想の道具であり、思想の体系化・実証の道具であり、思想の表現の道具である。」と述べ、「発想の道具」としては「誠実さ」が、「思想の体系化・実証の道具」としては「精密さ」が、「思想の表現の道具」としては「わかりやすさ」が要求される、と述べている。

「発想」とは〈思いつくこと〉で、「発想の道具」としての言語は、表現以前の内的言語である。「発想は、この内的言語の助けを借りておこなわれる。その発想が発想以前の言語化されない不分明の状況にすなおに根ざしているかどうかが、この誠実さの有無なのである」と、鶴見氏は言う。そして、「思いつくということの中に、その個人に特殊な人がら、状況、歴史の刻印がおされる。このかぎりにおいて、誠実な文体とは、個性的な文体ということとかかわりなくなる」と述べている。すなわち、言語化以前の未分化の心内状況に個々の人間の個性の根源があり、誠実性の根もそこにあると考えるのである。

漱石が表現行為の心の奥の誠実性を問題にし、佐久間艇長の遺書に心底から感動し、廣瀬中佐の詩は「誰にでも作れる個性のないもの」であり、「生きた個人の面影がない」と厳しく批判したことは、この鶴見俊輔氏の言述に通底するものがある。漱石は、鶴見氏の文体規準の「誠実さ」に相当する「誠実」を問い、その有無によって、佐久間艇長の遺書を名文とし、廣瀬中佐の詩を駄作と評した。「艇長の遺書と中佐の詩」の場合、漱石の文章評価の眼は、表現行為のこころ根の誠実を見抜く眼であったといえよう。

○

国民学校低学年の時、音楽室から聞こえてくる上級生の歌声の中に、「杉野はいづこ、杉野はゐずや」という歌詞があった。その箇所のメロディも記憶にある。（杉野兵曹は廣瀬少佐の部下で、沈没前の閉塞船の中で行方不明になった。廣瀬少佐は沈没ぎりぎりまで船内を捜しまわり、そのためボートに戻っての脱出が遅くなって敵弾に当たったと考えることもできる。その部下思いの行動が国民の感動を呼び、廣瀬は軍神中佐となった。）

教材「廣瀬中佐」は、第二期国定教科書『尋常小学読本巻七』（明治四十三年版）から第五期の『初等科国語四』

まで継続して教科書に載っていた。第二期の初出は文語文だが、第三期『尋常小学国語読本巻八』以降は文語詩である。「佐久間艇長の遺書」は、『初等科修身三』にあった。廣瀬少佐の勇敢な行動を文学的に描いた教材が国語読本に載っていたのに対し、日露戦後、平和時の不慮の事故に対する佐久間大尉の沈着冷静な行為は、「修身」学習に適していると判断されたのであろう。いずれもそれを学ぶ学年まで上がらぬうちに終戦になったが、就学前は親から、就学後は教師から、この二人の軍人の話をしばしば聞かされたことを懐かしく思いながら、本稿をしたためた次第である。

6　夏目漱石の俳句
――松山中学校・熊本第五高等学校時代を中心に――

世羅博昭

一

夏目漱石は、慶応三年二月九日、江戸牛込馬場下横町（現、新宿区）に、父夏目小兵衛直克、母千枝の五男として生れる。大正五年一二月九日、五度目の胃潰瘍を起こし、大内出血がもとで亡くなる。享年、満四九歳。平成八年度版『漱石全集　第十七巻』（岩波書店・一九九六年一月一二日刊）によれば、夏目漱石は、全部で二五二七の俳句をつくっている。これを年代別に掲げると、次の表のとおりである。

句数	年	時代
2	22	明治時代
5	23	
30	24	
2	25	
0	26	
13	27	
464	28	
522	29	
288	30	
103	31	
350	32	
19	33	
20	34	
10	35	
22	36	
21	37	
7	38	
31	39	
134	40	
49	41	
22	42	
146	43	
23	44	
23	1	大正時代
5	2	
123	3	
17	4	
48	5	
28	不詳	
2527	合計	

（注）ここに掲載されている俳句は、新聞・雑誌に掲載された句や、小説・小品中の句などのように活字として発表されたもののほか、正岡子規に送った句稿、書簡中に記された句、手帳に書きとめられた句、あるいは短冊に書かれたものなど、生前には活字として発表されなかったものも含められている。

漱石が初めて俳句を創ったのは、明治二二年、漱石二二歳、第一高等中学校本科に在学中である。この年の一月頃から急に親しくなった正岡子規が、五月九日の夜に喀血し、翌日、医者に肺結核と診断される。子規を見舞った漱石は、その後、医者から病状を聞いて子規宛に手紙を出した。その手紙の最後に、次の二句が添えられていた。

帰ろふと泣かずに笑へ時鳥

聞かふとて誰も待たぬに時鳥

前の句は、血を吐いたからといって、故郷の松山に帰りたいなどと泣き言を言わないで、気を楽にしていたまえ、子規君、という意味の句。後の句は、時鳥よ、お前の哀切な声を聞こうなどと思って誰も待っていないのに、なぜそんな声で鳴くのか、という意味の句。真意は、子規よ、弱音を吐くなと戒め、かつ励ました句である。喀血という暗い、重い事態を諧謔によって、楽天的に乗り越えさせようとしているのである。

小室善弘氏は、この二句を、「観念的理屈をひとひねりしてまとめているだけで、川柳に近い作。季節の実感を浸透させた句はこのあと徐々にあらわれるが、こうした出発期の観念的、諧謔的発想は、以後の漱石の著しい特徴として作用していくことになる。」（『漱石俳句評釈』明治書院・昭和五八年一月二〇日刊）と述べている。

漱石は、この二句以後、六年間、本気で俳句の創作に取り組んでいない。ところが、明治二八年から明治三二年には、俳句の創作数が急激に増えている。漱石が松山中学校と熊本第五高等学校の教師として勤めていた時期である。

明治二八年五月下旬に、日清戦争の記者として従軍中に喀血を起こし、その治療のために松山に帰省していた子規は、漱石の下宿に二か月間逗留した。漱石の下宿で、子規が俳句の仲間とたびたび句会を開き、漱石も誘われて次第に句作に熱中するようになっていく。子規の上京後も、漱石は俳句ができると、その句稿をまとめて子規のもとに送り、添削や批評を求めた。松山中学校および熊本第五高等学校時代の五年間で、三五回、子規のもとに句稿を送って指導を受けている。その間に漱石が創った俳句は、明治二八年が四六四句、明治二九年が五二二句、明治三〇年が二八八句、明治三一年が一〇三句、明治三二年が三五〇句、明治三三年が一九句、合計一七四六句、漱石全俳句の約七割に当たる句がこの時期に創られている。

ところが、漱石の創作活動は次第に小説に向けられて、俳句に対する創作意欲は急速に低下している。漱石は、明治三三年九月にイギリスに留学、明治三六年一月に帰国し、明治三八年一月に小説『我輩は猫である』を発表して、読者から圧倒的な支持を受け、一躍人気作家となった。以後、『坊っちゃん』、『草枕』、『虞美人草』、『三四郎』、『門』、『彼岸過迄』、『行人』、『こころ』、『道草』などを次々と発表し、小説家として華々しい活躍をみせたが、大正五年一二月九日、『明暗』執筆中に四九歳の若さで亡くなる。

本稿では、明治三八年に『我輩は猫である』を発表して以来、小説家として華々しい活躍を見せる漱石が、松山中学校・熊本第五高等学校時代に、どのような俳句観のもとに、どのような俳句を創っていたか、それが小説の創作にどのようにつながっていくのかを探っていきたい。

二

まず、明治二八年頃から明治三二年頃にかけて、漱石の俳句観及び俳句の特色を明らかにしておきたい。

明治二八年一一月、子規は漱石に宛てて、君の俳句は写実性に欠けると指摘した手紙を出したようである。漱石はその返事の中で、「小生の写実に拙なるは入門の日の浅きによるは無論なれど天性の然らしむる所も可有之と存候。」と書いている。漱石は、子規の「写生論」に一応承服の形はとりながらも、それには同調しないで、自らの「天性」にもとづいて俳句を創ることを表明しているのである。

では、彼の「天性」の求める俳句とは、どのような俳句なのであろうか。

明治三一年七月に、寺田寅彦が、直接、漱石に「俳句とは何か」と聞いたところ、漱石は、「俳句はレトリックの煎じ詰めたものである。」「扇のかなめのような集注点を指摘して、それから放散する連想の世界を暗示するものである。」と答えたという。（「夏目漱石先生の追憶」）俳句の創作にあたって、漱石はレトリックに重きを置いて創作しようとしていたようである。

また、漱石は、明治三一年一一月、俳誌『ホトトギス』に一文「不言之言」を寄せて、次のように述べている。

「俳句に禅味あり。西詩に耶蘇味あり。故に俳句は淡泊なり。酒落なり。時に出世間的なり。西詩は濃厚なり、何処迄も人情を離れず。」

これらをふまえると、西洋の詩が「耶蘇（キリスト教）味」を持ち、どこまでも現実世界の「人情」を離れないのに対して、日本の俳句は、「禅味」があって、現実との間に距離を置き、現実世界の「人情」を離れて、「淡白」「洒落」「出世間的」な世界を求めるもの、そして、レトリックに重きを置いて表現するものというのが、漱石の基本的な俳句観である。

この俳句観にもとづいて創作した漱石の俳句を、子規は「明治二十九年の俳句界」（『日本』明治三〇年三月）において、次のように評している。

「漱石は明治二十八年始めて俳句を作る。始めて作る時より既に意匠に於て句法に於て特色を見はせり。其意匠極めて斬新なる者、奇想天外より来りし者多し。」
「漱石亦滑稽思想を有す。」
「又漱石の句法に特色あり、或は漢詩を用ゐ、或は俗語を用ゐ、或は奇なる言ひまはしを為す。」
「然れども漱石亦一方に偏する者に非ず。滑稽を以て唯一の趣向と為し、奇警人を驚かすを以て高しとするが如き者と日を同うしてかたるべきにあらず。其句雄健なるものは何処迄も雄健に真面目なるものは何処迄も真面目なり。」

さらに、「明治三十一年の俳句界」（「ホトトギス」明治三一年一月）では、「肥の漱石、越の紅緑、予の極堂等皆地方の先輩として一騎当千の勇将なり。漱石の超脱にして時に奇警なる、（中略）此点に於て誰か能く彼等に敵せん。」と、「墨汁一滴」（日本新聞・明治三四年一月三〇日の記事）では、「我俳句仲間に於いて俳句に滑稽趣味を發揮して成功したる者は漱石なり。」と述べている。

この子規の批評をも加えて、漱石俳句の特色を整理すると、漱石の俳句は、「滑稽思想」「滑稽趣味」にもとづいて、現実の世界との間に距離を置き、現実世界の「人情」を「超脱」して、「淡白」「洒落」「出世間的」なる世界を求め、「意匠」は極めて「斬新」で「奇想天外」であり、「句法」においては「漢語」や「俗語」、「奇なる言ひまはし」を用いているところに特色がある、と言うことができる。

三

次に、漱石が、松山中学校及び熊本第五高等学校時代にどのような俳句を創っているか、その実際をみていきたい。

漱石は、明治二八年から四月～明治二九年三月の一年間、松山中学校に勤めた後、明治二九年四月～明治三三年八月の四年五か月、熊本第五高等学校で教鞭をとっている。この間に漱石が創った俳句を分類整理すると、大きく、A．表現の面で滑稽・おかしみを誘う俳句、B．過去の歴史や古典などをふまえた虚構による俳句、C．その他の俳句、と三分類できる。それぞれをさらに下位分類し、それぞれの代表的な俳句を挙げて、その特色を明らかにしていきたい。

A．表現の面で滑稽・おかしみを誘う俳句

(1)　擬人法を用いて、滑稽・おかしみを誘う俳句

①叩かれて昼の蚊を吐く木魚かな　（明治28年）

②凩や海に夕日を吹き落す　（明治29年）

③ぶつぶつと大なる田螺の不平哉　（明治30年）

いずれの句も、奇抜な擬人化によって、ユーモアやおかしみが生み出されている。

②の句は、「凩」が季語、季節は冬。冬の夕暮れ、凩に吹かれながら海に沈んでいく夕日を見て、凩がまるで夕日を「吹き落とす」ようだと擬人法を用いて表現したところに、この句のおもしろさがある。子規の「凩や星吹きこぼす海の上」（明治二六年）という句にヒントを得たものか。自然を客観的に写生するのではなく、「吹き落す」と主観的にとらえて表現したところに、漱石のレトリック意識が働いたものであろう。

③の句は、「田螺」が季語、季節は春。春ののどかな田んぼの中に田螺がころがって、ブツブツと泡を吹いている。まるで一人ブツブツと不平を言っているように見える、という意味の句。「大なる」が「田螺」を修飾していると解すると、田螺自身がみずからを「大いなる」ものと認識し、それにもかかわらず田螺が不平を言って

いる、の意。「大なる」が「不平」を修飾すると解すると、たかが田螺の分際なのに、不相応にも不平を述べている、の意。後者に解して、田螺を私たち人間ととると、大した人間でもないのに、ブツブツといつも不平を言っている人間に対する皮肉と哀感とを読みとることができる。「田螺」を擬人化したがゆえに、このようなユーモアを読みとることができるのである。

(2)　奇抜な比喩を用いて、滑稽・おかしみを誘う俳句

④日あたりや熟柿《じゆくし》の如き心地あり　(明治30年)

⑤安々と海鼠《なまこ》の如き子を生めり　(明治32年)

④の句は、「熟柿」が季語、季節は晩秋。縁側や庭などに出て、秋の陽ざしに当たっているときの心持ちを詠んだ句であろう。小春日和などには、日差しを受けてぽかぽかと暖かく、うっとりとした気分になるものである。この気持ちを「熟柿の如き」とたとえたものである。皮膚感覚で感じとったものを視覚・味覚で比喩的に表現したところに意外性とおもしろさがある。

⑤の句は、「海鼠」が季語、季節は冬。「長女出生」と前書きにある。長女・筆子は明治三二年五月三一日生れ。「海鼠の如き」という比喩は奇想天外で、写生俳句にはないユーモアが醸し出されている。対象に距離を置いて客観的に見る姿勢がなければ、このような笑いを誘う句は生れない。

(3)　能(謡曲)・狂言の話し言葉を用いて、滑稽・おかしみを誘う俳句

⑥去ん候《ぞうろう》是は名もなき菊作り　(明治28年)

⑦某《それがし》は案山子《かかし》にて候雀どの　(明治30年)

(4)　俗謡や卑俗な話し言葉を用いて、滑稽・おかしみを誘う俳句

⑧猫も聞け杓子も是へ時鳥　(明治28年)

⑨短夜を君と寝ようか二千石とらうか（明治29年）

(5)　漢語や誇張した表現を用いて、滑稽・おかしみを誘う俳句

⑩鶏頭や代官殿に御意《ぎょい》得たし（明治29年）

⑪ゑいやつと蠅叩きけり書生部屋（明治29年）

⑥～⑪の句は、いずれも、俳句の中に能（謡曲）・狂言、俗謡や卑俗な話し言葉、さらに漢語や誇張した表現を用いているところに、意外性とおもしろさがある。

これら(1)～(5)の句は、表現に遊ぶ心が生み出した、遊びの句と言える。子規は、漱石の俳句を、「滑稽思想」を有し、「意匠」が極めて「斬新」で「奇想天外」であり、「漢語」や「俗語」、「奇なる言ひまはし」を用いた「句法」に特色があると評しているが、漱石は表現の上でさまざまに遊んだ俳句を創っている。

B．過去の歴史や古典などをふまえた虚構による俳句

(1)　本歌取りの俳句

①朧故に行衛も知らぬ恋をする（明治29年）

②物や思ふと人の問ふまで夏痩せぬ（明治29年）

①の句は、「朧」が季語、季節は春。新古今集（百人一首）の曽禰好忠の「由良の門をわたる舟人梶を絶え行方も知らぬ恋の道かな」が本歌である。「由良の門をわたる舟人梶を絶え」は「行方も知らぬ」の有意の序詞。激しい恋の行方の不安を象徴している。好忠の歌が、自らの激しい恋の行方が今後どうなるのか、不安を抱いているのに対して、漱石の句は、朧月夜に引かれて恋人に逢いたくてたまらなくなり、恋人のところにやって来てしまったという句であろうか。

②の句は、「夏痩」が季語、季節は夏。拾遺和歌集（百人一首）の平兼盛の「しのぶれど色に出にけりわが恋は物や思ふと人の問ふまで」が本歌である。本歌が、他人に知られまいとしているのに、恋をしているのかと人に問われるまで顔色に出てしまったという歌であるのに対して、漱石の句は、他人に知られるまで、夏痩せすればよいのに、夏痩せもしないという句である。一捻り捻って、その捻りを愉しんでいる句である。

(2)　歴史上の人物を取り上げて創作した俳句

③弁慶は五条の月の寒さ哉　（明治28年）

④大将は五枚しころの寒さかな　（明治29年）

⑤源蔵の徳利をかくす吹雪哉　（明治29年）

いずれの句も、歴史上の人物を取り上げ、想像力を発揮し虚構によって創り上げたものである。

④の句は、「寒さ」が季語、季節は冬。「寒さ」からすれば、この大将は敗軍の将か。五枚しころの立派な兜をかぶった敗軍の大将が、ただ一騎、馬に乗って逃げている姿が想像される。この句の背後に、これまでの戦いまでも想像できる、ドラマチックな虚構の句である。

⑤の句は、吹雪が季語、季節は冬。源蔵の徳利は、赤穂浪士の一人赤垣源蔵が、討入に先立って兄のもとへ徳利を下げて暇乞いに行った話をふまえる。「赤垣源蔵徳利の別れ」と称して、浪曲などで広く知られている。討入の前に、吹雪の中を人目につかないように徳利を隠しながら兄のもとへ急ぐ赤垣源蔵をドラマチックに描いた、虚構による俳句である。

(3)　落語や謡曲をふまえた俳句

⑥長と張つて半と出でけり梅の宿　（明治32年）

⑦折り焚きて時雨に弾かん琵琶もなし　（明治29年）

⑥の句は、「梅」が季語、季節は春。博打のサイコロの目の数で、偶数を丁（長）、奇数を半という。この句は、丁と張って半と出たというのだから、博打に負けたのである。敗者にとって、梅の花はどのように受けとめられたものか。半藤一利氏（『漱石俳句を愉しむ』ＰＨＰ新書・一九九七年二月刊）によれば、この句は、落語の「たがや」をふまえたものという。「たがや」には、こんな啖呵をきる男がいる。「やい、四六の裏」、言われた男は思わず「なんだ、四六の裏とは」、「三一《さんぴん》てんだ。たまにゃサイコロの一つもひっくりかえして、目をおぼえとけ」、とある。幼少の時から落語に親しんできた漱石が、落語をふまえて虚構した句である。

⑦の句は、「時雨」が季語、季節は冬。謡曲『蝉丸』をふまえた句である。和田利男氏（『漱石の詩と俳句』めくるまーる社・昭和四九年一二月刊）によれば、蝉丸は延喜第四皇子であるが、生まれながらの盲目、父帝はその将来を考えて、蝉丸を逢坂山に庵を設けて捨てる。蝉丸は琵琶を友としてわびしく日々を送るうちに、図らずも姉宮の逆髪という、これも狂乱となって諸所を流浪している不幸な女性とめぐり会い、互いの身の上を嘆き合うという筋で、四番目物の曲という。曲中に「村雨」が三度も繰り返し出てくるので、「蝉丸」と言えば、「村雨」が結びつくのである。謡曲の蝉丸は、村雨の音にあわせて琵琶を弾き鳴らしたのであるが、漱石の句は、無聊を慰めるために、時雨にあわせて琵琶を弾こうにも、その琵琶がないという寂しい思いを詠んだものである。

(2)も(3)も、ともに、現実の自然などを対象として、写実的に描き出した俳句ではなく、歴史上の人物や落語、謡曲などに登場する人物等を取り上げて、想像力を発揮して、虚構によって創造した俳句である。これを発展させると、おのずから新たな物語や小説が生れる。

(4)　日本の古典（短歌・俳句・随筆など）をふまえた俳句

⑧忘れしか知らぬ顔して畠《はたけ》打つ　（明治29年）

⑨春の夜を兼好緇《し》衣に恨みあり　（明治30年）

⑩玉瀾と大雅と語る梅の花　（明治32年）

⑧の句は、「畠を打つ」が季語、季節は春。森本哲郎氏（『月は東に』新潮社・一九九二年六月刊）によれば、この句は、蕪村の「離別《さら》れたる身を踏込《ふみこん》で田植哉」をふまえた句であるという。蕪村の句は、「夫に離縁された女が、そのつらさにじっと耐えながら、その苦悩を踏みつけるような思いで田植え作業にすべてを忘れようとしている」というのである。蕪村の句をふまえなければ、漱石の句は理解しがたい。漱石は、蕪村の「田植」を「畠打つ」と一捻り捻って、夫に捨てられた女がそれをまったく顔に出さないで、黙々と畠を耕している姿を俳句に詠んでいる。蕪村の句をどのように捻って句を創ったかに、漱石のねらいがある。やはり遊びによる虚構の句である。蕪村に傾倒した漱石が、蕪村の句によく似た俳句を詠んでいるのを取り上げて、それは偶然だとか、盗作的だとか、さまざまに言う人があるが、私は、漱石は蕪村の句をどのように捻って新しい句を創造したか、その捻り方を愉しんでいたのではないかと考えている。

⑨の句は、「春の夜」が季語、季節は春。「兼好」は吉田兼好、『徒然草』の作者。「緇衣」は墨染めの衣、僧衣。坪内稔典氏（平成八年度版『漱石全集　第十七巻』岩波書店）によれば、『徒然草』第二九段「静かに思へば、よろづに過ぎにし方の恋しさのみぞ、せんかたなき。」などから、兼好もなまめかしい春の夜には、僧衣の身になったことを恨めしく思ったに違いない、と推察した句である。

⑩の句は、「梅の花」が季語、季節は春。「玉瀾」は、江戸中期の文人画家である池大雅の妻。彼女も画家。この夫婦の仲がよいという話は『続俳家奇人談』にある。半藤一利氏（前掲『漱石俳句を愉しむ』）によれば、あるとき、揮毫を頼まれて夫が大阪へ向かった。絵筆を置き忘れているのに気づいた玉瀾が、やっと追いついて筆をと差し出すと、大雅が「どこのお方か存じませぬが、拾って戴いてありがとうございます」と深々と頭を下げた。それを受けて、玉瀾は余計なことを言わず、「どういたしまして」と最敬礼をして引っ返していったという。ま

た、あるときは、大雅が衣を売って酒さかなを買ってきた。「妻も裸になって琴を弾ず」というから、両者すっ裸で酒盛りをして大いに楽しんだ、ということである。この逸話を知ってこの句を読むと、この句が一段とおもしろくなる。

(5) 中国の古典（蒙求・史記・漢詩・老子など）をふまえた俳句

⑪梁山泊《りょうざんぱく》毛脛《けずね》の多き榾火《ほだび》哉　（明治28年）

⑫雨晴れて南山春の雲を吐く　（明治29年）

⑬行春や瓊觴《けいしょう》山を流れ出る　（明治29年）

⑪の句は、季語は「榾火」、季節は冬。この句は『水滸伝』を題材にしたもの。『水滸伝』は明代の初め頃に施耐庵の書いた中国四大奇書の一つ。「梁山泊」（山東省にある梁山の麓にある天険の地）に、宋江を総大将とする義賊一〇八人が砦を築いて立てこもった豪快悲壮な物語である。「榾火」とは、木を燃やす焚き火のこと。漱石は、『水滸伝』を読んで、その中から、梁山泊という天険の地に砦を築いて立てこもっている義賊たちが毛脛を見せながら焚き火をしている光景を切り取って詠んだ句である。『水滸伝』の物語を知る者にとっては、まことに劇的印象的な句である。

⑫の句は、季語は「春の雲」、季節は春。六朝時代の晋末宋初の詩人である陶淵明の「飲酒二十首」の第五首「廬を結びて人境に在り　而も車馬の喧しき無し　君に問ふ何ぞ能く爾ると　心遠ければ地自ら偏なり　菊を採る東籬の下　悠然として南山を見る（以下、略）」をふまえて詠んだ句である。雨の晴れた後、南の山に春らしい雲がかかる、という句意。「南山春の雲を吐く」は擬人法が用いられていて、まるで南山が春の雲を吐き出しているかのようであるというのである。漱石の『草枕』の中には、「採菊東籬下、悠然見南山。只それぎりの裏《うち》に暑苦しい世の中を丸で忘れた光景で出てくる。垣の向ふに隣りの娘が覗いてる訳でもなければ、南山に親友が

奉職して居る次第でもない。超然として出世間的に利害損得の汗を流し去つた心持ちになれる。」とある。漱石は、陶淵明の俗世を離れて、悠々自適の生活を送る、その生き方に強く惹かれて、陶淵明の漢詩を愛読している。

⑬の句は、「行春」が季語、季節は春。漱石が少年時代から愛読していた『蒙求』の中にある「劉阮天台」をふまえた句である。この話は、劉晨《りゅうしん》と阮肇《げんちょう》の二人が天台山中で薬草を採っていて道に迷う。川の上流からかぶら菜やお椀が流れてきたので尋ねていくと、そこは仙郷であった。仙女と歓楽をともにして、半年後に帰って来たら、もう誰も知る人がなかったという、まるで浦島太郎のような仙郷譚。「瓊」は美しい玉。「觴」は盃のこと。したがって、「瓊觴」は美しい玉杯のこと。春の終わりの頃、美しい玉杯が川の流れに乗って、山奥から流れてきた、という意味の句。この「劉阮天台」は陶淵明の「桃花源記」をふまえた話で、俗世間を離れた世界に強く心惹かれる漱石の思いがこのような句を創らせたものであろう。

以上、Bの俳句を五つに分類して、それぞれの俳句について述べてきたが、いずれも、眼前の自然や現実を写実的に描くのではなく、想像力を発揮して虚構の世界を創造した俳句である。過去の歴史や日本・中国の古典に対する漱石の幅広く深い知識・教養が産み出した俳句の世界である。

C. その他の俳句

この時代にも、A・Bの俳句と比べると多くはないが、写生句・写生的な句や自己の内面を吐露した句もある。写生句・写生的な句を挙げると、次のような句が挙げられる。

⑭乾鮭《からざけ》と竝《なら》ぶや壁の棕櫚《しゅろ》箒《ぼうき》　（明治28年）
⑮若草や水の滴る蜆籠《しじみかご》　（明治29年）
⑯菜の花の遙かに黄なり筑後川　（明治30年）

⑭の句は、季語は「乾鮭」、季節は冬。年末になって歳暮として届けられたのであろうか、乾鮭が壁に懸けられている。その隣には、煤払いに使うのであろうか、棕櫚箒が吊るされているという、歳末の雰囲気が表された句である。予想外のものが二つ並んで懸けてあるのを発見した面白さが、その句の眼目である。一見、写生の句のようであるが、明治二八年一一月二二日付で漱石が子規に送った句稿の中の一つである。したがって、写生句ではなく、季題から想像した虚構の句であろう。写生的な句とした所以である。このとき子規宛の句稿には、子規が評価した「我背戸の蜜柑も今や神無月」や「本堂は十八間の寒さ哉」など、写生句も含まれている。

⑮の句は、季語は「若草」「蜆」、季節は春。浅い川であろうか、竹製の笊《ざる》で川中の蜆を掬い採っている。砂もろともに掬い上げ、振るい分けて傍らの叢に置いた籠に入れる。蜆の詰まった籠から、水が滴り落ちて若草を濡らしているという句か。平明で印象的な句である。⑯の句は、季語は「菜の花」、季節は春。久留米に病気のために熊本第五高等学校を辞した菅虎雄を見舞う旅の折に詠んだ句である。これまた平明で印象的な句である。

次に、漱石自身の内面を吐露した句を挙げたい。

⑰木瓜咲くや漱石拙を守るべく　（明治30年）

⑱春此頃化石せんとの願あり　（明治32年）

⑰の句は、「木瓜」が季語、季節は春。「拙を守る」は、漱石が心を寄せていた中国・晋代の陶淵明の詩「園田の居に帰る」の一節「拙を守りて園田に帰る」をふまえている。俗世にありながら、俗世に染まらず、世渡りの「稚拙」なことを自覚しながらも、それを愚直なほど曲げない生き方をいう。『草枕』の中で、「（前略）評してみると木瓜は花のうちで、愚かにして悟つたものであらう。世間には拙を守ると云う人がある。此人が来世に生まれ変ると屹度木瓜になる。余も木瓜になりたい。」と述べている。「木瓜」の生き方こそ、漱石が求め続けた生き方である。明治三一年の「正月の男といはれ拙に処す」にも、愚かでおめでたい男と言われるまで、頑固に愚

直さを通して世に処していこうとする漱石の思いが託されている。

⑱の句は、季語は「春」、季節は春。「化石せん」は、世間とのつながりを絶って、沈黙を守った生き方をしたいという意。明治三二年は、都を遠く離れた熊本の地にあって、熊本第五高等学校における教師生活への不満や、東京に帰って文学三昧の生活を送りたい思いが実現しない焦燥感や、妻の鏡子との確執などに苛まれて、救いようのない思いに沈んでいる漱石の思いを、この句の背後に読みとることもできよう。この句は「菫程な小さき人に生れたし」（明治30年）と同じように、俗塵にまみれながら生きるのを嫌悪、倦厭し、「菫程な小さき人」や「化石」に転生したいという切なる願望がうたわれている。

これら漱石の内面に重く沈む思いが、表面化して、素直な内面吐露の句となったり、ときに屈折して、表現面でおかしみを誘う句となったり、過去の歴史や古典をふまえた虚構の句となったりして現出したものである。

四

以上、松山中学校・熊本第五高等学校時代における漱石の俳句観、漱石俳句の特色、漱石俳句の実際を述べてきたが、なぜ、この時代、漱石は子規に添削や批評を乞いながら、子規の目指した写生句よりも、表現面で滑稽・おかしみを誘う俳句や過去の歴史や古典をふまえた虚構の俳句を創作することに意を注いだのであろうか。

漱石は、明治二七年一二月、鎌倉円覚寺の釈宗演のもとで参禅して自らの苦悩の超脱を試みたが、失敗に終わった。翌年五月、漱石は子規と松山で出会い、大きな刺激を受けて、俳句創作に打ち込むようになる。

森本氏は、前掲書『月は東に』において、それは漱石が「俳諧」の背後にある「俳諧精神」に救いを求めたのだとした上で、「俳諧精神とは、すなわち、「余裕」であり、「諧謔」であり、「洒脱」であり、「磊落」だからである。（中略）彼が求めたのは、芭蕉のようなひたぶるな「風雅の誠」ではなく、俳諧が本来もっていたる余裕の精神、磊落、洒脱の境地だった。」と述べている。漱石は、俗世間に身を置きながらも、「俳諧精神」「余裕の精神」にもとづいて生きる、「俳諧」（俳句）の道を選択したというのである。

さらに、森本氏は、「漱石も俳諧が禅に通じていると考えていた。だからこそ俳諧の境地が彼の救いになったのである。この意味で俳句は漱石の余技などでは、決してなかった。いわば彼の精神の後背地《ヒンターランド》であり、彼の理想郷《ユートピア》だったのだ。」と結論づける。この「俳諧精神」「余裕の精神」にもとづいて、現実との間に距離を置き、現実世界の「人情」を離れ、「淡白」「洒落」「出世間的」な生き方を求めるところから、おのずから、小説『我輩は猫である』や『草枕』が生れるのである。『我輩は猫である』は、猫の視点から余裕をもって人間を見つめ、人間を風刺する。『草枕』は、現実の世界に住みにくさを感じた画家が「非人情」の世界を求めて旅をする。いずれも、禅味、俳味を感じさせる「低徊趣味」的小説である。

しかし、漱石は、本来、俳諧がもっている余裕の精神、洒脱な境地を求めながらも、そこにもついに到達できなかっただけでなく、やがて『それから』『門』『行人』『こころ』さらには未完の『明暗』では、現実の社会を生きる自己の内面を追究していく。漱石は、「僕は一面に於て俳諧的文學に出入すると同時に一面に於て死ぬか生きるか、命のやりとりをする様な維新の志士の如き烈しい精神で文學をやつて見たい。それでないと何だか難をすてゝ易につき劇を厭ふて閑に走る所謂腰抜け文學者の様な氣がしてならん。」（鈴木三重吉宛書簡・明治三九年一〇月二六日付）と、自らの心中を吐露している。結局、「漱石は俗界を超脱した俳諧的、非人情の世界と苦悩に満ちた人間社会との両世界に足をかけて、拘泥しつつ生涯を終わるしかなかった」（前掲書『月は東に』）のである。

五

明治三八年に小説『我輩は猫である』を発表して以来、小説家として華々しい活躍を見せる漱石が、松山中学校・熊本第五高等学校時代に、どのような俳句観のもとに、どのような俳句を創っていたか、それが小説の創作にどのようにつながっていくのかを探ってきた。なぜ「俳句から小説へ」と転身したのかについては明らかにすることはできなかったが、自らの生き方を求めて彷徨しつづける夏目漱石の心に少し近づけたことが、このたびの考察のもっとも大きな成果である。

〔参考文献〕

○『講座夏目漱石　第一巻～第五巻』（有斐閣・昭和五六年七月～昭和五七年四月刊）
○『子規全集　第十一巻・第二十二巻・別巻二』（講談社・昭和五〇年・五三年刊）
○早川光三郎『蒙求　上・下』（明治書院・上＝昭和四八年八月刊、下＝昭和四八年一〇月刊）
○半藤一利『漱石俳句を愉しむ』（ＰＨＰ研究所・平成九年二月刊）・『漱石先生大いに笑う』（講談社・平成八年七月刊）

第四章　漱石文学への誘い

1　ロンドン塔巡り

宇根　聰子

雨の中テートギャラリーからタクシーに乗った。行き先はロンドンタワーでは通じない。タワーオブロンドンと言ったらオッケーと言った。テムズ川辺の並木を走ってそう遠くはない。ロンドン塔の辺りは丘みたいに開けた眺めのタワーヒルというところ、観光客が大勢いて二箇所の入場券売り場は長い行列が続いていた。巨大な塔を城壁が二重に囲んでその大きな空濠に緑の芝生が一面に生えている。雨も止み、広やかなこの緑の絨毯の中にロンドン塔は別世界の姿をあらわしていた。

今から八年前一九九九（平成十一）年八月十八日、私は二七会のTさんSさんと三人で午後の三時間余り夏目漱石ゆかりのロンドン塔を見学した。

一〇・五ポンドの入場料を払って、西の正面入口を通りイギリス王室の紋章が彫ってあるミドル・タワー（中塔）門をくぐると、ビーフイーターと呼ばれる守衛さんがいた。十五世紀のチューダー王朝風の服装をしていて、中世に足を踏み入れた感じがした。チューダー朝の頃給料が肉で支払われたからこの名があるそうだ。ヨーマン・ウォーダーが正式の名で今は退役軍人が守衛さんになるという。ハイワード・タワーを通っていよいよロンドン塔の中に入る。インフォメーション・ポイントで二ポンドの日本語オーデオガイドを借りた。歩きながら日本語の説明を聞くことができるのが何よりありがたい。水路沿いの道をまっすぐ行くと右側に長方形の大きな聖トマス塔が聳えている。塔の下地階にトレイターズ・ゲート（逆賊門）がある。かつて罪人はテムズ川を船で護送されこの門を通ってロンドン塔に送られたという。門はアーチ型をした鉄格子のはまった大きな門で、その外向うに更に同じような門がある。逆賊門は堅牢な二重門だった。二重門のこちらはトマス塔の船着場で、テムズ川の水だろうか、浅くたたえた水は透明で光を映してゆらゆらしていた。

ロンドン塔はローマ時代の要塞跡にウイリアム征服王が十一世紀後半（一〇七八年）要塞を築いた。バイキングの後裔だというフランスのノルマンデー公ギヨームがイギリスを征服し、王位に就いたのがウイリアム征服王で、王はまず木造の砦を造ってロンドン市民を威嚇した後、ホワイト・タワーを造りそれを本丸とするロンドン塔の元祖となった。そして濠と二重の外壁を築いて現在の姿にしたのがヘンリー三世（一二一六年即位）エドワード一世（一二七二年即位）父子だったという。

トマス塔より更に先に進んでヘンリー三世の水門に行く。水門といっても今は水は引いてない。ここから内城の中に入った。中に入ると薄暗い。薄暗い板床の足場を確かめながらウェイクフィールド・タワーに向かう。いきなり小さな窓からわずかに明かりの差し込む六角形の塔というか部屋というか、ひんやりとした不気味な空間に来た。ここはヘンリー六世が閉じ込められ暗殺されたところという。王位を巡る内戦・薔薇戦争発端頃の一五世紀半ばの王という。オーデオの説明を聞くにつけ、厚さ一メートルもあるという石の壁や深くて暗い井戸の穴倉跡などから冷気が立ち昇ってくるので長くいるのはおぞましいようなところだった。

次にブラディー・タワーに行く。高貴な囚人が自殺したので血まみれの塔・血塔の名がついたそうだ。ここは一五九二年から十三年間サー・ウオルター・ローリーが幽閉されたところで、彼がいたという部屋には机や羽根ペン、調度などが展示してありここで『世界史』を執筆したという。ローリー卿はエリザベス一世の信を受けた人で、割に自由な生活だったそうだ。血塔ではエドワード四世の幼い二人の王子が姿を消している。時代は十五世紀後半赤薔薇徽章のランカスター家と白薔薇徽章のヨーク家とが三十年にわたって王位継承をめぐる戦・薔薇戦争をした時代、若くしてなくなった父王の後を次いで、皇太子エドワードが十三歳でエドワード五世となる。しかし王位を狙う叔父リチャードから逃れて十歳の弟ヨーク公とここに来た。だが、王となった叔父のリチャード三世によって二人はひそかに暗殺されたという。この薄幸の子どもたちがいたという格子窓のある古い部屋には寝台や調度、二王子や召使の人形を整えて塔での暮らしを偲ばせていた。昨日ナショナル・ギャラリーでドラローシュが描いた「塔の二人の王子」を見てきた私にはこれらの展示は物足りない。

ブラディー・タワーを見た後、ロンドン塔の中にある遺跡コールドハーバー・ゲートの傍を通り、グリーン・タワーの芝生の辺を通ってビーチャム・タワーへ向かった。その途中城壁（二重城壁の内側の城壁）に沿って、クイーンズ・ハウスの白壁に木組みの美しい中世風の館が続いている。その辺りは薔薇の花が赤く鮮やかに咲く庭園となっていて、近くの番所に黒いズボンに赤い服を着た番兵がおとぎの国の番兵さんのように立っていた。

ビーチャム・タワーはこれも小さな窓がわずかにあるだけの円形の塔であった。ここには王によって幽閉された貴族や僧や人々が壁に刻んだ文字がおびただしく残っている。なかでも注目を集めるのがノーサンバランド公のジョン・ダットリーとその四人の息子たち、息子ギルフォードの妻ジェーン・グレーだそうだ。ノーサンバランド公はヘンリー八世の後を若くして継いだエドワード六世の摂政だったが王が病弱で十五歳でなくなると、画策によってヘンリー七世の曾孫（ひ孫）にあたる十八歳のジェーン・グレーと自分の息子ギルフォードを結婚させジェーン・グレーを王位につける。そしてロンドン塔で即位するため公と息子とジェーン・グレーは塔に入る。しかし塔の外ではヘンリー八世がなくなった後王位に就くと見られていたヘンリー八世の娘メアリーをおす政変が起こり、九日間の王位継承の後ジェーン・グレーは夫、舅とそのまま塔に幽閉され処刑されたという。ビーチャム・タワーの壁にはその一族の刻んだ一際目立つ文字がありありと残っている。ジェーン・グレーの小さな刻字には透明な覆いが掛けてあり傍に作者の名前が書いてある。観光客に探しやすく見やすいようになっている。Tさんは三十年ぐらい前ロンドン塔を訪れたときは刻字にはカバーも何もしていなかったそうだ。そして自分の目でじかに刻字を見たときは書いた人の気迫が直接に迫って、強く印象に残っているので今あちこちカバーがしてあるのを見て幻滅したそうだ。ロンドン塔も観光化世俗化の波に洗われている。

ビーチャム・タワーを出て芝生の広場グリーン・タワーの中にある処刑場跡に行った。そこには高さ三十センチあまりで裾を引く四角の黒っぽい石の台が置いてあるだけだった。そばに処刑された貴紳の名を記した立て札があった。ヘンリー八世の二人の王妃アン・ブリン（エリザベス一世の母）、キャサリン・ハワード、それにジェーン・グレー他六人が記してあった。ジェーン・グレーは「九日間の無冠の女王一五五四、二、十二処刑」と書いてある。私はまた昨日ナショナル・ギャラリーで見てきたドラローシュの大作「ジェーン・グレーの処刑」、輝くばかりの白いドレスを身につけたジェーン・グレーが目隠しをされ、手を泳がせて処刑台に向かう若く美しい姿を思い浮かべた。ジェーン・グレーは今でもイギリスの人々に最も愛惜されているレディーだという。雨はまた降り始め広場一帯はわびしい限りだった。

ロンドン塔の本丸ホワイト・タワーに行く途中、聖ピーター・アド・ビンキュラー教会前でロンドン塔を訪れた記念にビーフイーターと写真を撮った。二人ずれの観光客に親切に応対した後そこらをぶらぶらしていたビーフイーターは気持ちよく応じてくれた。

広大なロンドン塔敷地の中心にあるホワイト・タワー（白塔）はウイリアム征服王が一〇七八年に造り始め二〇年掛かって完成した本格的ノルマン建築で、フランスの故郷カーンから石材を運んで造った。窓は少なくアーチ型の小さな窓のある、四角形の大きな城砦である。ここに王たちも住んだそうで、たびたび石灰で塗装をしたのでホワイト・タワーというのだそうだ。ウイリアム征服王の故郷フランス・ノルマンデーのカーンは、第二次大戦で米英仏の連合軍がノルマンデー上陸作戦をした激戦地で徹底的に破壊されたという。が、一昨年訪れたときは見事に復興していた。そのカーンの近くの小さな町バイユーの博物館に世界文化遺産「バイユーのタペストリー」がある。それはフランス・ノルマンデーのギヨーム公が王位継承のためイギリスに攻めいり、イギリスのエドワード一世の後を継いだハロルドを降してイギリスのウイリアム征服王になる。その一代記を幅四〇センチ長さ五〇メートルにも及ぶ見事な刺繍で綴った絵物語であった。日本では平氏源氏の台頭してくる藤原摂関時代の話で、中世ヨーロッパの風俗建物生活や武者の格好、戦いの様子、王位を継いだハロルドがハレー彗星を見て恐れるさまなど、興味深くて強く印象に残るタペストリーであった。そのヒーローがなんとロンドン塔を築いたウイリアム征服王とは。かけ離れた二つの体験が思いがけない形で私の中で一つに結びついてぐっと親しさが増してくるように思った。

ホワイト・タワーを見学する頃は日本語ガイドが作動しなくなった。私はとかく機械との巡り合わせがよくない。見学も三分の一ぐらい進んできたのでインフォメーションに引き返して取り替えてもらうのも時間が掛かる。仕方がないのでそれからはガイドなしに見ることにした。白塔は四階の博物館になっていた。内部は木の床張りであった。これは意外だった。歩きやすいようにしてある。ものすごく大きな径四十センチはありそうな大砲の弾、槍や刀や鎧などの武具、馬具、武具を着けた馬上の王たちが展示してある。鎧には細かな象嵌などの細工が見事で日本の鎧兜と同じように優れた工芸品なのだと思った。金属でできたヨーロッパの甲冑はさぞ重いだろう、これに槍刀など自在に扱って戦うのは体力気力優れていなければなるまいと思った。三階にはノルマン様式という古い教会セント・ジョン・チャペル（一〇八〇年建立）がある。面白いのは城から落ち延びるときにかぶる目を繰り開けた首から上、面というか頭が様々あった。金髪黒髪栗色の髪赤毛、肌の色も白いの黒いの褐色のとずいぶん集めてある。ヨーロッパは実に様々な人がいるものだと改めて思った。覆面をかぶって変装し途中色々取り替えて落ち延びてどれくらい成功したのだろう……。ホワイト・タワーには食料を蓄えるところもあり自給できる仕組みになっている。こんな大きな高層の建物で集団生活をするのにトイレはどのようにしていたのだろう。それらしいところがないようなので少し不思議に思った。建物の外に穴を通じて上から落とす仕組みになっていたらしい。ホワイト・タワーに捕らえられた一人の僧がその穴から綱をたらしそれを伝って滑り降りて脱出に成功した。そんな猛者がいるそうだ。四階から一気に滑り降りるのは命がけだと思うが愉快な気もする。白塔の一階は売店である。

次はクラウン・ジュエルズへ行った。ここは王室の宝物館で戴冠式や議会の開会式で使われた王冠や錫杖金銀器他様々保管展示してある。中に入るとまずシネマスコープの大画面で王室の宝物を次々映し出し紹介していた。それを見た後動く歩道に乗って陳列ケースのガラス越しに宝物を実際に見て回るのだが人が多いので後ろから押されるようでゆっくり見て回れない。しかしこれでもかとばかり続く一四世紀からというイギリス王室のすごい財宝展示には圧倒されてしまった。観光客がこんなに多いのだから本物はどこか別のところに厳重に保管してあるのかもしれないね、ひそかに三人で話したことだ。

ロンドン塔と切り離せない関係にあるというフュージリア連隊博物館は見ないで通りすぎ、見学を終えた私たちはホワイト・タワーの南側に広がる美しい芝生の側のベンチで休むことにした。広い芝生はグレート・ホール跡で、ベンチから程遠くないタワーの東側辺りに崩れた石造りがあった。このあたりローマ時代のロンドンの城壁があったところという。静かで気持ちのいい緑を眺めて休んでいて気が付くと廃墟の石に大きな二羽の烏がいた。羽根を膨らませるようにとまっている。芝生に下りてきたが長くは飛ばない。時折羽根を広げるがほんのわずかな移動で済ませている。これがロンドン塔の烏だ。ロンドン塔に烏がいる限りイギリス王室は安泰であるという伝説を持つ烏で、ビーフイーターによって飼われ肉を与えられているという。烏に手を差し出すと肉かと思って食い荒らされないともかぎらない、要注意という。芝生には他にも烏がいた。何羽いただろう。確かめていない。Sさんは七羽以上いたという。私も五羽以上はいたように思う。餌が豊富で漱石が訪れた百年前より増えたのだろうか。

雨はすっかり上がった。しばらく休んで元気が出たので私たちは最後にランソン・タワーの飾り物を見ようと思ったが、もう閉館時間で入口が閉まっていた。それでランソン・タワーの門を通って内城の外に出て西正面出口のほうへ歩いて帰る。途中逆賊門では再びここに訪れることはないだろうと思うので私たちはよく見ておいた。インフォメーション・ポイントでオーデオガイドを返すとき係りの人に電池がないから音が出ないといったら、ちょっと確かめたあと操作をして電池はあることを見せてくれた。

ロンドン塔を出て私たちは塔の南側テムズ川畔の道をタワー・ブリッジ目指して歩いていった。途中塔の外の逆賊門を見たり、木立の向こうにホワイト・タワーを中心に尖塔や丸や四角の建物が聳え並び立つのを見たりした。その辺りから見るとロンドン塔の堅固なさまがよくわかる。

すでに時間が遅くタワー・ブリッジには上ることができなかった。タワー・ブリッジはロンドン塔近くのテムズ川両岸に建つゴシック・タワーとそれをつなぐ遊歩橋で、エレベーターで昇りテムズ川のまうえにある展望台から見ると眺めがいいという。有料だそうだ。橋は青空の中に映え遊歩橋の中ほどに大きな紋章が鮮やかに見える。ロンドンの紋章だろうか、いかにも中世風である。この橋は「一八九四年完成の豪壮な開閉橋。大型船の通過のため、それぞれ一〇〇〇トンの橋げたを九十秒で押し上げていたが、現在では橋が開くことは余りない。今は電動式」とガイドにあった。橋ができて六年後、夏目漱石は一九〇〇（明治三十三）年十月二十八日にイギリス留学でロンドンに来たとき三日後にはロンドン塔とタワー・ブリッジを訪れている。歩道橋は規模が大きく橋脚は大きな船首の形のようだった。私たちは橋のアーチの道を背景にカメラに収まり、橋を渡って対岸に行きロンドン・ブリッジ駅近くまで歩いたが、すっかりくたびれたのでタクシーでフレミングホテルに帰った。

二七会輪読会では『倫敦塔』を一九七五（昭和五十四）年十一月二十五日、十二月二十八日の二回で読んでいる。ロンドンに行く前本当に久しぶりに『倫敦塔』を読んだ。『ロンドン塔、光と影の九百年』（出口保夫著中公新書）を読んで塔の歴史やエピソードを知った。ロンドンに行きナショナル・ギャラリーでドラローシュの絵「塔の二人の王子」「ジェーン・グレーの処刑」を見た。そしてロンドン塔を巡り歩いて見て、改めて『倫敦塔』を読んでみると描いてある世界がよく分かる。そして漱石のイギリスの歴史や文学や絵画への深い造詣と驚くばかりの想像力が渾然一体となって『倫敦塔』の怪しく美しい、美しく悲しい幻想世界に結晶しているのだと思った。

2　漱石作品の舞台となった地を訪ねて

坪井　千代子

1　二七会の研修旅行

二七会三月例会(注1)において福伊利江先生は「それぞれの読みを深める試み――『こころ』を通して」を実践報告された。その報告について野地潤家先生は、ご自著「昭和前期中学校国語学習個体史――旧制大洲中学校（愛媛県）に学びて――」（平成14年7月1日　溪水社刊）を朗読され（四四八～四四九ぺ）、ご自身の「こころ」との出会いについて紹介された。（注1　平成20年3月30日）

仲田庸幸先生の国語のご授業の中で、いつまでも鮮明に印象づけられている一つは、たしか三年生（昭和一〇年）の二学期の最初の時間のことだった。

先生は、教室に来られると、いつものように淡々とした口調で、「実は、この夏、鎌倉の海岸に海水浴に行って、そこで一夏を過ごした。その海辺で自分はひとりの老先生に出合った。この老先生は、何かさみしそうで、秘密をもっているようなところがあったが、それがどういう種類のものであるかは、知るよしもなかった。

しかし、だんだん親しくなって、この先生は、わたくしに、これは絶対ひとに言ってはいけないと言いながら、自分がなぜ月に一度ずつ必ず雑司ヶ谷の墓地に参るのかということを話してくれた。その話には、さらに深いわけがあって、わたくしが知りえたのは、つぎのようなことであった……」

このような調子で、話を進められた。話の進行は、「わたくしと先生」との関係を中心に、すべて仲田先生ご自身の体験談として話された。わたくしたちは、先生の話の中に、ぐいぐいとひきこまれた。途中、しばしば、仲田先生の、この夏休みの体験としては、やや特殊に過ぎるのではないかと思いつつ、ほんとうに先生が実地に経験された話であろうかと、半ば疑いをはさみつつ、聞いていった。

話は、先生と先生の友人のこと、そのおくさんとの関係などに及んで、最高潮に達した。わたくしたちは、その時間の終了するのも忘れて、一心に聞きひたっていた。

仲田先生は、時間終了のベルが鳴ると同時に、「——という話が、夏目漱石の『こころ』という作品にある。」と言って、にこっと笑って、そのままさっと教室を出て行かれた。

教室に残されたわたくしたちは、仲田先生にまんまとかつがれたのを知って、わあっとざわめいた。同時に、わたくしたちは、この時間のお話を機として、競うように、漱石の「こころ」を読んだ。わたくしも、それを一気に読んで、その迫力に圧倒され、その深淵に完全にまきこまれてしまった。頭がしめつけられるようで、別の頭脳になってしまったほどの衝撃を受けた。文学作品を読んで、あのように衝撃を受けたことはない。自己の頭脳そのものが変になるのではないかとさえ思ったのであった。

——それにしても、「こころ」という作品の構成の機微をみごとにつかんで、作中の「私」にそっくり仲田先生が同化して、自分がナレーターをもかねて、わが身の上のこととして、手際よく一時間の中に、語り収められたそのやりかたは、なんというすばらしい文学教育であろうか。

わたくしは、仲田庸幸先生が、このようなやりかたのヒントを、どこで得られたものか、それを先生にお尋ねしたことはない。この試みは、おそらく先生独自の発想によるものであろう。

この昭和一〇年（一九三五）の、二学期初め、休暇あけ最初の国語の授業は、仲田先生のながい国語教育個体史の中でも、最もユニークな、天衣無縫のものではないかと推察されるのである。これはわたくし自身の胸奥にも、明星のように、ひときわ明るく冴えてかがやいている。

文学教育における独創的な方法の一つが、ここには見いだされるように思う。

野地潤家先生は前述の書物の中で「Ⅲ　先生方との出会い　九　仲田庸幸先生のこと」という題でお書きになっておられる。

旧制大洲中学校での、足かけ五年間の仲田先生のご在職のあとも、しばらくの空白をへて、ひき続きご指導を受けておられる。「源氏物語」を中心とした読書会だったようで、昭和二〇年、仙台陸軍飛行学校から復員後は、睡山荘（仲田先生の雅号にちなんだご自宅の称号）で「おくのほそ道」を中心とする読書会に参加なさっている。昭和二一年四月からスタートしたその会は、一泊二日の日程で、食糧事情のきびしい中、月二回のペースであったという。毎回全文朗読というのが特色で、八か月後の一二月一〇日には、「おくのほそ道」を諳誦していることに気づくとある。この読書会の様式が二七会に息づいているのではと推察している。

二七会では、一時期、広島市基町にあった野地潤家先生のご自宅を会場に提供していただき、書物が天井までうず高く積み上げてあるわずかなすき間に、膝つき合わせてすわったこともあった。仲田先生のお宅での研究会もかくやと想像できるような、和やかなうちにも厳しい空気がはりつめており、緊張しながら参加させてもらった。

その仲田先生をお招きして、二七会が道後まで遠征して泉南荘で開催された。今思えば、里帰り研究会ともいうべきもので、源流はこの地にあったのである。宿舎前での集合写真から、参加者は次の方々であったと記憶する。

野地潤家先生、出本（宇根）聰子、大槻和夫、緒方（野村）博子、奥田邦男、菅野良三、北岡清道、佐藤（古川）和子、覚井靖夫、佐本房之、武原弘、田中（坪井）千代子、玉井（橋本）澄子、中西一弘、野宗睦夫、橋本暢夫、原田（岡本）悠紀子（五〇音順、敬称略）

この昭和三五年夏の旅行を嚆矢として、二七会の夏季合宿研究会が定着したようである。後出の資料（1～3）にみるごとく、行先は大きく三つに分かれ、「おくのほそ道」と県外と県内を隔年とするスタイルに落ちついて近年まで続いている。

旅行先は、漱石作品にゆかりの地を訪ねるのが主流であったが、全国各地に赴任された野地先生の教え子から、「ぜひ当地へお越しください。」との声がかかり、生まれたプランも多い。教え子の皆さんは事前に周到な準備をして迎えてくださり、参加者は実り豊かな旅行を満喫させていただいた。

二七会での輪読が五〇年以上続き、私自身は広島から動かなかったおかげで、長年出席できる僥倖に恵まれ、輪読会担当のチャンスを度々与えていただいた。

担当をすると、どうしても読みの密度は濃やかになる。ありがたいことだと感謝している。昭和四七年以降の担当は左記の通りである。

① 坑夫　第4章　昭和四七年七月
② 草枕　第4章　昭和五一年四月
③ 坊っちゃん　第3章　昭和五二年六月

④　趣味の遺伝　第2章(2)　昭和五六年一二月
⑤　三四郎　第11章　前半　昭和五九年七月
⑥　それから　第5章　後半　昭和六〇年五月
⑦　それから　第12章　前半　昭和六一年六月
⑧　門　第7章　昭和六三年五月
⑨　門　第15章　平成元年四月
⑩　門　第20章　平成元年一〇月
⑪　彼岸過迄（停留所）第31～33章　平成三年六月
⑫　彼岸過迄（報告）第3・4章　平成四年七月
⑬　彼岸過迄（須永の話）第29・30章　平成五年七月
⑭　行人（友達）　第3・4章　平成六年七月
⑮　行人（友達）　第15～17章　平成六年一一月
⑯　行人（兄）　第9～11章　平成七年九月
⑰　行人（兄）　第23～25章　平成八年三月
⑱　行人（帰ってから）　第17～19章　平成九年四月
⑲　行人（塵労）　第10～12章　平成一〇年二月
⑳　行人（塵労）　第36・37章　平成一〇年一一月
㉑　心（両親と私）　第1～18章　平成一一年八月
㉒　道草　第1～3章　平成一二年二月

㉓ 道草　第24〜28章　平成一二年七月
㉔ 道草　第58〜63章　平成一三年二月
㉕ 明暗　第9〜12章　平成一四年一月
㉖ 明暗　第41〜44章　平成一四年九月
㉗ 明暗　第59〜62章　平成一五年一月
㉘ 明暗　第93〜97章　平成一五年九月
㉙ 明暗　第122〜124章　平成一六年四月
㉚ 明暗　第150〜152章　平成一七年一月
㉛ 明暗　第178・179章　平成一七年九月
㉜ 三四郎　第3の1〜3章　平成一八年五月
㉝ 三四郎　第5の1〜3章　平成一九年四月
㉞ 三四郎　第6の9・10章　平成一九年七月

（平成二〇年四月一日現在）

担当をしたあとで、作品の舞台となった現地に行ってみると、文章だけでは伝わりにくい部分の理解がより深まるのを実感した。

2　『行人』と和歌山

二七会では『行人』を二回通読している。

一回目は昭和三七年一〇月から七か月間（坪井不参加）、二回目は平成六年六月から四年一一か月間かけて輪読した。二回目を通読中の平成八年八月二二日から二四日にかけて、夏の和歌山を訪れた。

その年の三月例会で、『行人』（兄）の二三章から二五章を担当した中に次の場面があった。[注2]（注2　本文の引用は『漱石全集』第八巻　二〇〇二年　第二刷　岩波書店　より）

紀三井寺の石段を上り、本堂のある中腹のベンチに腰かけて、一郎と二郎は遠くを見ている。

自分達《じぶんたち》は何物《なにもの》も眼《め》を遮《さへぎ》らないベンチの上《うえ》に腰《こし》を卸《おろ》して並《なら》び合《あ》った。

「好《い》い景色《けしき》ですね」

眼《め》の下《した》には遥《はるか》の海《うみ》が鰯《いわし》の腹《はら》のやうに輝《かゞや》いた。其処《そこ》へ名残《なごり》の太陽《たいよう》が一面《めん》に射《さ》して、眩《まば》ゆさが赤《あか》く頬《ほゝ》を染《そ》める如《ごと》くに感《かん》じた。沢《さは》らしい不規則《ふきそく》な水《みづ》の形《かたち》も亦海《またうみ》より近《ちか》くに、平《ひら》たい面《めん》を鏡《かゞみ》のやうに展《の》べてゐた。（一四九ぺ）

この風景描写につづいて兄一郎は、

「頼みがあるんだが」

「云悪い事なんだが」

「驚いて呉れるな」

「驚いちゃ不可ないぜ」

「己は御前を信用してゐる。それに間違はないだらう」

これだけの念押しをした上で、呆然とするようなことを口にする。

「夫《それ》では打《う》ち明《あ》けるが、実《じつ》は直《なほ》の節操《せつさう》を御前《おまへ》に試《ため》して貰《もら》ひたいのだ」（一五〇ぺ）

二郎は非常に驚く。読者もびっくりする。このことを口にするまでの一郎の苦しさは想像を超えるものがある。目の前の海が「鰯の腹」のように輝くという描写は、嵐の前のやや凪いだ海面を表現すると共に一郎の視線のやり場のなさや、心の中で逡巡するおもいがこめられている。言い出すまでの「間」を生み出すための情景描写である。

漱石の描写には、およそ無駄とか冗長なものが感じられない。

大阪から和歌山までの車中でかわす「三沢の宅へ引き取られた精神病の娘」についての一郎と二郎の会話は、この依頼にかかわって対比的に登場する伏線の一つとなっている。そばに母とお直がいる上、まもなく列車が駅について中断したこの話題は、さりげなく宿の風呂へおりていく階段の途中でまた続く。風呂からあがってもやりとりはあり、最後に、「噫々《あゝ》女《をんな》も気狂《きちがひ》にして見《み》なくつちや、本体《ほんたい》は到底解《たうていわか》らないのかな」（一二〇ぺ）という一郎の溜息と共にもらす告白になる。

風呂から上がって四人で片男波の見物に出かけた時、先を行く一郎夫婦の後ろ姿を見て、母親らしく心配している様子、それに対する二郎の同感が述べられ、何とかしなければならない段階にある日常生活が露呈される。着いた日の翌日、兄弟二人きりでゆっくり話ができる場所を求めて昇降機へ乗ったり、権現へ行ったりして、ついに、一郎は、「おれが霊《れい》も魂《たましひ》も所謂《いはゆる》スピリットも攫《つか》まない女《をんな》と結婚《けつこん》してゐる事丈《ことだけ》は慥《たしか》だ」と自分の苦悶を打ち明ける。（二四二ぺ）

ここまで一郎の苦しい心情を披瀝されては、二郎としては断れない。一分のすきもない程、追いこんでいく手法である。

私も紀三井寺にのぼり、山上から海を見て、文章を思い浮かべた時、精叙・略叙の妙を感じた。「自分達《じぶんたち》は母《はゝ》の見《み》た丈《だけ》で恐《おそ》れたといふ高《たか》い石段《いしだん》を一直線《ちよくせん》に上《のぼ》つた」（一四九ペ）と書いてある結縁坂の石段は二百段以上あり、まっ直にのびる。途中、よく見れば芭蕉の句碑や井戸など観光名所は点在しているが、寄り道せず一気にのぼったに違いない。二晩続きで寝苦しかった二郎（おそらく一郎も）にとって、夏の午後の暑さはこたえたことであろう。山の中腹の眺望の好い所のベンチにすわって一息入れるのはごく自然なことである。紀三井寺の説明は、「普通《ふつう》ありふれた仏閣《ぶつかく》よりも寂《さび》があつた。庇《ひさし》の最中《まんなか》から下《さが》つてゐる白《しろ》い紐《ひも》などは如何《いか》にも閑静《かんせい》に見《み》えた」（一四九ペ）と簡潔におさめ、さっと海の描写「鰯の腹のように」で始まる精叙に変わるが、これはお互いの顔をみないようにするための視線の操作であろう。

春は桜の名所としてにぎわう木陰に座り、私も、一汗かいた身体に、海からの風を心地よく受けながら、この場面を想像した。

次に母親の、一郎夫婦への対処法を見ると、

「あれだから本当《ほんたう》に困《こま》るよ」

「そりやあの人《ひと》の事《こと》だから何《なん》とも云《い》へないがね。けれども夫婦《ふうふ》となつた以上《いじやう》は、お前《まへ》、いくら旦那《だんな》が素《そ》ッ気《け》なくしてゐたつて、此方《こつち》は女《をんな》だもの。直《なほ》の方《はう》から少《すこ》し機嫌《きげん》の直《なほ》るやうに仕向《しむ》けて呉《く》れなくつちや困《こま》るぢやないか。あれを御覧《ごらん》な。あれぢや丸《まる》であかの他人《たにん》が同《おん》なじ方角《はうがく》へ歩《ある》いて行《ゆ》くのと違《ちが》やしないやね。なんぼ一郎《らう》だつて直《なほ》に傍《そば》へ寄《よ》つて呉《く》れるなと頼《たの》みやしまいし」

母《はゝ》は無言《むごん》の儘《まゝ》離《はな》れて歩《ある》いてゐる夫婦《ふうふ》のうちで、唯《たゞ》嫂《あによめ》の方《はう》ばかり罪《つみ》を着《き》せたがつた。（一二一ペ）

と、姑の目線で、二人の微妙な関係を距離の取り方で看破している。後ろ姿に向け、鋭く言い放つ厳しい口調から、お直の置かれている嫁の立場の息苦しさが伝わってくる。

もしも、この和歌山行きに姑である母親が随行していなかったならば、子どもの守りを頼み、留守の心配もない。いくらなついているとはいえ、義妹お重に委ねることもないが、思いがけない臨時収入のスポンサーの母親を抜きにした家族旅行は考えられない。

義弟の二郎と嫂のお直の和歌山行きを初めは反対した母も、それまで、長男として育ててきた気むずかしい一郎に気がねして、同意せざるを得なくなる。そこまで、あらゆる条件をあぶり出して、二人の和歌山行きが衆人納得の上で挙行を避けられない必然性をもった行為として、漱石は描ききっている。

母の大阪行きには岡田の関与、お貞さんの結婚問題をからめ、和歌山までひっぱり出したあとの岡田には、借金を返すとさっさと用事のある大阪へ退場してもらう、作者漱石の布石のみごとさは、いつものことながら名舞台を見るように自然で、無理・無駄がない。

二人《ふたり》は電車《でんしや》の出《で》る所迄《ところまで》歩《ある》いて行《い》つた。生憎近路《あやにくちかみち》を取《と》つたので、嫂《あによめ》の薄《うす》い下駄《げた》と白足袋《しろたび》が一足毎《ひとあしごと》に砂《すな》の中《なか》に潜《もぐ》つた。（傍線筆者）
「歩《ある》き悪《にく》いでせう」
「え、」と云《い》つて彼女《かのぢよ》は傘《かさ》を手《て》に持《も》つた儘《まゝ》、後《うしろ》を向《む》いて自分《じぶん》の後足《あとあし》を顧《かへり》みた。自分《じぶん》は赤《あか》い靴《くつ》を砂《すな》の中《なか》に埋《うづ》めながら、今日《けふ》の使命《しめい》を何処《どこ》で何《ど》う果《はた》したものだらうと考《かんが》へた。（一六一ぺ）

ここの薄い下駄というのは、砂に埋れて沈んでいる様をいうのであろう。実地に和歌の浦の砂地を歩いて、二郎の優しさに気づかされた。

歌舞伎の「道行」にもたとえられるような名場面である。やっと二人きりになれたものの、緊張の余り会話が機《はず》まなくなっている。嫂の足もとを気づかう二郎も「赤い靴を砂の中に埋《うず》めながら」足取りが重い。単に砂地だからというだけでなく、「今日の使命を伺う果したものだらう」という思案が頭の中をしめているからである。漱石の、登場人物に対するまなざしは、いつも公平で温かい。

（平成20年4月9日　稿）

1　漱石作品と二七会研究旅行の対照年表

作品名（発表年月日）	輪読時期（輪読期間）	二七会研究旅行年月日	旅行地
『吾輩は猫である』（明治三八年一月一日～明治三九年八月一日）	昭和五三年二月～昭和五四年一〇月（一年九か月）	平成六年（一九九四年）八月八～一〇日	東京都内漱石の遺跡めぐり 注①
『倫敦塔』（明治三八年一月一〇日）	昭和五四年一一月～昭和五四年一二月（二か月）	平成一一年（一九九九年）八月一三～一九日	イギリス特別企画有志参加　注②
『カーライル博物館』（明治三八年一月一五日）	昭和五五年一月～昭和五五年二月（二か月）	平成一一年（一九九九年）八月一三～一九日	注②に同じ
『幻影の楯』（明治三八年四月一日）	昭和五五年三月～昭和五五年九月（七か月）	平成一一年（一九九九年）八月一三～一九日	注②に同じ
『琴のそら音』（明治三八年五月一日）	昭和五五年一〇月～昭和五五年一二月（三か月）	平成六年（一九九四年）八月八～一〇日	注①に同じ
『一夜』（明治三八年九月一日）	昭和五六年一月～昭和五六年二月（二か月）		
『薤露行』（明治三八年一一月一日）	昭和五六年三月～昭和五六年九月（七か月）	平成一一年（一九九九年）八月一三～一九日	注②に同じ
『趣味の遺伝』（明治三九年一月一〇日）	昭和五六年一〇月～昭和五七年三月（六か月）	平成六年（一九九四年）八月八～一〇日	注①に同じ
『坊っちゃん』（明治三九年四月一日）	昭和五二年四月～昭和五三年一月（一〇か月）	昭和三五年（一九六〇年）四月一六・一七日 昭和五八年（一九八三年）八月二七～二九日	松山市　注③「松籟」（五号）に菅野氏の報告あり。 松山市と大洲市 注④

『草枕』 （明治三九年九月一日）	昭和五一年一月～ 昭和五二年三月（一年三か月）	昭和五六年（一九八一年） 八月二八～三〇日	熊本市 大分県　注⑤
『二百十日』 （明治三九年一〇月一日）	昭和五〇年八月～ 昭和五〇年一二月（五か月）	昭和五六年（一九八一年） 八月二八～三〇日	注⑤に同じ
『野分』 （明治四〇年一月一日）	昭和四九年三月～ 昭和五〇年七月（一年五か月）	昭和五六年（一九八一年） 八月二八～三〇日	注⑤に同じ
『虞美人草』 （明治四〇年六月二三日～ 明治四〇年一〇月二九日）	昭和四七年二月～ 昭和四九年二月（二年一か月）	平成一五年（二〇〇三年） 八月二二～二四日	京都市 注⑥
『坑夫』 （明治四一年一月一日～ 明治四一年四月六日）	昭和四五年一二月～ 昭和四七年一月（一年二か月）		
『三四郎』 （明治四一年九月一日～ 明治四一年一二月二九日）	①昭和三一年五月～ 昭和三三年四月（二年〇か月） ②昭和五七年四月～ 昭和五九年一〇月（二年七か月） ③平成一八年一月～現在	平成六年（一九九四年） 八月八～一〇日	注①に同じ
『それから』 （明治四二年六月二七日～ 明治四二年一〇月一四日）	①昭和三三年五月～ 昭和三四年一二月（一年八か月） ②昭和五九年一一月～ 昭和六二年六月（二年八か月）	平成六年（一九九四年） 八月八～一〇日	注①に同じ
『門』 （明治四三年三月一日～ 明治四三年六月一二日）	①昭和三五年一月～ 昭和三六年一一月（一年一一か月）	平成元年（一九八九年） 八月一三～一五日	鎌倉市 注⑦
	②昭和六二年七月～ 平成二年一月（二年七か月）	平成六年（一九九四年） 八月八～一〇日	注①に同じ

『彼岸過迄』（明治四五年一月二日～明治四五年四月二九日）	①昭和三六年一二月～昭和三七年九月（一〇か月） ②平成二年二月～平成六年五月（四年四か月）	平成六年（一九九四年）八月八～一〇日	注①に同じ
『行人』（大正元年一二月六日～中断の後大正二年一一月一五日）	①昭和三七年一〇月～昭和三八年四月（七か月） ②平成六年六月～平成一一年四月（四年一一か月）	平成元年（一九八九年）八月一三～一五日	注⑦に同じ
		平成四年（一九九二年）八月二一～二三日	神奈川県修善寺 静岡県沼津市　注⑧
		平成六年（一九九四年）八月八～一〇日	注①に同じ
		平成八年（一九九六年）八月二二～二四日	和歌山市紀三井寺 注⑨
『心』（大正三年四月二〇日～大正三年八月一一日）	①昭和三八年五月～昭和三九年六月（一年二か月） ②平成一一年五月～平成一二年一月（九か月）	平成元年（一九八九年）八月一三～一五日	注⑦に同じ
『道草』（大正四年六月三日～大正四年九月一四日）	①昭和三九年七月～昭和四一年四月（一年一〇か月） ②平成一二年二月～平成一三年一一月（一年一〇か月）	平成六年（一九九四年）八月八～一〇日	注①に同じ
『明暗』（大正五年五月二六日～大正五年一二月一四日）	①昭和四一年五月～昭和四五年一一月（四年七か月） ②平成一三年一二月～平成一七年一二月（四年一か月）	平成四年（一九九二年）八月二一～二三日	注⑧に同じ
		平成六年（一九九四年）八月八～一〇日	注①に同じ

漱石作品と二七会研究旅行の対照年表　注の一覧表

番号	旅行先・宿舎	主な見学先
①	東京都内 平成六年（一九九四年） 八月八～一〇日 東京青山フロラシオン	漱石の遺跡めぐり 宿舎―早稲田生誕地―漱石山房跡―雑司ヶ谷墓地―鴎外記念本郷図書館―千駄木宅跡―団子坂―上野精養軒―本郷三四郎池―伝通院法蔵院―ニコライ堂―小川町交差点―帝国劇場―日比谷公園―銀座―歌舞伎座
②	イギリス特別企画　有志参加 平成一一年（一九九九年） 八月一三～一九日	ロンドン市（ロンドン塔、チェイス通り、テートギャラリー、大英博物館）、ウインザー城、イートン校
③	松山市 昭和三五年（一九六〇年） 四月一六・一七日　泉南荘	子規堂　仲田庸幸先生ご出席（「松籟」5号菅野氏の報告）
④	松山市と大洲市 昭和五八年（一九八三年） 八月二七～二九日 にぎたつ会館、臥龍苑	子規記念博物館、大洲城址、中江藤樹邸跡、臥龍山荘、冨士山
⑤	熊本市 昭和五六年（一九八一年） 八月二八～三〇日 水前寺共済会館、大分県直入荘	峠の茶屋、小天温泉、熊本（漱石旧居）、阿蘇、岡城址、竹田、臼杵（石仏）

⑥	京都市 平成一五年（二〇〇三年） 八月二二～二四日 花のいえ 御車会館	祇園大友跡、御池大橋、下賀茂神社、糺ノ森、天竜寺、 ラビアン・ローズ（亀山寧氏庭園）、仁和寺、万福寺、平等院、 八坂神社、知恩院、 丸山公園、花見小路、建仁寺、一力茶屋、祇園甲部歌舞練場、 清水寺、産寧坂 二年坂、平八茶屋
⑦	鎌倉市 平成元年（一九八九年） 八月一三～一五日 ホテル花月園 横須賀　新井閣	円覚寺、東慶寺、 鎌倉大仏、鶴岡八幡宮、 鎌倉市内散策 井上禅定氏のお話
⑧	神奈川県 平成四年（一九九二年） 八月二一～二三日 湯河原町　天野屋 静岡県田方郡長岡町　寿荘	井上靖文学館、MOA美術館、浄蓮の滝 修善寺、湯ヶ島、沼津市
⑨	和歌山市 平成八年（一九九六年） 八月二二～二四日 サンピア和歌山 公立学校共済組合　紀の国会館	紀三井寺、和歌の浦 和歌山城、県立図書館

2　二七会研究旅行「おくのほそ道」

旅行地	年月日	宿泊地	見学先　参加者　備考
仙台、平泉、盛岡、山寺、天童、羽黒山、月山、湯殿山、湯野浜、金沢	昭和三八年（一九六三年）八月二三～二八日 ※　坪井不参加	仙台　仙台宿泊所白萩荘他 盛岡　つなぎ保養所繋温泉 天童　天童保養所 山形　羽黒山　月山五合目 湯野浜温泉　多聞館　大家旅館 金沢 ※　昭和三八年、昭和三九年とも、同じコース・宿泊所。（五泊六日）	北岡清道、中田（脇）康治、白石寿文、豊田克也、小田迪夫、浜本純逸、出本（宇根）聰子、大迫和子、伊藤美智子、田原美恵子、寺地倶子、一色世司子、北岡弘子　（順不同）
仙台、平泉、盛岡、山寺、天童、羽黒山、月山、湯殿山、湯野浜、金沢	昭和三九年（一九六四年）八月一八～二五日 ※　坪井不参加		野地　潤家先生 佐本房之、橋本暢夫、梅下敏之、竹宮義直、大槻和夫、平野嘉久子、大田（永井）美和子、川口（山崎）博子、橋本（中川）晴美、橋本澄子、森本（宇原）マツ代、神田久子、（順不同）（一三名参加） ※（『松籟』一号、五号に梅下氏の記事あり。） ※（『松籟』三号に橋本氏の記事あり。） 象潟、親知らず（車中） 金沢　鏡花、犀星、重治、井上靖
栃木、福島、宮城	平成一〇年（一九九八年）八月二〇～二二日	栃木県　ＫＫＲ那須野荘 福島県　公立学校共済組合あずま荘	那須湯本、殺生石、白河の関 黒塚、詩碑の丘、智恵子生家、智恵子記念館、二本松城跡、医王寺、白石の城、武隈の松
三重県	昭和五〇年（一九七五年）八月二七～二九日	名張市　赤目荘	赤目四十八滝見学のとき、足をのばした。伊賀上野、芭蕉生家

3　二七会研究旅行「県外編」

旅行地	年月日	宿泊地	見学先
木曽、信州旅行	昭和三六年（一九六一年）八月五～八日 ※坪井不参加		馬籠・藤村記念館、長野、野尻湖、柏原・一茶旧居、小諸・懐古園、軽井沢・堀辰雄家書斎に上る（夫人に招き入れられて）
島根県　大田市 三瓶山	昭和三六年（一九六一年）八月二六・二七日		三瓶山
福岡県　英彦山	昭和四八年（一九七三年）八月二六～二八日	国民宿舎「英彦山」	太宰府、英彦山
三重県　名張市	昭和五〇年（一九七五年）八月二七～二九日	赤目荘	赤目四十八瀧 伊賀上野、芭蕉生家
群馬県　前橋市	昭和五二年（一九七七年）八月二七～二九日	赤城緑風荘 榛名吾妻荘	赤城神社、桃井小学校、中央大橋、敷島公園、愛宕山古墳、水沢観音 大村はま先生ご参加
兵庫県　竜野市	昭和五四年（一九七九年）八月二九・三〇日 ※坪井不参加	赤とんぼ荘	文学の小径、武家屋敷跡 姫路城　柳田国男資料館
徳島県　鳴門市	昭和五九年（一九八四年）八月二五～二七日	鳴門市　大谷荘 徳島市　眉山会館	栗林公園、屋島、鳴門公園、鳴門観潮、眉山会館、鳴門教育大学訪問、岡崎城址、霊山寺、十郎兵衛屋敷跡、ドイツ館
岡山市	昭和六〇年（一九八五年）八月二四・二五日	福山市 松之家	夢二美術館、県立博物館、内田百閒・坪田譲治文学碑（岡山城）
柳川市	昭和六二年（一九八七年）八月二二・二三日	柳川市かんぽセンター	田島清司先生のお話 白秋生家、柳川　川くだり、火野葦平墓地

北九州市　小倉	平成一二年（二〇〇〇年）八月二六・二七日	ひびき荘	松本清張記念館 小倉城
山口県　岩国市	平成一六年（二〇〇四年）八月二三・二四日	開花亭	宇野千代生家 錦帯橋

4　二七会研究旅行「県内編」

旅行地	年月日	宿泊地	見学先
賀茂郡河内（こうち）町（現東広島市）	昭和三五年（一九六〇年）八月二七・二八日	河内町竹林寺	
尾道市	昭和三五年（一九六〇年）一〇月二三日		千光寺
比婆郡西城町（現庄原市）	昭和三七年（一九六二年）八月二五・二六日	道後山山の家	
佐伯郡宮島町（現廿日市市）	昭和四一年（一九六六年）八月二七・二八日	宮島ロッジ まこと会館	みせん登山（ロープウエーにて）
佐伯郡湯来町湯の山（現広島市）	昭和四二年（一九六七年）八月二四・二五日	太古荘	
佐伯郡佐伯町（現廿日市市）	昭和四三年（一九六八年）八月一三・一四日	岩倉ロッジ	
三次市	昭和四五年（一九七〇年）八月二九・三〇日	三次ロッジ	中村憲吉歌碑
佐伯郡湯来町（現広島市）	昭和四六年（一九七一年）八月二八・二九日	湯来ロッジ	

尾道市	昭和四九年（一九七四年）八月二四・二五日	しらゆり荘	文学の小道
呉市野呂山	昭和五一年（一九七六年）八月二八・二九日	野呂山高原ロッジ	
比婆郡東城町（現庄原市）	昭和五三年（一九七八年）八月二六・二七日	東城町帝釈国民宿舎	
芸北町（現北広島町）	昭和五五年（一九八〇年）八月三〇・三一日	城岩山荘	
佐伯郡湯来町（現広島市）	昭和五七年（一九八二年）八月二八・二九日	みのち学荘	
佐伯郡大野町（現廿日市市）	昭和六三年（一九八八年）八月二〇・二一日	鳴川山荘	
三次市	平成二年（一九九〇年）八月一八・一九日	三次市長寿村	庄原文化会館 火野蘆平資料
竹原市	平成三年（一九九一年）八月一八・一九日	竹原かんぽセンター	竹原町並み保存地区、西方寺、普明閣、照蓮寺
福山市	平成五年（一九九三年）八月二一・二二日	びんご荘	県立歴史博物館、神辺本陣、廉塾、蓮乗院、葛原しげる歌碑、葛原勾当日記、菅茶山記念館
安芸郡倉橋町（現呉市）	平成七年（一九九五年）八月一九・二〇日	倉橋セミナーハウス	万葉集遺跡、長門島松原、桂浜神社、白華寺、西蓮寺、長門の造船歴史館
山県郡加計町（現安芸太田町）	平成一一年（一九九九年）八月二八・二九日	温井スプリングス	吉水園、温井ダム、鈴木三重吉碑
尾道市	平成一四年（二〇〇二年）八月二四・二五日	尾道市ベラビスタ境が浜	福山市文学館 尾道市白樺美術館（希望者）

3　「天声人語」と夏目漱石

脇　康治

二〇〇七（平一九）年四月一日付朝日新聞の「天声人語」は、面白かった。

一〇〇年前の四月一日に、「わが国の文学界の明星」であり、東大講師でもあった夏目漱石が、朝日新聞社に入社することになった旨の、「少々思わせぶりな社告が」紙面に載った。そのことと対比するように、「一〇〇年後のきょう、朝日の紙面は新しくなった。この欄の筆者も代わった。とても漱石先生のような『明星』とはいかない。〈菫《すみれ》ほどな小さき人に生れたし〉は漱石の句だが、そう願う必要もない、もとより小さき人である」と述べ、最後に、「伝統の上に、新しい言葉を刻んでいければと思う」と結んでいる。

先輩の社員でもある漱石を、強く意識しているのが、面白かったのである。

早速、「天声人語」に、どの程度、どのように漱石が取り上げられているのか、調べてみようと思った。

広島県立図書館のレファレンス係に相談すると、次の四十件が紹介された。その後のものを加えて、四十八件集まった。どのように扱われているかを紹介する。

①84（S59）10・23　東京の秋が話題。リンドウの花を出し、例示として『虞美人草』のヒロインの、着物の色

を紹介。

②84（S59）12・18　日本の住宅事情が話題。その導入として、漱石が『吾輩は猫である』を書いたころの家を紹介。

③86（S61）9・13　国鉄のリストラが話題。ひげを理由に配転された職員が、「紙幣の夏目漱石だってはやしている」と、裁判所に訴えたと例示。

④87（S62）6・1　岩波文庫60周年が話題。最初の発売本が『こゝろ』（夏目漱石）などと例示。

⑤88（S63）10・1　天皇の病気が話題。自粛の過剰について述べた、漱石の日記を導入として引用。

⑥90（H2）4・4　ツバメが話題。「乙鳥や赤い暖簾の松坂屋」（漱石）を例示。

⑦93（H5）6・25　非嫡出子が話題。導入として、漱石の『虞美人草』の内容を紹介。

⑧96（H8）4・5　政府の言い逃れが話題。漱石枕流という故事を出し、関連して、夏目漱石の筆名を紹介。

⑨96（H8）10・31　本の読み方が話題。漱石は書き込み派だったと例示。全集には、書き込みを集めた巻があると紹介。

⑩97（H9）9・22　手紙が話題。漱石の手紙好きを、導入として紹介。

⑪98（H10）6・10　『「坊っちゃん」の時代』が話題。人物の例示として漱石などを紹介。

⑫98（H10）11・3　中央公論が話題。この雑誌で活躍した作家の一人に、漱石がいると例示。

⑬00（H12）1・8　空想趣味の句が話題。漱石の「大手より源氏寄せたり青嵐」を例示。

⑭00（H12）5・24　大相撲が話題。導入として、漱石の相撲好きを紹介。

⑮00（H12）8・18　沈没したロシア原潜が話題。漱石が名文と絶賛した、佐久間艇長の遺書を、関連して紹介。

⑯00（H12）12・4　ビル風が話題。ビル風を初めて意識した日本人は、漱石ではなかったかとして、『永日小

品』を例示。
⑰01（H13）1・11　ポストカプセル郵便が話題。漱石は手紙好きだったと例示。
⑱01（H13）8・21　アランの『幸福』が話題。「再読の楽しさ」にふれて、日本人では、たとえば夏目漱石だと例示。
⑲01（H13）10・20　秋の月が話題。中秋の名月も、ヨーロッパでは通用しない例示として、漱石の英国経験の記を紹介。
⑳01（H13）11・2　かおりの風景が話題。漱石の「或る香をかぐと或る過去の時代を憶起（おもひおこ）して～」という言葉を例示。
㉑01（H13）11・10　浅草凌雲閣が話題。『坊っちゃん』中の記述を引用して例示。
㉒02（H14）2・20　『福翁自伝』が話題。英語の訳語「競争」が漱石あたりになると、普通の言葉になったと例示。
㉓02（H14）5・14　「キャッツ」が話題。漱石が、ロンドンの舞台を見たときのことを、関連して紹介。
㉔02（H14）7・27　手紙文化が話題。漱石が借金を断る手紙を例示。
㉕02（H14）8・21　鴎外・漱石の作品が、高校の国語教科書から消えていくことを話題とし、漱石は、お札からも消えると紹介。
㉖02（H14）10・29　日朝正常化交渉が話題。導入として『草枕』の冒頭を引用。「智に働けば角が立つ。～」。
㉗02（H14）11・4　読書週間が話題。有名な本の例示として『坊っちゃん』を出す。
㉘03（H15）5・22　藤村操の死が話題。藤村に英語を教えていたのが漱石だったと、関連して紹介。
㉙03（H15）12・13　小津安二郎が話題。彼の墓がある円覚寺に関連して、漱石の『門』を紹介。

㉚04（H16）1・6　百年前の漱石が話題。特に、「現代日本の開化」という講演の、先見性を紹介。
㉛04（H16）8・4　夏休みが話題。漱石の紀行文「木屑録《ぼくせつろく》」を例示。明治時代の漢文として、最もすぐれたものの一つ、と紹介。
㉜04（H16）9・25　ラフカディオ・ハーンが話題。関連で、ハーンの後任講師となった漱石の、ことばを紹介。
㉝05（H17）3・25　愛知万博が話題。その導入として、漱石がパリ万博のとき、エッフェル塔に上ったことを紹介。
㉞06（H18）1・28　最近の言葉が話題。その一つに、早坂暁さんの言葉を例示。『坊っちゃん』は発表されて一〇〇年、「登場人物の人間像は永遠でしょう」。
㉟06（H18）2・11　良寛の書が話題。その導入として、漱石が、良寛の書をしきりに欲しがったことを紹介。
㊱06（H18）5・23　イプセンが話題。漱石が『三四郎』の中で、イプセンの人物について語っている部分を関連で紹介。

㊲06（H18）10・9　漱石のロシア人門下生が話題。帰国して、漱石の『門』を、大学の講読テキストに使った、と紹介。

㊳06（H18）12・5　「虎屋文庫」が話題。漱石と潤一郎は、ようかんの美しさを高く評価している、と例示。

㊴06（H18）12・9　漱石没90年が話題。特に「漱石山房」の過去と現在を紹介。

㊵07（H19）2・9　宇宙飛行士の誘拐事件が話題。嫉妬についての関連で、漱石の『こゝろ』の一節を紹介。

㊶07（H19）2・11　『チベット語になった「坊っちゃん」』が話題。漱石の『坊っちゃん』の、翻訳の苦労を紹介。

㊷07（H19）4・1　漱石の朝日入社を導入として、天声人語担当者交代の決意を述べる。

㊸07（H19）7・15　岩波文庫創刊80年が話題。緑の帯・日本文学として、「つまり、多感なころは漱石や藤村」と例示。

㊹07（H19）7・16　㊸に関連して一番売れたのは、『ソクラテスの弁明・クリトン』の一五七万部、第二位は、『坊っちゃん』の一三六万部と紹介。

㊺07（H19）8・30　食の国、中国で日本産のナマコが大人気、という話題。関連して、漱石の句〈何の故に恐縮したる生海鼠《なまこ》哉《かな》〉を紹介。

㊻07（H19）10・5　出資法違反事件が話題。関連して、金を作るには「義理をかく、人情をかく、恥をかく」の「三角術」が必要だという、漱石の『吾輩は猫である』の言葉を紹介。

㊼07（H19）10・13　現代風の名付けが話題。古い時代の例として、鴎外の「茉莉、杏奴」と漱石の「筆子、恒子」を示す。

㊽07（H19）12・11　「船場吉兆」産地偽装・不正表示が話題。導入として、漱石の『坊っちゃん』に出てくる「いか銀」という、うさんくさい人物を紹介。


いくらか分析し、整理してみる。

まず、どの程度取り上げられているかをみると、約二十四年間に四十八件である。平均すると、一年に二件である。ところが、一年に九件とか五・六件とか取り上げられていることもある。二か月に一回とか、それ以上の割合となると、やはり多い感じである。

次に、どのように取り上げられているかをみる。文章構成の上で、「例示」が二十二回、「導入」が十一回、「関連」が十一回、「本題」として取り上げられたのが四回である。

また、作品名等の登場頻度をみると、

①坊っちゃん(8) ②手紙(6) ③吾輩は猫である(5) ④門(4)・日記(4) ⑥三四郎(3)・こゝろ(3)・虞美人草(3)・俳句(3) ⑩それから(2)・草枕(2) ⑫明暗(1)・木屑録(1)・現代日本の開化(1)・永日小品(1)・艇長の遺書と中佐の詩(1)・思ひ出す事など(1)

となっている。

取り上げられた事例を集約してみると、漱石の三つの面が浮かび上がる。

一つは、文豪(国民的作家)としての漱石。

○国民が内容を共有する名作が多い。

○人口に膾炙する名文が多い。

○古びない、再読を促す魅力をもつ作品が多い。

○時代の代表として扱われている。

などから導かれる面である。

二つは、先見性・見識ある知識人としての漱石。

○現代に通じる社会問題などが作品等に表現されている。

などから導かれる面である。

三つは、豊富な話題を提供する漱石。

○多彩な趣味　○英国留学の経験　○漱石の友人や弟子多数　○漱石を研究対象や話題にする書物多数　○漱石の人となり

などから導かれる面である。

一方、天声人語の筆者は、どのような態度・気持ちで、漱石を引用しているのだろうか。結果論的に言うと、次のような点が考えられる。

文豪であり、敬愛する先輩でもあり、話題が豊富で、安心して頼ることができる。このことを前提として、
○自分の文章の格調や質を高めること。
○読者の興味をひくこと。
○漱石の色々な面を紹介し、啓蒙すること。
などが期待されているのではなかろうか。

時の流れ、季節の移りゆきの中で、生起するさまざまな出来事、その一つを取り上げて、コラムにまとめていく際に、導入や関連や例示として、効果的な文章や事柄が、自在に引用できるようになるには、日常の読書生活や情報収集において、想像以上の努力が続けられているに違いない。


最後に、心に残った箇所を紹介して結びたい。
㉕の鷗外や漱石らの作品が、高校の国語教科書から消えていくことを、話題としているなかに、次の部分がある。
「教科書は、それをきっかけに読書をする目録のようなものだろう。読みこなせるかどうかは別にして、『文豪』の見本程度は残しておいてもいいのではないか、と思った」。一方、日本語力を高めようという機運があるようだが、このブームについて丸谷才一氏は、「考えるための道具である日本語の性能が低いのではないかという不安が生じたのだ。みんなの心の底で、漠然と」と指摘していると紹介し、「それでいくと、先の『文豪』は近代日本の始まりにあたって『考える』ことをした人だった。そのために日本語という『道具』を駆使した人だっ

た」。「日本語力と考える力の劣化、について考えさせられる」と結んでいる。
調子は穏やかだが、国語教育に携わる者にとっては、鋭い問題提起であり、発信であった。

（平19・12・31 稿）

4　『行人』を読む——直と一郎——

北岡清道

一

直が、女らしく生き生きとしているのは、だいたい二郎と関わっている時である。

「二郎さん、あなた下宿なさるんですってね。宅が厭なの」と彼女は突然聞いた。彼女は自分のいった通りを、何時の間にか母から伝えられたらしい言葉遣いをした。自分は何気なく「ええ少時出る事にしました」と答えた。

「その方が面倒でなくって好いでしょう」

彼女は自分が何かいうかと思って、凝と自分の顔を見ていた。しかし自分は何ともいわなかった。

「そうして早く奥さんをお貰いなさい」と彼女の方からまたいった。自分はそれでも黙っていた。

「早い方が好いわよ貴方。妾探して上げましょうか」とまた聞いた。

「どうぞ願います」と自分は始めて口を開いた。

嫂は自分を見下げたようなまた自分を調戯うような薄笑いを薄い唇の両端に見せつつ、わざと足音を高くして、茶の間の方へ去った。

（「帰ってから」二十五）

直がここで見せた「わざと足音を高くして」という動作は、この時の直の落ち着かない心境を示していると見ることができよう。この後、一郎の着替えを持って芳江とともに一郎の書斎へ来た直の、取ってつけたような「良妻」ぶりと、二郎に対する今までにない冷淡な挨拶は（「帰ってから」二十八）、この「高い足音」につながるので、ついに家を出ることを決心した二郎に対する直の執着心の裏返しの表現である。

二

直の、二郎に対する最も積極的な行動は、ある寒い春の宵の口に、突然二郎の下宿を訪ねるところに表れている。

自分は何時か手を出して火鉢へあたっていた。その火鉢は幾分か背を高くかつ分厚に拵えたものであったけれども、大きさからいうと、普通の箱火鉢と同じ事なので二人向い合せに手を翳すと、顔と顔との距離があまり近過ぎる位の位地にあった。嫂は席に着いた初から寒いといって、猫背の人のように、心持胸から上を前の方に屈めて坐っていた。彼女のこの姿勢のうちには女らしいという以外に何の非難も加えようがなかった。けれどもその結果として自分は勢い後へ反り返る気味で座を構えなければならなくなった。それですら自分は彼女の富士額をこれほど近くかつ長く見詰めた事はなかった。自分は彼女の蒼白い頬の色を焔の如く眩しく思った。

（「塵労」四）

直が、「顔と顔との距離があまり近過ぎる位」の姿勢で坐ったのは、単に火鉢の構造のせいだけではあるまい。

彼女は火鉢にあたる自分の顔を見て、「何故そう堅苦しくしていらっしゃるの」と聞いた。自分が「別段堅苦しくしてはいません」と答えた時、彼女は「だって反っ繰り返ってるじゃありませんか」と笑った。その時の彼女の態度は、細い人指ゆびで火鉢の向側から自分の頬ぺたでも突っつきそうに狎れ狎れしかった。彼女はまた自分の名を呼んで、「吃驚したでしょう」といった。突然雨の降る寒い晩に来て、自分を驚かして遣ったのが、さも愉快な悪戯ででもあるかの如くにいった。……

（「塵労」五）

いたずらめかしてはいるが、この場面での、二郎に対する直の心の傾斜にはひたむきなものがある。これは、あの和歌山の夜の挑発的な言動よりもよほど真実味がある。それは、一郎によって仕組まれた夜と、自分の意志で訪ねて来た宵との違いである。

三

兄一郎がHさんと旅行に出たその日、二郎は、下宿へ帰らずにまっすぐ番町の実家へ廻る。

茶の間には嫂が雑誌の口絵を見ていた。

「今朝ほどは失礼」

「おや吃驚したわ、誰かと思ったら、二郎さん。今京橋から御帰り？」

「ええ、暑くなりましたね」

自分は手帛を出して顔を拭いた。それから上着を脱いで畳の上へ放り出した。嫂は団扇を取ってくれた。

「御父さんは？」

「御父さんは御留守よ。今日は築地で何かあるんですって」

「精養軒？」

「じゃないでしょう。多分外の御茶屋だと思うんだけれども」

「お母さんは？」

「お母さんは今御風呂」

「お重は？」

「お重さんも……」

嫂はとうとう笑い掛けた。

「風呂ですか」

「いいえ、いないの」

下女が来て氷の中へ苺を入れるかレモンを入れるかと尋ねた。

「宅じゃもう氷を取るんですか」

「ええ二、三日前から冷蔵庫を使っているのよ」


（「塵労」二十五）

この二人の会話の流れの穏やかさはどうだろう。打ち解けた雰囲気の会話はこの後もしばらく続くのだが、その様子を見た母親が、

「おや何時来たの」
母は二人坐っているところを見て厭な顔をした。

（「塵労」二十五）

というのも無理はないのである。
直にとって二郎は、長野家の中で、唯一心を許せる人物であった。ただ一人の心の友であった。秀才型の兄一郎に比べれば、ごく平凡な、普通の男である二郎が、直の心の支えなのである。その心の奥底に、ひそかな、あるいは、はっきりした愛の意識が存在していたとしても不思議ではない。

四

長野家の「寂寞たる団欒」の源泉である一郎の存在感は絶大である。
長野家の人々は、一郎を無視することもできず、同調することもできず、ただただ暗い毎日を不安に怯えながら過ごすだけである。

「本当に困っちまうよ妾だって。腹も立つが気の毒でもあるしね」

（「塵労」十二）

という母の言葉は、家族の気持ちを代弁するものであろう。
Hさんは、「あなた方は兄さんが傍のものを不愉快にするといって、気の毒な兄さんに多少非難の意味を持たせているようですが」（「塵労」五十二）と不満げであるが、これは、長野家の人々の責任ではあるまい。

とはいうものの、私は、「塵労」の中の一郎は嫌いではない。

その日は夜明から小雨が降っていました。それが十時頃になると本降に変りました。午少し過には、多少の暴模様さえ見えて来ました。すると兄さんは突然立ち上って尻を端折ります。これから山の中を歩くのだといいます。凄まじい雨に打たれて、谷崖の容赦なくむやみに運動するのだと主張します。御苦労千万だとは思いましたが、兄さんを思い留らせるよりも、私が兄さんに賛成した方が、手数が省けますので、つい「宜かろう」といって、私も尻を端折りました。

兄さんはすぐ呼息の塞るような風に向って突進しました。水の音だか、空の音だか、何とも蚊とも喩えられない響の中を、地面から跳ね上る護謨球のような勢いで、ぽんぽん飛ぶのです。そうして血管の破裂するほど大きな声を出して、ただわあっと叫びます。その勢いは昨夜の隣室の客より何層倍猛烈だか分かりません。声だって彼よりも遙に野獣らしいのです。しかもその原始的な叫びは、口を出るや否や、すぐ風に攫って行かれます。それをまた雨が追い懸けて砕き尽します。兄さんは暫くして沈黙に帰りました。けれどもまだ歩き廻りました。呼息が切れて仕方なくなるまで歩き廻りました。

我々が濡れ鼠のようになって宿へ帰ったのは、出てから一時間目でしたろうか、また二時間目に懸りましたろうか。私は臍の底まで冷えました。兄さんは唇の色を変えていました。湯に這入って暖まった時、兄さんはしきりに「痛快だ」といいました。自然に敵意がないから、いくら征服されても痛快なんでしょう。私はただ「御苦労な事だ」といって、風呂の中で心持よく足を伸ばしました。

（「塵労」四十三）

凄まじい雨の中を、血管が裂けるほど大きな声を出して、野獣のような叫びをあげつつ、箱根の山を息が切れるまで走り廻り、歩き廻る一郎の姿は、これまでには全く見られなかったものである。

このエネルギーや気迫が、一郎の体の中にまだ存在していたというのは、奇跡のような出来事である。

五

叫び、と言えば、「塵労」にはもう一つ忘れられないシーンがある。一郎が、「Einsamkeit, du meine Heimat Einsamkeit！」（孤独なるものよ、汝はわが住居なり）と叫びながら、修善寺の山を駆け下りてゆく場面である（「塵労」三十六）。その後ろ姿には、千日回峰の修行僧のような厳しさと美しさがある。孤高の一郎の、少年のような純粋さがある。

六

箱根の山の野生味と修善寺の山の純粋さと、そして、紅が谷（鎌倉）の、小さな蟹に見とれる（「塵労」四十七）安らかな心が存在するかぎり、一郎の再生への望みはゼロではないように思う。

一郎が再生できるかどうか、それは、一郎自身にかかっている。Hさんがどう言おうと、家族のだれであろうと、いや、たとえHさんであろうとも、究極の意味で、一郎を救済することはできまい。一郎を救済できるのは、一郎自身だけである。そして、その可能性はゼロではない、と私は思うのである。

ただし、その一郎の未来の世界に、直の姿は存在しないだろう。そして、たぶん、長野家の他の人々も。

◇◇◇◇◇

みづからの光のごとき明るさをささげて咲けりくれなゐの薔薇　佐藤佐太郎

風もなきにざつくりと牡丹くづれたりざつくりとくづるる時の来りて　岡本かの子

〈付記〉

1　これは、「桐の会」の文集、第二十一号『行人』Ⅱ（平成十六年五月二十二日発行）に載せたものです。

「桐の会」は、昭和五十一年十二月から、前橋市内のお母さんたちといっしょに始めた読書会で、今年（平成十九年）でちょうど三十年になります。

この三十年間、漱石を中心に読んできましたが、（ただし、作品読了後の切れ目で、気分転換の意味も含めて、漱石以外の、グリム童話、『アンナ・カレーニナ』、芥川竜之介なども読んできました。）作品を読み終わるごとに、文集を作ることを心がけてきました。『行人』の二回目読了後の文集が、第二十一号となるわけです。

2　末尾の短歌二首は、余白の埋め草として載せたものです。『行人』とは無関係のものですが、ここでも、そのまま載せておくことにします。

「桐の会」文集第二十一号・『行人』Ⅱの「あとがき」から

（その一）

一

私たちは、八月例会（平成十四年八月二十四日・土）で、『行人』の第一部、「友達」を読了した。それについての感想・意見をまとめたのが今回の文集である。

前回、『行人』についての文集を作成したのは、昭和六十三年十一月であった。その時は、『行人』全体を読了してからの文集作成であったが、今回は、四部構成の『行人』の一つ一つを読了した時点で小文集を作り、四つの小文集を合冊して文集第二十一号にまとめる、ということにした。「塵労」を読了した時には、「友達」や「兄」、「帰ってから」の印象が、かなりあいまいになっているのではないか、と考えてのことである。前回の『行人』（文集第九号）から十四年、私たちは、それ相応に年齢を加えている、ということを配慮したためでもある。

二

「友達」を読んできた経過は、次の通りである。

第一回　平成十四年六月二十二日（土）

一〜十一　　　　　　　　前橋市中央公民館

※石田マサ子さん、十年ぶりに「桐の会」に復帰。

第二回　平成十四年七月二十七日（土）

十二〜二十四　　　　前橋市中央公民館

第三回　平成十四年八月二十四日（土）

二十五〜三十三（終章）　　前橋市中央公民館

三

文集二十一号（その一）は、当然のことながら、（その二）〈兄〉、（その三）〈帰ってから〉、（その四）〈塵労〉の、最初のステップである。会員ひとりひとりのそれぞれのステップの踏み方がこの小文集には刻まれている。小なりといえども、私たち「桐の会」にとっては、たいせつなステップである。

四

（その二）の原稿は、約束どおり九月例会にはほとんど出そろっていたというのに、発行が遅くなってしまいました。すみません。

市川悦子さんには、ご主人を亡くされて、原稿どころではないという状態だったのを、無理にお願いして書いてもらいました。申しわけないことをしたと思います。しかし、やっぱり、書いてもらってよかった。市川さんのためにも、私たちのためにも。それに、これで会員十一人全員の顔がそろいました。感謝、です。
さて、（その一）が出来たと思ったら、もうすぐ（その二）です。ぼんやりしている暇もありません。お互い、身体を大切にしながら、がんばっていきましょう。

平成十四年十二月十五日

土を出《で》し蒟蒻玉に力満つ　　岡崎　桂子

（その二）

一

私たちは、平成十五年一月、「兄」（『行人』第二部）を読了した。第一部の「友達」の後、九月から読み始め、計四回で読了したわけである。その経過は、次の通りである。（会場は、第3回が内田千秋さん宅、その他は前橋市中央公民館）

1　①一〜四十四各章の小見出し　　平十四・九・二八（土）
　②一〜九
2　十〜二十二　　平十四・十・二五（土）
3　二十三〜三十二　　平十四・十一・二二（金）

4　三十三～四十四（終章）　　　　平十五・一・二五（土）

※十二月例会は、恒例の、「桐の会」忘年会とレコード・コンサート（第二十二回。北岡宅）のため、お休み。

二

『行人』も、「兄」に入って、いよいよ作品としての本格的な展開を見せることになった。母、兄一郎、嫂の直、それぞれの人物が、それぞれの形で二郎とかかわりながら活写されていく。体調不全（痔疾、胃潰瘍、強度の神経衰弱、……）の漱石が、よくもここまで書けたものだと思う。漱石の気力と知力に改めて脱帽である。

三

ある日の例会で、私が、「こういう一郎を書いていくのは、漱石も大変だなあ。」と言ったら、内田千秋さんが、すかさず、「読む方も大変ですよ。」と応じたことがある。今回の文集でも、阿部喜久江さんが同じようなことを書いている。「桐の会」の皆さん、ご苦労さま。でも、がんばりましょう。

平成十五年六月二十三日

（その三）

一

平成十五年五月、私たちは、「帰ってから」（『行人』第三部）を読了した。その経過は、次の通りである。

1　平十五・二・二二（土）　一～九
2　　　三・二二（土）　十～十九
3　　四・二六（土）　二十～二十八
4　　五・二四（土）　二十九～三十八（終章）

二

『行人』も、「帰ってから」で、いよいよ『行人』らしくなった感がある。『行人』をどう読むかは、一郎をどう読むかにかかっている部分が大きいのだが、その一郎の、一郎らしさが、良くも悪くも「帰ってから」ではもろに出てくる。

「兄」では、とんでもないことを考えるバカな男だ、と笑い飛ばすこともできたかもしれない一郎だが、「帰ってから」ではそう簡単にはいかない。ここでも、身勝手な男であることに変わりはないのだが、その身勝手さのよってくるところを考えざるを得ないような書きぶりになっているからである。

三

一郎にまともに向き合うのは楽ではない。直も大変、母もお重も大変。父親もそれなりに苦しんでいる。太平楽なのは二郎だけだが、その二郎にしても、二郎なりに大変でないこともない。

そして、読者も、同じようにけっこう大変なのである。ましてや、読んで書く、ということになれば、その大変さは倍増することになる。辛いところである。

四

『行人』の小文集もこれで三冊目。会員の皆さんには、いつもの何倍も苦労をさせて申し訳ない、という気もしますが、あともう一冊です。苦労も楽しみのうち、と考えてがんばりましょう。

平成十五年十二月十五日

海に出て木枯帰るところなし　　山口　誓子

（その四）

一

私たちは、平成十五年十一月、「塵労」を読了した。これで、『行人』全体を読了したことになる。その経過は、次の通りである。

1　「友達」　三回（平十四・六・二十二〜八・二十四）
2　「兄」　四回（平十四・九・二十八〜平十五・一・二十五）
3　「帰ってから」　四回（平十五・二・二十二〜五・二十四）
4　「塵労」　五回（平十五・六・二十八〜十一・二十二）

「塵労」の経過は、次の通りである。

第一回　平十五・六・二十八（土）　一〜十二
第二回　七・二十六（土）　十三〜二十四
第三回　九・二十七（土）　二十五〜三十四
第四回　十・二十五（土）　三十五〜四十四
第五回　十一・二十二（土）　四十五〜五十二（終章）

※八月例会は、北岡の都合により、お休み。

第一部「友達」から第四部「塵労」まで、合計十六回、一年六カ月をかけて読了したわけである。

二

『行人』は、大作である。それも、漱石の作品の中では、やや異質ともいえる難解さを伴った作品である。一郎は、孤高の学者であると同時に、自ら認めるように、「迂闊」の人であり、「矛盾」の人でもある。家族に日々暗い思いをさせる一郎との、一年六カ月にわたるおつき合いは、会員の皆さんにとって楽ではなかったかもしれない。同性の直に肩入れしたくなる気持ちも当然のことといえよう。しかし、やはり、一郎はいい人である。純な人である。漱石が、家族に嫌われながら、やはりいい人であったように。

三

「桐の会」文集第二十一号『行人』Ⅱは、今回の〈第四部「塵労」を読む〉と、これまでの三冊の小文集を合わせて完成することになる。

① 「友達」を読む　平十四・十二・十五　三〇ページ
② 「兄」を読む　平十五・六・二十五　三四ページ
③ 「帰ってから」を読む　平十五・十二・十七　四二ページ
④ 「塵労」を読む　平十六・五・二十二　五六ページ

合計一六二ページの大冊である。
会員の皆さん、よくがんばりました。ご苦労様でした。

これからも、元気を出して、『道草』、『明暗』へと読み進んでいきましょう。

四

最後になりましたが、佐々木康夫様には、今回も美しい表紙で私たちの文集を飾っていただきました。この、手づくりの、心のこもった表紙のおかげで、私たちの文集が、何倍にもりっぱに、輝いて見えるような気がいたします。佐々木様、ほんとうにありがとうございました。

平成十六年五月二十一日

5　言葉のちから

井上孝志

一　漱石との「邂逅」

私が漱石を読み始めたのは随分遅くて、高等学校の三年になってからだと思います。漱石作品としては、『こゝろ』を読んだのが初めてで、その時の強い衝撃は未だに覚えています。「K」の自殺の件《くだり》を読み、「人は、一片の恨み言も言わずに死ねるのか。それも、自分を裏切った男に対して感謝の言葉を残して死ねるものなのか。」ということでした。「K」が「私」の裏切りを前にして、遺書には「自分は薄志弱行で到底行く先の望みがないから、自殺する」という内容がありましたが、「薄志弱行」という語句がその後ずっと私の心に残っていきます。大学受験に失敗し、考えてもいなかった大学への進学となり、無目的のまま入学したその当時の私は、ともかく夏目漱石と小林秀雄の全作品を読むことだけを、ささやかな私の目的として大学生活のスタートを切ったのでした。

大学生活には入ったものの、家庭的な問題を抱えていた当時の私は、とてつもないほどの寂しさを抱えていました。自分の腹にいつも大きな穴がぽっかり空いているようで、しかもその穴は真っ暗な先も何も見えないものでした。何をしても寂しい。一人になると訳もなく寂しく、授業でもアルバイトでも、演習の準備でも、またサークル活動でも、ともかく立ち止まってしまうとその寂しさの大きな穴の中に落ち込んで行きそうで、絶えず動き回っていました。多分外から見ると活動的な人間だと思われたと思います。そのような折、『こゝろ』を読み返していたとき、次のような箇所に出会うのです。

「私は淋しい人間です」と先生は其晩又此間の言葉を繰り返した。「私は淋しい人間ですが、ことによると貴方も淋しい人間ぢやないですか。私は淋しくつても年を取つてゐるから、動かずにゐられるが、若いあなたは左右は行かないのでせう。動ける丈動きたいのでせう。動いて何かに打つかりたいのでせう。……」
（『心　先生の遺書　七』／『漱石全集　第九巻　心』岩波書店、一九九四年九月九日）

「かつては其人の膝の前に跪づいたといふ記憶が、今度は其人の頭の上に足を載せさせやうとするのです。私は未来の侮辱を受けないために、今の尊敬を斥ぞけたいと思ふのです。私は今より一層淋しい未来の私を我慢する代りに、淋しい今の私を我慢したいのです。自由と独立と己れとに充ちた現代に生まれた我々は、その犠牲としてみんな此淋しみを味わわなくてはならないでせう。」（『心　先生の遺書　十四』／同）

若い時は動けるだけ動かないとどうしようもない寂しさに襲われる。そして、現代に生きる我々は誰もが皆この寂しさを味わわなくてはならない。この絶望的なメッセージは、私を奈落に落とすのではなく、私がどうしようもない寂しさの渦中にあるのは、私の若さゆえであり、そして何より現代に生きる人間は寂しさから逃れることができないものだという認識を与えてくれました。その時の私の胸にこの言葉は真っ直ぐに入ってきました。そして、なんだかとても救われたのを覚えています。真実はどんなに辛いことであっても、それをはっきり悟ることが、人間を一つ成長させるものであることを、その時私は学んだ気がします。そして、私はこの『こゝろ』の先生のことばに漱石その人を見、漱石の言葉の奥にある滲み出てくるような温かさを感じとりました。辛い現実、苛酷な人生でありながら（いやそれだからこそ）、その中に温かさがある言葉に触れたような気がしました。漱石は暗いと言われます。しかし、単に暗いのではなく、その暗さの奥には滲み出るような温かに充ちているのが漱石の言葉だと思っています。『行人』にはドイツ語の諺を引いて、「Keine Brücke führt von Mensch zu Mensch.（人から人へ掛け渡す橋はない）」（『行人』塵労三十六／『漱石全集第八巻　心』岩波書店、一九九四年七月八日）とありますが、その実「人から人へ掛け渡す橋」を必死に探しているのが漱石作品の人物たちであり、また漱石だったのではないでしょうか。ありきたりの結論や、かいなでの決着を求めるのではなく、書けば書くほど絶望的な結論しか見いだせなくても、それでもなお人と人のつながりを見いだそうとした意志がそこにはある気がしてなりません。その、人と人との可能性を信じているところに、滲み出て来るような温かさがあると思うのです。

青年「K」の自死の理由を、初読の時は「私」（＝先生）の裏切りゆえと思っていた私は、その理由を考えていくにつれ、「私」（＝先生）が言う寂寞ゆえのもの、すなわち「K」の中にある寂しさ、誰もが持つ寂しさゆえと思うようになりました。その考えは現在も変わっていません。『こゝろ』は、読者を死に誘う危険性を持つと著名な近代文学研究者が言われていましたが、むしろ「自由と独立と己に充ちた」現代の代償として、我々は誰もが「寂しさ」を引き受けなければならず、その結果自死に向かう可能性があることを小説に書き込むことで、読者に死への誘いを回避させたとするのは余りに倫理的な読みでしょうか。しかし、どう考えても漱石その人が読者の自死を望んでいたとは考えられませんし、誠実に悩み続けた「私」（＝先生）が青年である学生の「私」に長い遺書を書き綴ってゆくのも、その寂しさに捉えられてしまった「私」（＝先生）と「K」を書くことで、その自分たちを乗り越えて行って欲しいと願っているからにほかならないのではないでしょうか。私は『こゝろ』を読むたびに、「先生」のそして漱石の、寂しくても生きていけという声が聞こえます。困難でも「人から人へ掛け渡す橋」を探し続けることこそ人にとって最も大切なことだと教えられます。漱石の言葉が、私の暗く寂しい大学生活を救ってくれました。

小林秀雄氏が言ったのか、亀井勝一郎氏が言ったのか定かではありませんが、青年期の読書には作者が直接自分に語りかけてくれていると感じる幸福な時があるものだという言葉があったような気がします。漱石が芥川龍之介・久米正雄二人に宛てた次のような手紙の一節は、まさしく私に宛てて書かれたものとして受け止めました。


牛になる事はどうしても必要です。吾々はとかく馬になりたがるが、牛には中々なり切れないです。僕のやうな老猾なものでも、只今牛と馬がつがつて孕める事ある相の子位な程度のものです。

あせつては不可ません。頭を悪くしては不可せん。根気づくでお出でなさい。世の中は根気の前に頭を下げる事を知つてゐますが、火花の前には一瞬の記憶しか与へて呉れません。うん〳〵死ぬ迄押すのです。それ丈です。決して相手を拵らへてそれを押しちや不可せん。相手はいくらでも後から後からと出て来ます。さうして吾々を悩ませます。牛は超然として押して行くのです。何を押すかと聞くなら申します。人間を押すのです。文士を押すのではありません。

是から湯に入ります。

八月二十四日
夏目金之助

芥川龍之介様
久米正雄様

「馬にならずに牛になれ」。どれだけそれがやれたかはおぼつかない気がしますが、「世の中は根気の前に頭を下げる事を知つてゐますが、火花の前には一瞬の記憶しか与へて呉れません。」と漱石が語るとき、それは芥川たち二人への言葉ではなく、漱石その人が井上孝志という存在に直接語りかけてくるものでした。漱石が学生の私の肩に手を置いて語ってくれた言葉でした。「人間を押せ」。私にとって人間は好きで好きでたまらないものでありながら、しかし、人間が一番苦手でもありました。人との間の取れなさに苦しんでいました。人間を牛のように押すこと、「うんうん死ぬ迄押すのです。それ丈です。決して相手を拵らへてそれを押しちや不可せん。」という言葉は、それからずっと、心の片隅に置いて噛みしめてきた言葉です。

加えて、この手紙に言葉の使い方の妙を見ました。漱石に諭されながら最後まで来たとき、最後の一行で「これから湯に入ります」と書かれてある一文に、本当に驚きました。ふっと体の力が抜けていくようでした。人を押すことの大切さを述べながら、それが決して力んでやることでなく淡々とやり続けていくことを、この最後の一文で知らされました。文章の上手・下手を分からなかった私が、文章のうまさとは何かを理解した瞬間でした。言葉のちからというものを実感した時でした。

そういえば、文章のうまさで思うのは、漱石初期の『坊つちやん』の最後にもあります。

其後ある人の周旋で街鉄の技手になつた。月給は二十五円で、屋賃は六円だ。清は玄関付きの家でなくつても至極満足の様子であつたが気の毒な事に今年の二月に肺炎に罹つて死んで仕舞つた。死ぬ前日おれを呼んで坊つちやん後生だから清が死んだら、坊つちやんの御寺へ埋めて下さい。お墓のなかで坊つちやんの来るのを楽しみに待つて居りますと云つた。だから清の墓は小日向の養源寺にある。（「坊つちゃん　十一」／『漱石全集　第二巻　倫敦塔ほか・坊つちゃん』岩波書店、一九九四年一月十日）

最後の「だから清の墓は小日向の養源寺にある。」の一文の見事さ。この一文があるとないとでは、『坊つちゃん』の作品の価値が異なります。抜き差しならないところで選び抜かれた一文である気がします。そのなにより、この「だから」の使い方を、実例をもって教えられました。

大学で漱石の言葉に導かれながら、卒業論文は「『こゝろ』試論――『こゝろ』にみる「淋しさ」の内実」と題するものでした。『こゝろ』では「淋しい」「淋しみ」「淋しがる」など「淋しい」に関連する語が二十七例用いられます。そして、漱石は他の作品でも「淋しい」を多用しており、彼の中には一貫して人間の「淋しさ」をじっと見つめている姿が見受けられます。同時代の作家の中でも漱石は「淋しさ」を極めて丹念に追い求めている作家であり、漱石において「淋しさ」とは一体どのような意味を持っていたのかを卒業論文で考察したいと思いました。それはおそらく私自身の中にある「淋しさ」を見つめる作業と重なっていたのだと思います。研究方法としては、漱石とほぼ同時代の森鷗外、そして漱石が嘱目し次代を託そうとした芥川龍之介や志賀直哉などの全集収録の小説において、「淋しい」という語がどのように、またどのような頻度で出て来るかを調べ比較してみようと試みました。近代文学もまた、言葉を古典文学研究のように、言葉の用例を正確に踏まえて行うべきと言う、古典文学研究の恩師の言葉を拠り所に挑んだものでした。しかしながら、意図とは別に十分に論じきれず、自分の不甲斐なさを痛感しただけでした。恩師山田輝彦先生からは、「一生かけて漱石を読みなさい」という言葉を戴き、漱石が言うごとく「相手を拵らへ」ずに自分一人で読み続けて来ました。

余談になりますが、私ども夫婦の媒酌の労をいただいのも山田輝彦先生でした。その時、お祝いの言葉として先生から『萬葉集』の中の一首、安倍女郎《あべのいらつめ》の「わが背子は　物な思ほし　事しあれば　火にも水にも　われ無けなくに」（巻四・相聞・五〇六）をいただきました。結婚して一年半ほど経ったとき病に臥し七ヶ月の入院・手術を経て奇跡的に復帰した私にとっても、妻にとってもこの歌がどんなに支えになったかわかりません。闘病生活を送っていたとき、一冊のご本、『坂の沼琴――癌病養中詠草――』（私家版）が私の元に送られてきました。この本の作者廣瀬誠先生は、山田輝彦先生の古くからのご友人であり、この本は舌癌の闘病生活を歌に綴ったものでした。そして、その中にあの安倍女郎の一首についてのエピソードが載せられてありました。

わが背子は物な思ほしと万葉の歌唱へつつ妻は祈るも

妻が小学校六年のとき先生に教へられし万葉集の歌は「わが背子は物な思ほし事しあらば火にも水にもわれ無けなくに」の一首にして、この歌事あるごとに口をついて出て、常に忘れずといふ。恩師の名は千葉徳二先生といふ由。（『坂の沼琴――癌病養中詠草――』六五頁）

舌癌のため生死の境にあったご夫君を、幾度も手術を繰り返し戦っておられたご夫君を、必死の看病をされていた奥様が、そのさなかに事あるごとに口ずさまれていたのがこの歌だったのでした。夫の命を救うために懸命になって看病なさっていた奥様を支えていたものが、遙か小学校時代の担任から教えられた万葉歌であったとのよし。その廣瀬先生のご本を読んで私ども夫婦は泣きました。妻は一歳前の長男を抱えどんなにか不安だつたかと思います。私も三〇歳を超えていないのに、どうしてここで死ねるかと思いました。廣瀬先生ご夫妻の思いをじっと胸に秘めながら、この歌を口ずさんできっと立ち上がることを胸に念じました。結婚式の日山田輝彦先生が下さった万葉歌が、時を経て廣瀬誠先生のご本との邂逅もあり、私たち夫婦をこの世に再びあらしめてくれたことの奇しき縁を思わずにいられません。そして、何より歌の、言葉の力を感じずにはいられないのです。私にとって抜き差しならぬ形で、この歌は私と妻の中に息づいています。

二　大学院への派遣

二十年ぶりに母校の大学院へ長期派遣研修へ送り出され、その時私は再び漱石の言葉と格闘することになります。指導教官の前田眞證教授からは、研修ではなく研究をするようにと言われ、それから日々国語科教育研究と格闘する日々となりました。ここでも作品『こゝろ』を「うんうん」言いながら押すことになります。現在の近代文学研究は、理論的な研究が進み、諸外国の文芸理論を柱にして作品を読むことが主流になっていますが、高等学校の現場にある私には遙か彼方にある方法でした。作品と直に向き合う方法しか知らない私は、『こゝろ』百十章の教材ノートを一から作り直し、『言海』を初めとする近代の古辞書と『こゝろ』の用例をもとに語彙ノートつくっていきました。例えば「気の毒」という語は、現在の代表的辞書には「①他人の不幸や苦痛などに同情してかわいそうに思うこと。②他人に迷惑をかけてすまなく思うこと」（『明鏡国語辞典』大修館書店）とあります。しかし、古辞書の『言海』では「心掛カリナルㇾ。他人ノ心配ナド思ヒ遣リテ心ニ掛クルㇾ。」とあります。『こゝろ』の中では、他者への同情だけでなく、「心掛カリナルㇾ。」で用いられているような例が一例出てきます。おそらく、『こゝろ』執筆時は、「気の毒」と言う語が現在の意味へ定着していく過渡的な時期にあったのだと思いますが、言葉を当時の時代に戻していくことの大切さを改めて知ったのはこのときでした。これらの基礎的な作業に並行して、百十余の先行する実践研究を読むことをしました。基本は私自身の読みだとしても、多くの国語教室の中でどのような読みがなされてきたのか。またそこからどのような授業展開がなされてきたのかを踏まえるためです。ここでも、実践の場にいらっしゃる高等学校の先生方、そして近代文学研究・国語科教育研究の場の違いはあっても、漱石の言葉と格闘されている方々の姿を直接肌で感じ、私にとって大きな刺激となりました。大学時代には私の力不足から正面切って対峙できなかった『こゝろ』と、私なりの読みを含めて何とか向き合うことができたと思っています。ただ、授業構想に関してはまだまだ不十分で、これが今後の大きな課題になると思います。

大学時代には作品『こゝろ』を、誠実に己と向き合い苦悩している「私」(=「先生」)の告白として受け止めていた私は、今回の読みの中では、主人公の「私」(=「先生」)さえ気づいていない部分を何か所かを発見しました。それこそが、作者漱石が仕組んでいた箇所であり、それを読み解いていくことが、漱石も願った「人から人へ掛け渡す橋」を見出す端緒のような気がします。これもまた、新たな今後の課題です。人は生活の中で「人から人へ掛け渡す橋」を見出す、いえ生み出す契機をもちながら、いとも簡単にその端緒を見逃してしまい苦悩へ陥ってしまう。その視点で全編を読み返した時、どのような新たなものがそこに立ち現れてくるか楽しみな気がします。それには、やはり漱石の、『こゝろ』の言葉一つひとつとの格闘しかないはずです。

三　二七会への参加

修士論文を作成している修士二年(平成十二年)の秋頃でしたでしょうか、中谷雅彦教授や前田眞證教授から、「二七会」での漱石作品輪読のことをお聞きしました。野地潤家博士のもとで漱石作品をずっと読み続けてこられているということでした。その後、修士論文（本編・資料編）が完成し、指導教官の前田眞證教授から野地潤家博士へ修士論文を一部お送りするようにとのご指示がありました。送付後、野地潤家博士からは過分にもご丁寧なお手紙を戴き、二七会へのお誘いもありました。加えて、前田眞證教授を通じて修士論文を出版してはどうかというお話もあり、出版社への取り次ぎの労をもとって下さいました。本当にありがたいことです。おそらく野地潤家博士のお言葉がなければ、私の修士論文は陽の目を見ていなかったと思います。拙著は幸い、いくつかの雑誌でも書評の中で取り上げてくださいました。望外の喜びだったのは、畏敬する近代文学研究者の梅光女学院大学前学長佐藤泰正博士から直接お電話を戴き、福岡女子大学石井和夫教授からはご丁寧なお手紙を戴きました。また、恩師山田輝彦教授は私がこれまで細々と師の言葉を守って研究らしきものを続け、やっと一つの形にしたことを本当に喜んでくださいました。さらに、最近では福岡工業大学徳永光展准教授の大著『夏目漱石『心』論』（風間書房、二〇〇八年三月二五日）の中で、拙論を多く引用してくださいました。近代文学研究を諦めた私にとって、近代文学の研究者からそれなりに評価を戴いたことはありがたいことでした。

大学院修了を控えた春先から二七会へ参加させていただきました。参加の先生方の実践発表・研究発表の質の高さと、それに対しての参加者の先生方の質問の鋭さに、ともかく圧倒されたのを覚えています。そして、それらの発表に対して野地潤家先生がお話になる、変幻自在ともいったご講評に心から驚きました。野地潤家先生に大学時代を初め他の学校で直接指導を受けられた方々に対してですから、時には厳しいご指摘があり、一方野地潤家先生以外誰も気づかなかった点を取り上げられ、実に懇切に指導して行かれる場面も目の当たりにしました。先生ご自身の学生時代から話を説き起こされたり、教官時代のエピソードを持ち出されたり、時には発表者の大学時代のレポートを持参されてのお話などがあったりと、その話の切り口の多さに驚かされました。そしてなにより、全てに亘ってともに学ぶ者に対しての温かさに充ち、学問をすることの厳しさに溢れていることを、その場で実感しました。

研究発表と二本柱の漱石作品の輪読は、発表者を決めての読みの会でした。現在は漱石作品の読みが三巡目に入っていますが、私は二巡目の終わり頃、『こゝろ』の最終章の頃からの参加で、私自身が実際に担当したのは『道草』でした。これまで漱石作品を全て読んでこられた先生方ですから、『道草』における読みだけでなく、全作品を踏まえての意見交換があったりと、その読みの厚みに圧倒されました。さらには漱石その人の生い立ちや生活なども踏まえて議論が白熱することもあります。しかし、そういう時でも必ず本文の言葉に必ず戻って議論が落ち着いて行くということは驚きでした。この会で読みが放恣になったのを知りません。読みがずんずんと広がっていきながら、しかしきちんと抑制がきいたところに落ち着いていく。つまり、作品の言葉がとても大切にされているのです。研究発表と同様に最後に野地潤家先生のお話がありますが、この時もさまざまなエピソードや発表者の準備の細やかさなど、様々な切り口でお話を進められて行かれます。メモをするのをつい忘れて、お話に聞きいってしまうことが幾度となくあり、しまったと思うことがしばしばでした。この会で、初めて話すこと発表することのあり方を、直接野地潤家先生からお教えいただいたように思います。

先に大学時代の私が、漱石その人から語りかけられているような錯覚に陥ったとお話しましたが、研究発表では文字通り野地潤家先生から、直接お話をいただけました。大学時代に味わった、漱石の言葉同様の温かさが心に充ちてきたのを思い出しました。どのような厳しい批評にさらされるか、この研究この授業実践で果たして良かったのか、と自問自答しながら発表するのが常でしたが、それに対して本当に温かくご指導してくださいました。発表の何が良くて、何が足りないのか。今後何が課題になるのか。国語科教育だけでなく認知心理学の学問分野へも視野を持つことを他の先生のご発表でいわれたときは、野地潤家先生の学問の幅の広さに目を見張りました。また、受験指導であろうと国語教室の中での営みである以上、区別するのではなく全力で生徒の力をつける営みとしてやり抜くことも教えていただきました。受験指導というと、どこか国語科教育とは別な、テクニックだけの邪道であるように思われている感があり、実際私もそのように捉えて苦しんだ時がありました。しかし、野地潤家先生のお言葉で私が教壇で立って行うことは、国語科教育なのだということをしっかり肝に銘じることができ、自信をもって臨むことができるようになった気がします。

思えば、漱石との「邂逅」が、私に言葉と格闘することのきっかけを作りました。私なりに言葉と向き合い、言葉を磨きたいと思うようになったのも、漱石作品の数々の言葉からでした。一生に一度でよいから、「生徒の魂に触れる言葉」を語りたい。そう願ってやみません。そして、二七会で野地潤家博士や多くの先生方と出会い、再び言葉について深く考えるきっかけが生まれたと思います。言葉は人の一生を変え、支え、活かす力がありま す。もちろんその逆もあり得るわけですが、国語に携わる身としては、自らの言葉を磨き続け、言葉の力を身につけたいと心から思います。そのためにも、漱石文学のような本物の文学と格闘し、二七会のような場で言葉を鍛えて参りたいと思います。

6　二七会のこと

平野　嘉久子

勤勉だった両親に少しも似ない怠けっ子、時間の浪費以外の何ものでもないと重々わかっているのに、今も数独やジグソーパズルや推理小説に時を忘れる。高校の先生になろうと思ったのも、これならいくら怠け者でも怠けられないだろうと考えたからだ（五十年前昭和三十年代の女性の職場は極々限られていた）。怠け者ながらも怠けては駄目だという思いは持っている。それに先生や親の言いつけには従うものだという教育もしっかり受けている。それが分不相応の二七会に私を今なお出続けさせている。

下関から？……熱心ですねのニュアンスを含ませた挨拶に、いえ……と返しながら心中深く赤面しながら往生する。あまりに実態とかけ離れている。先生であるからには、いくらかでもましな先生でなければならない。そのために二七会に出ていた。出席者のレベルに届かないことに情けない思いをしながら。野地先生を初めメンバーのご著書を折々に頂戴する。二七会に属していなければ、とても読んではいないであろう専門書である（たぶん、野地先生のご著書は書店で見つければ購入すると思うけれど）。読みながら研究者だなあと思い、またしても研究者でない自分に落ち込む。それでも漱石作品を読み続ける中で、教材をとことん読み込むこと、その周辺の作品や文献に当たるのは当然のこと、教材研究のありようを学んだ。研究発表に、教育実践のヒントを数々与えられ、読むべき書物を教えられた。なによりも、野地潤家先生の担当者への暖かくしかし厳しいご指導が、折々に叱咤激励となって日々の実践に向き合うことが出来た。

「幸い研究に定年はありませんから……」先生はごくさらりとおっしゃった。非常勤の勤めも終わり、二七会に出なくてもいいかなと怠け心がしきりに蠢いていた時とて、思わず私めがけて言われたのかと思ってしまった。ぶちまければ、在職中は定年になったら……と思っていた。しかし定年になった時、多くのメンバーは当然のこととっくに定年を過ぎていらした！講師とはいえ教壇に立っているのだからと、怠け心を封じ込めつつ出ていたのだから、出席会合の優先順位は下がりがち、フリーになった昨今は、欠席が続くと一層出にくくなる。まさにもうぼつぼつという思いしきりの時だった。「実践をまとめなければ研究にならない。」と言われれば、私は研究者ではないし……とつぶやきながら、やはり予定がなければ出かける。

「善良なる淑女を育成するのは母のつとめだから能く心掛けて居らねばならぬ夫につけては御前自身が淑女と云ふ事について一つの理想を持つて居なければならぬ此理想は書物を讀んだり自身で考へたり又は高尚な人に接して會得するものだ　ぼんやりして居ては行けない

飯を食はして着物を着せて湯をつかわせさへすれば母の務めは了つたと考へられてはたまらない御頼まふしますよ」

（夏目鏡への書簡「漱石全集第二十七巻書簡集一」昭和三十二年発行）

数年前、卒業する女子高生に話す時に引用しながら、これが明治三十四年の手紙かと驚き、また漱石の見識に感心した。漱石作品を読み進めながら、毎回毎回漱石の卓抜さに驚嘆する。二七会から今なお離れられない最大の理由かもしれない。

7　二七会での奇跡

大田　トミ子

二七会での夏目漱石の作品の輪読において、『明暗』第百十一章から百十三章の三つの章を、三十歳代半ばの私が担当していましたのを、さらに同じ章を六十歳代終わりにして担当するということに相成ったということです。その間、三十余年です。無論のこと、これは野地潤家先生の綿密な記録に基づいての御提案でありました。二回目の担当となりましたのは二〇〇四年一月二十五日、広島県立図書館においてでありました。その前年の暮れの二七会でその巡り合わせを教えられまして、私は粛々としてお引き受けをするに至ったのでした。

二七会での『明暗』輪読は、今までに二回重ねられてまいりました。一九六六年五月から一九七〇年十一月までと、二〇〇一年十二月から二〇〇五年十二月までとなります。同じ者が同じ箇所を、三十余年経て再度担当したということを、野地潤家先生は、「二七会での奇跡」と評されました。また、半世紀もの長きにわたって二七会が続けられてきたことによって、起こるべくして起こったことだと讃えられました。

『明暗』第百十一章から百十三章は、津田が手術を宣告され、医療費の捻出を余儀なくされるところから始まります。津田には、妹のお秀が用意した金と、妻のお延の小切手が手に入ります。その小切手は、岡本の叔父から「陰陽不和になった時、一番よく利く薬」としてもらったものです。お秀と、津田・お延との、病院での劇的な口論による葛藤で、若い夫婦を隔てていた財力の暗闘が切って落とされて、二人は自然体となります。お延は

「復活の曙光」に自信を得ます。津田は金策の解決と自尊心の維持を得て、「お延有難う。お蔭で助かったよ」と言います。そして、津田は、お延の画策（些細な嘘）に対しても、おおむね自然でいるのでした。この三章は、『明暗』の前半部の終末にあたっています。後半部は、伏線として散りばめられながらも、「余事」として据えおかれた、大事なある問題の所有者である津田と、お延との関わりについて一気に書きすすめられていくのです。

私が、この二回目の担当において執着しましたのは、お延の津田との愛についての気負いでした。結婚相手を自分の責任で選んだお延には、平塚らいてうの『青踏』（一九一一年発刊）での「感想」――元始女性は実に太陽であった、真正の人であった――という高揚された「新しい女性」に通じる自負があります。しかし、結婚後半年過ごしたお延には「良人というものは、ただ妻の情愛を吸い込むために生存する海綿に過ぎないのだろうか」という疑念をもつのでした。さらに、津田の愛を自分から奪う「薄墨色で描かれた相手（女）」との葛藤も視野に入れているのでした。

夏目漱石は、一八六七（慶応三）年から一九一六（大正五）年に生きた作家です。一八八九（明治二十二）年発布の大日本帝国憲法では、自由民権期から導き出された男女平等論は終結され、女性の選挙権も奪われていました。津田が平生から一方ならぬ恩顧を受けている勢力家の妻である吉川夫人から、津田は「私がお延さんをもっと奥さんらしい奥さんに屹度育て上げて見せるから」と言われます。この夫人の乱暴な言い分の背景には、江戸幕府の『慶安御触書』（一六四九年）「夫の事をおろそかに、大茶をのみ物まいり遊山すきする女房を離別すべき」という女性を軽んじる因襲がうかがわれます。

一九四六年十一月三日公布、一九四七年五月三日発布の日本国憲法は、第二十四条で「家族生活における個人の尊厳と両性の平等」を掲げました。しかし『明暗』の時代には、「妻ガ姦通ヲ為シタルトキ」として、女性に厳しく離婚原因が課せられていました。また、女性は夫の離縁状がなければ離婚や再婚ができず、反すれば重婚罪として罰せられました。吉川夫人が津田に対して、清子への未練を何処かに埋めて消すことをたきつけますが、津田は、「私はこれでも罪悪には近寄りたくありません」と二の足を踏みます。このことは、倫理上の問題だけではなく、有夫の女性に対する場合は罪となるという法的な拘束をも意味しているのです。一九一五（大正四）年、『明暗』執筆一年前の統計では、婚姻数七・四三に対して離婚一件です。現代の二〇〇六（平成十八）年は婚姻十一・八に対して離婚一件です。

津田は、小林の妹のお金さんが、口を利いた事もない相手と結婚することで、「それでよく結婚が成立するもんだな」と不思議がります。それに対して叔母は「やれ交際、やれ婚約だのとぜいたくな事」と津田とお延の結婚について評します。お延は、津田との結婚について冒頭から結末に至るまで主人公であり責任者でありました。岡目八目でお嫁に行かなかったことを誇りにし、「幸福になるには愛し、愛させる」ことだと、三つほど若い従妹に気負って見せるのです。当時の「新しい女」は、吉川夫人の延子への評のごとくに「虚勢を張る」と見られたのでした。

津田は術後の静養を表の口実にして、裏では清子と対面します。清子が、なぜ自分の前から姿を消して関と結婚したのかを追いつめるうちに、津田は清子から「待ちぶせをするような人」だと言われてしまいます。

『明暗』は漱石の死によって未完となりましたが、多元的な階層の登場人物によって、明治・大正期に生きる若い夫婦が描きだされていきます。お延の姿は、現代人にも通じるものであります。夏目漱石は、伏線として、「離別・別居」、「生きてて人に笑われる位なら、一層死んでしまった方が好い」、「お前の体面に対して、大丈夫だという証書を入れるのさ」を残しています。深めるのみです。

8　二七会のおかげで

中西一弘

四月に高校の教壇にたち、高一、二、三と三学年の国語を分担することになった。一学年二クラスしかない分校だったので、国語の教師としては先輩と二人であった。教えるべき科目の多さと、大学卒業までの怠慢さがかさなり、あれこれの参考書をノートにうつしては、翌日、そのままを教室ではきだしていた。一日だけ前をいく人といってよい。痛切な、この思いから、少しでも高校生に有益な授業ができるようにならないかと、広島近郊に就職していた同級生に声をかけ、四月から集まった。集まったものの、同じ仲間である。ドングリの背比べのたとえどおりで、集まったから知恵がでるというものでは、むろんなかった。それでも愉快だったのは、やはり仲間といおうか、「指導者のいない研究会なんて、積極的な意味をもつものではない。一から始める自分たちに、指導者なしで、何ができるか。ぜひ、先生を。」となった。同時に、これもまたみんな同じで、野地先生に無理を、と発言する。これまで、どれほどの無理をお願いして、最後には聞き届けていただいてきた者にとって、野地先生しかきいていただける先生はいないと、まことにいい気なものである、在学中と同じ気分でお願いをした。

広島から一時間半以上は離れていた勤務地から、月に一度の研究会（夏目漱石の作品を輪番で解釈すること、それから研究発表がくわわった）にでかけては、会の緊張で思いを新たにするのと、広島市の書店まわりで楽しむのとの二つを味わっていた。毎日のように呉線に乗って通っていた四年間は、大学生活の貴重さには気づかず、呑気に過ごしていた。が、教職につき、広島へいく列車を横目で眺めながら、違う方向に行くようになって、初めて何もしてこなかった事実に愕然とした。同時に、列車にはまるで関係がないのに、広島へ行く列車をうらやましい目で見る癖がついた。この思いが、いっそう、月に一度の研究会を無上のものとしてむかえた。

高校生に、「文章を読むのは、こうしたら。」などとは、とうてい言えないので、解釈書を引用するだけだったとは、冒頭で述べたとおりである。小さな学校で、しかも分校だったのに、熱心な高校生が多く、自ら参考書を求めて勉強する姿勢をもっていた。私が参考にした書物と同じものを生徒の机の上に見つけ、あわてて他の参考書に変えることが重なった。身近にはある程度の数の本屋があり、できる限り多くの種類を集めるのであるが、いかんせん本屋の数は限られ、私と高校生は同じ本屋を探ることになる。二クラスの生徒、当時は、五〇名以上の定員で、多数にはかなわず、同じ参考書となるのである。その点、広島市の本屋の数は多い。本の種類も、当然のことながら、多様である。私の一日の優位は、月一度の、広島通いで保たれていた。

どうしたら自分の読みができるのか、その拠り所が研究会であった。野地先生に直接その方法をお尋ねしたことがある。「そのために研究会があるのだ。」と言われるとともに、学習参考書の一部を執筆してみたら、と具体的な（自己鍛錬の）方法を与えてくださった。自分の不得手を研究対象にする、それも教育の基本、まず自分の教育から、というお教えであった。手探りが始まり、現在もそれを続けている。が、当時は、どうしたら根拠のある、自分らしい読みができるのか、という不安が高校生の前にたつと、いつも襲ってくるのであった。私にとって、毎月の研究会は、この不安を解消するよりは、いっそう駆り立てるように働いた。このままでは、高校生に気の毒だとの思いがつのり、何とか他人の説ではなく、たとえ低い価値のものであれ、自分で考えついたものが出せないものか、と煩悶した。

四年間の二七会のおかげで、この不安解消のため、もう一度、大学で本格的に学びなおすという覚悟を固めることができた。つまり、国語教育（それも自分のためになることに打ち込み、少しでも高校生に安心してもらえるように、という二またかけた、あつかましい目的）に集中する、という切なる願いをもって。

（しかし、この初心は、貫かれることがなく、いまだに自分の読み・考えを発表できずにいる。定年後、今、一度、学生気分を味わえないものかと、これまた懲りずに、呑気な態度で、うまくできなかった卒業論文の修復をしてみたり、修士論文の増補をねがったり、これまでの取り返しはできないものの、可能なことをしとげて、とはかない望みをいだいている現在です。最後に、二七会からうけた恩恵が忘れられず、またまたご無理を野地先生にお願いして、大阪の地でも月一回の研究会を開催し、これも現在まで続いていることを報告しておきたい。二七会の発足にあたり、野地先生にお願いにあたったのは、修士課程に進んでいた北岡清道君であった。以後、会の連絡に力を尽してくれた。彼にも感謝。）

あとがき

新制広島大学教育学部国語科昭和二七年度生の有志を中心に、卒業年の昭和三一年五月にスタートした研究グループ「二七《にしち》会」では、五〇周年の記念事業として三つのことを企画いたしました。

一　会誌『松籟』（二七会五〇周年記念特集号）　第六号の発行（平成一八〈二〇〇六〉年六月既刊）宇品印刷授産
　場　製本

二　「『明暗』を読む――輪読提案レジュメ集――」の発行（平成一八〈二〇〇六〉年九月既刊　溪水社）

三　『漱石作品を読む――「二七会」輪読五十年――』の発行（平成二〇〈二〇〇八〉年一一月　溪水社）

一と二の企画の完成後、二年余りの年月を要しましたが、三の本書の発行をもって、ようやく三事業が完遂することになります。

一の会誌『松籟』の発行ならびに野地潤家先生の祝賀の足あとをたどると、次のようになります。

『松籟』　一号　昭和五二（一九七七）年一二月発行

『松籟』　二号　昭和五五（一九八〇）年一月発行

『松籟』（野地潤家先生還暦記念特集号）三号　昭和五六（一九八一）年三月発行

『松籟』（野地潤家先生ご夫妻古希記念号・二七会三五周年記念号）四号　平成三（一九九一）年八月発行

『松籟』（野地潤家先生ご夫妻喜寿並びに金婚式・二七会四一周年記念特集号）五号　平成一一（一九九九）年二
月発行

C・D「響りんりん　音りんりん」（野地潤家先生傘寿記念）平成一四（二〇〇二）年五月　作成

『松籟』（二七会五〇周年記念特集号）　六号　平成一八（二〇〇六）年六月発行

従いまして、今回の『漱石作品を読む――「二七会」輪読五十年――』の刊行によって、野地潤家先生の「米寿」の賀をお祝いできたことは、会員一同、無上の喜びでございます。

野地潤家先生は、我々の在学中は言うに及ばず、卒業の後も、二七会その他の研究の場を設け、ご自身の学問を究め、数々の公務をおつとめになりながら、我々の指導のためにお時間を割いてくださいました。今日までの、厳しくも温かいご教導に報いたいとの各人の熱誠が結実して、この一書になりました。

『松籟』はもともと会員に配布するのを目的としており、各自が印刷したものを必要部数持ち寄って、製本のみ外注するという方式で、冊数に限りがありました。

二の「『明暗』を読む――輪読提案レジュメ集――」は、二七会としては二回目となる平成一三（二〇〇一）年一二月から平成一七（二〇〇五）年一二月まで、会として四年一か月かかって読み終えたものを写真版としてまとめ、平成一八〈二〇〇六〉年九月に溪水社より出版しました。詳しくは、野地潤家先生の「ご序文」・「まえがき――解題をかねて――」（編集委員代表　大西道雄）の文章にゆずり、ここでは割愛いたします。A3版二五〇ページの大部で、こちらも会員を対象に限定出版といたしました。

三の『漱石作品を読む――「二七会」輪読五十年――』は、会として初めて活字印刷で出版し、広く世に問うものです。貴重なご意見・厳しいご指導・ご助言をお願いいたします。

お寄せいただいた文章を題名からみますと、『三四郎』をとり上げた方が多かったです。現在、三回目の輪読を継続中ですが、何度読んでも新しい発見があり、漱石の小説作法の奥深さに、ますます敬服し、魅せられております。会員それぞれが、自由に課題に取り組んで持ちよったのですが、こうして並べてみますと、漱石文学の永遠に滅びない魅力が、えぐり出されていると思いました。作品の中で、時代を的確にとらえ、後世に警告を発信していることが伝わってきます。寄稿者が受け止めている「漱石像」を述べる中で、その人らしさがにじみ出ているのも当然のことながら、興味深いことです。

「漱石」の研究書はすでに、たくさん出ていますが、二七会では、各人の読みを大切に、本文の叙述に即した読み取りを提示し、話し合い形式で歩んでまいりました。他の研究書とは一味違った書物になっています。野地潤家先生が提唱してこられた「個性読み」を披瀝できたと自負しております。

企画からはや三年が経過、その間、野地潤家先生には、出版事業の推進・編集方針など、分からないことが出来する度に、率直におたずねし、ご指導を受けてまいりました。ご寄稿なさった方には、長らくお待ちいただきました。おかげ様で、三つの企画が完成し、あわせて先生の「米寿」の賀をお祝いできますこと、心よりうれしく存じます。これからも、野地潤家先生がご健勝に過ごされますこと、この研究会がいっそう充実しますことを会員一同祈念しております。

渓水社社長木村逸司氏から、行き届いたご配慮とご教示を賜りました。記して篤くお礼申し上げます。

平成二〇年九月七日

坪井千代子

編集委員会メンバー（五十音順）

伊東　武雄、宇根　聰子、梅下　敏之、大西　道雄、白川　朝子、坪井千代子、
中谷　雅彦、西　紀子、野宗　睦夫、安宗　伸郎、脇　康治

〈付録〉 漱石作品の輪読の記録（一九五六年五月から二〇〇五年末まで）

番号	作品名	開始年月	読了年月	所要年月
一	三四郎	一九五六年（昭和三一年）五月	一九五八年（昭和三三年）四月	二年 〇か月
二	それから	五八年（〃三三年）五月	五九年（〃三四年）一二月	一年 八か月
三	門	一九六〇年（〃三五年）一月	一九六一年（〃三六年）一一月	一年一一か月
四	彼岸過迄	六一年（〃三六年）一二月	六二年（〃三七年）九月	一〇か月
五	行人	六二年（〃三七年）一〇月	六三年（〃三八年）四月	七か月
六	心	六三年（〃三八年）五月	六四年（〃三九年）六月	一年 二か月
七	道草	六四年（〃三九年）七月	六六年（〃四一年）四月	一年一〇か月
八	明暗	六六年（〃四一年）五月	一九七〇年（〃四五年）一一月	四年 七か月
九	坑夫	一九七〇年（〃四五年）一二月	七二年（〃四七年）一月	一年 二か月
一〇	虞美人草	七二年（〃四七年）二月	七四年（〃四九年）二月	二年 一か月
一一	野分	七四年（〃四九年）三月	七五年（〃五〇年）七月	一年 五か月
一二	二百十日	七五年（〃五〇年）八月	七五年（〃五〇年）一二月	五か月
一三	草枕	七六年（〃五一年）一月	七七年（〃五二年）三月	一年 三か月
一四	坊っちゃん	七七年（〃五二年）四月	七八年（〃五三年）一月	一〇か月

一五	わが輩は猫である	一九七八年（昭和五三年）二月	一九七九年（昭和五四年）一〇月	一年 九か月
一六	倫敦塔	七九年（〃 五四年）一一月	七九年（〃 五四年）一二月	二か月
一七	カーライル博物館	一九八〇年（〃 五五年）一月	一九八〇年（〃 五五年）二月	二か月
一八	幻影の楯	八〇年（〃 五五年）三月	八〇年（〃 五五年）九月	七か月
一九	琴のそら音	八〇年（〃 五五年）一〇月	八〇年（〃 五五年）一二月	三か月
二〇	一夜	八一年（〃 五六年）一月	八一年（〃 五六年）二月	二か月
二一	薤露行	八一年（〃 五六年）三月	八一年（〃 五六年）九月	七か月
二二	趣味の遺伝	八一年（〃 五六年）一〇月	八二年（〃 五七年）三月	六か月
二三	三四郎	八二年（〃 五七年）四月	八四年（〃 五九年）一〇月	二年 七か月
二四	それから	八四年（〃 五九年）一一月	八七年（〃 六二年）六月	二年 八か月
二五	門	八七年（〃 六二年）七月	一九九〇年（平成 二年）一月	二年 七か月
二六	彼岸過迄	一九九〇年（平成 二年）二月	九四年（〃 六年）五月	四年 四か月
二七	行人	九四年（〃 六年）六月	九九年（〃 一一年）四月	四年一一か月
二八	心	九九年（〃 一一年）五月	二〇〇〇年（〃 一二年）一月	九か月
二九	道草	二〇〇〇年（〃 一二年）二月	〇一年（〃 一三年）一一月	一年一〇か月
三〇	明暗	〇一年（〃 一三年）一二月	〇五年（〃 一七年）一二月	四年 一か月
三一	三四郎	〇六年（〃 一八年）一月	現在継続中	

漱石作品を読む
――「二七会」輪読五十年――

平成20年11月１日　発　行

編　者　二七会編集委員会
発行所　株式会社 溪水社
広島市中区小町1－4（〒730-0041）
電　話（082）246－7909
ＦＡＸ（082）246－7876
E-mail: info@keisui.co.jp
製　版　広島入力情報処理センター
印　刷　互恵印刷
製　本　広島日宝製本

ＩＳＢＮ978－4－86327－038－1　C3000